きみはメタルギアソリッドV：ファントムペインをプレイする

ジャミル・ジャン・コチャイ

矢倉喬士 訳

THE HAUNTING OF HAJJI HOTAK
AND OTHER STORIES

JAMIL JAN KOCHAI

河出書房新社

ファリルとマルワンドへ

目次

それなのに、あなたがたはどこへ行くのか？

——クルアーン　81章26節

きみはメタルギアソリッドＶ：ファントムペインをプレイする

きみはメタルギアソリッドＶ：ファントムペインをプレイする

まずきみは、地元のゲームストップ（米国テキサス州に本社を置くゲーム小売店）でゲームを予約するために現金をかき集めないといけなくて、そのゲーム屋ではきみの従兄が働いていて、従業員割引でおまけをしてくれるのだけど、それでも少し予算オーバーで、というのも、タコベル（カリフォルニアに本社を置くメキシコ料理のファストフードチェーン）のバイトで稼いだ給料は、きみが十歳のときから無職の父さんを助けるために使うことになっていて、それを思うと実用性のない趣味にお金を使うだなんて、罪悪感で耐えられそうにないし、こうしているあいだにもカブールでは、子どもたちが白人のビジネスマンや軍事指導者のために家を建てるべく身を粉にして働いているわけで――でも、チクショウ、だってコジマだぜ、メタルギアだぜ、というわけで、きみは生活を切り詰めてお金を貯めて（それこそ道で拾った十セント硬貨まで貯めこんで）、なんとかお金を用意して、それを従兄に渡してゲームを取り置きしてもらえば、あとは発売日にどうにか店に辿り着くだけでいいのだ。

でも、一番上の兄貴がシビックに乗ってカリフォルニア州立大のサクラメント校に行ってしまったので、きみはミドルスクール以来乗ったことがない自転車で、二百六十ポンドはあろうかという尻をサドルに乗せてかっ飛ばす羽目になり、過去二年にわたってタコベルを食べ続けたことを後悔するのだけれど、あぁ、良かった（これがアッラーの思し召しってやつだろうか）、懸命にペダルをこいだ甲斐あって、順番待ちの二番目に並びおおせ、茶色の袋に入ったゲームを手渡してくれるのは従兄その人で、これって違法な裏取り引きなんじゃないかと思えてきて、いや、もちろん違法なはずはないけれど、それはメタルギアで、コジマの作品で、きみの幼少期の思い出の中でも、欠かすことのできない大切なシリーズの最終作なわけで、ときどき過去作をプレイして、「The Best is Yet to Come」のアイルランド系ゲール語の歌声を聞くと、涙が自然とあふれ出て、キーボードへと落ちていく。

どういうわけだろうか、帰りの自転車の方が楽に感じる。

きみは、家のわきにあるゴミ箱のそばに自転車を置くと、木の柵を飛び越えて裏庭に入り、ガレージの扉が閉まっていた場合は、まあ実際そうだったわけだけど、裏庭の玄関網戸から入るしかなくて、ところが何たることか、父さんが足首まで泥につかって、前かがみになって、素手で草をむしっているではないですか、その姿は昔ロガールで農民をやっていた頃のようで、戦争と飢饉のせいで、父さんは農地を捨てて帝国たるアメリカの西海岸へ逃げることになり、それから長いこと働きづめで体を壊して、庭仕事はおやめなさいと医者に言われていて、それもそのはず、首と脊椎の神経がズタズタなわけで、元を辿れば、母さんから聞いた話だと、ソビエト戦争のときに、父さんの弟のワタクが殺され、ほどなくして父さんもロシア軍に拷問され、それが最初のダメージだったそうで、それでも今、土をほじくっているこの人は、まるでお宝を掘り当てようとしているか、自分の墓でも掘ってるみたいに見える。

ガラスの引き戸からほんの数フィートのところにきみを見つけると、父さんはこっちに来いと手振りして、きみは疲れて汗だくで、足もジンジン痛むのに、この十年で一番重要なゲームをパンツの中に隠し、おずおずとそばに近づいていく。

ここへ来て座れと言いながら、父さんが汚れた指で髪をかきあげると、その肩やあご髭《ひげ》にフケが降りかかる。

どうやら、まずいことになりそうだ。

父さんがああして髪をかきあげるってことは、とんでもない量のフケが落ちるのも忘れているわけで、そんなとき、あの人はきまって心と体の痛みを抱えていて、ということは何かの話が、オロオロするかゾッとするかはたまたその両方か、そういう話が始まりそうで、でもそんなのはさすがに理不尽じゃないだろうか、だってきみは息子であって、セラピストじゃないんだから。

父さんは色黒でがっしりしていて、きみとは全然似ていなかったから、小さい頃のきみは、いつかハグリッドがやってきて、お前さんは「穢《けが》れた血」の生まれだと教えてくれて、そこから本当の人生が、つまり、父さんの人生の痛みとか罪とか絶望とか無力感とか裁判とか恥辱とか、そういうものの重みに縛られない本当の人生が始まるんだと思っていた。

どこに行ってた、と父さんは尋ねる。

「図書館」

「課題はまだ残ってるのか？」

そうだよ、ときみは答えるけど、厳密に言えば、これはウソではない。

「オーライ、でも勉強が終わったら下りてこい。話しておかなきゃならんことがある」と、父さんが英語で言ったのは、パシュトー語で話しかけるのをもう諦めてしまったからだ。

さあ急ごう。

部屋に入ると、きみはドアに鍵をかけ、ポータブルスピーカーでMF Doomのラップの音量を上げるのだけど、それは母さんや父さんやお祖母ちゃんや妹や兄貴たちを近づけないようにして、お祈りとかクルアーンとかパシュトー語とかペルシャ語とか新しい仕事とか新しい授業とか運動とかバスケとかジョギングとかおしゃべりとか客とか雑用とか宿題を手伝ってとかお風呂の介助がどうだとか家族で時間を過ごそうとか、そういうのをしつこく話しかけられるのを避けるためで、『マッドヴィレイニー』というアルバムを流すといつも効果は抜群なのだ。

きみは茶色の袋を開けて、従兄がゲームと一緒にこっそり忍ばせてあった大麻を投げ捨てるわけだけど、従兄は新しいハッパ友達が欲しいらしく、まっ先にきみに目をつけていて、どうせきみは他にやることもないだろうし、他の兄弟ほど信心深くもないんだから、きっと肉体の呪縛から解き放たれたくてウズウズしているはずだ、と彼は勝手に思っているのであって、それに……ってちょっと待てよ、ゲームのアフガニスタンのマップが、バカみたいにきれいじゃないか。

*

きみは愛国者ではなく、民族主義者でもなく、帽子《パコル》とカミーズを身に着けて歩き回り、民族楽器のタブラを叩き、お気に入りの歌手はアフマド・ザヒールと答えるようなアフガニスタン人の一員でもないわけだが、ゲーム史上で一番の伝説となり、芸術の観点からしても重要なシリーズ最後の舞台が一九八〇年代のアフガニスタンときたものだから、いざそれを手にするきみはいっそうワクワクしていて、それもそのはず、きみは長いこと『コール オブ デューティ』（一人称視点のシューティングゲームシリーズの一つ）でアフガン人たちを撃ち殺してきたわけで、父さんによく似た顔の軍人たちが次から次へと襲い来るのを初めて虐殺したときには自己嫌悪にも陥ったけど、今では不思議と免疫がついてしまった。

さて、いよいよ本格的にゲーム開始だ。

オープニングの病院での虐殺を逃げ延びたきみとリボルバー・オセロットは、カブール北方の荒涼としたマップに移動して――その岩壁、舗装されていない道、黒ずんだ山々を太陽が照りつけている様子は、きみが小さい頃に現地を訪れたときの記憶とまったく同じだ――最初の任務はソ連軍の捕虜にされた仲間のカズヒラ・ミラーの居場所をつきとめて救出することなのだけど、なにしろ『ファントム・ペイン』はメタルギアシリーズで初めてのオープンワールドゲームだから、きみはカズヒラ・ミラーの救出はいったん後回しにして、ソ連兵を何人か殺してみることにする。

父さんは、ロガール州で聖戦の戦士《ムジャヒディン》をやっていた頃に、ただの一人もロシア兵を殺さなかったわけだけど、きみはＮＰＣのソ連兵を殺していくうちに、なんだか父さんとその戦いの歴史につながっているような気になってくる。

きみは、父さんとその故郷であるロガールの小さな村を思い浮かべながら、『ファントム・ペイン』のオープンワールドの南側はどこまで行けるのかと馬を走らせ、いくつもの小道を越え砂漠を越え峠を越え、ときどき検問所や兵舎にお邪魔してはロシア兵の殺害をおかわりして、気づくと信じられないことに、きみはソビエトの支配下にあるカブール市を抜けて、そのままロガール州へと進み、モハマド・アガを過ぎ、カブールとロガールをつなぐ幹線道路に隣接した露店で賑わう村、ワグ・ジャンに到着すると、そこは記憶とまったく同じで、きみは馬をつなぐと、土を固めてできた家や店を潜入行動《スニーキング》し始め、壁をよじ登って屋根の上を匍匐《ほふく》前進し、地元のアフガン市民に姿を見られたときは一人ずつ確実に麻酔銃で気絶させつつ、両親の故郷の村であるナウェ・カレーへと通じる橋になんとか辿り着くと、そこは家で見た写真とか、子どもの頃にここへ連れてきてもらったきみ自身のおぼろげな記憶とあまりに似ていたものだから、落ち着かなくなってきて、怖いとまでは思わないけど、圧倒的な既視感《デジャヴュ》に飲み込まれそうになる。

潜入行動《スニーキング》で砂利道を進み、金色に実った小麦畑やリンゴ園を過ぎ、土でできた家々から成る迷路を抜け、父さんが昔住んでいた家に辿り着き、そこできみが出会うのは——父さんの家の前に立っているその人は——ワタク叔父さんだ、父さんの弟で、十六歳で、きみの両親が礼拝をする部屋の壁に掛かっている写真（真顔で、坊主頭で、ハンサムで、永遠に十六歳の写真）でしか見たことはないけれど。

それでも叔父さんはここにいる、ゲームの中に、きみは停止《ポーズ》のボタンを押してコントローラーを置くと、いよいよ怖くなってきた。

きみの汗が沢となって足をつたい、沢は小川となって流れ落ち、心臓はドキドキして、もしかしてさっき大麻の匂いをかいだせいで、ハイになっちゃったのかもしれないと思う。

窓の外を見ると、兄貴が暗い道を家に向かって歩いていて、そうか、ずいぶん長くゲームをしていたんだと気づかされる。

まばたきの回数が多くなる。

多すぎるくらいに。

きみの部屋は汚くてひどい臭いがして、でもその汚さと臭いにはもう慣れていて、きみの頭の中の、目の裏側の、一人称視点が始まるところから、きみは――

ノックは無視しよう。

妹が来ただけだ。

ゲームに戻ろう。

あご髭を生やしてがっしりとした体格の男がワタク叔父さんの隣にいて、なるほど、あれが若い頃の父さんだと、きみにはすぐにピンとくる。

きみはまた、停止《ポーズ》ボタンを押して、コントローラーを置く。

Doomのラップが聞こえる。「ヤツは伝説の英雄様　カタくならずに吸えよブラザー　イカれた軍人くずれは邪魔」

なんだか、きみに合図してるみたいだ。

きみはゴミ箱から大麻を取り出して、とはいえマッチもライターもないわけで、ひとつかみ口に入れて噛んでみて、危うく二回吐きそうになる。

さて、ゲームに戻ろう。

きみは祖父が植えたクワの木に隠れて、父さんとその弟がサフール（イスラム教で、日中に断食をするラマダンの時期に、日の出前にとる食事のこと）で何を食べるか話し合っているのに聞き耳を立て、そうして今がラマダンの最中であって、ワタク叔父さんが殺されるまでほんの数日しかないことを知る。

そこで名案を思いつく。

作戦は以下の通り。父さんが拷問され、叔父さんが殺されるより前に、二人を麻酔銃で眠らせて馬に乗せて、ロガールのマップを駆け抜けて安全な場所に運び、そこで迎えのヘリを呼んで、海に浮かぶきみの軍事基地まで連れて帰るのだ。そう、マザーベースへ。

でもきみが麻酔銃を再装塡《リロード》している最中に、兄貴がドアをドンドン叩いて、出てこいだとか言ってきて、ちょっとのあいだ無視してやったら、ますます怒ってわめいてきて、具合が悪いんだと大声で返事をしたものの、口から出るのはいつものきみの声ではなく、心ここにあらずといった調子で、もちろん兄貴にはそれがバレている。

兄貴は行ったみたいだから、きみはゲームに戻る。

クワの木の後ろに身を隠しながらきみが麻酔銃を構えると、うっかりレーザースコープをつけっぱなしにしていて、父さんの胸に赤い光がチラつくのをワタク叔父さんが見たその瞬間、二人は散開《バトウ》して走り出し、肩掛けの下からライフルを取り出して、きみが隠れている木に向かって撃ち返し、きみは二発被弾して、ライフの回復に時間をとられているうちに、二人の姿は消えていた。

兄貴がまた来て、今度は一番上の兄貴も連れて来て、年が上なだけあって声もでかくてドアを叩く力も強くて、お前は何をやってんだ、いいかげん出てきたらどうなんだ、ガキじゃあるまいし、父さんと母さんに迷惑ばっかりかけやがってと二人そろって言ってきて、父さんがストレスが引き金になってひどい片頭痛になるのは知ってるし、上の方の兄貴があんまり強く叩くから、ドアの蝶つがいが外れるんじゃないかと思えてきて、タンスを引きずってドアの前に運んでバリケードにして、そうしてきみはテレビの前の定位置に戻り、腰を下ろしてプレイボタンを押す。

夜、闇にまぎれてきみは父さんの屋敷へと潜入《スニーク》して、十五フィートの土壁をよじ登って屋根の上を這って進み、屋敷の一番高い位置に到着すると、そこでは父さんが戦闘機や爆撃に備える警戒任務にあたっていて、その背中にきみは麻酔銃を二発撃ち、父さんが気絶して倒れていくところを両手で抱きとめて、父さんを、といってもこの場合は今のきみと同い年くらいなわけだけど、闇の中で、この戦争でこれから失われることになる屋敷の屋根の上で、きみは父さんを抱きしめて、その体はまだ強くて元気で、心も壊れていないのを感じながら、そっと静かに寝かせてあげる。空に飲み込まれてしまわないように。

きみは中庭に降りると、部屋から部屋へと移動して、現実世界では会ったことのない伯父さんたちや伯母さんたちや従兄たちの位置を確認して回り、牛舎のそばで眠っているワタク叔父さんを見つけるものの、叔父さんは女性たちが大勢眠っている部屋の入口のすぐ近くにいて、まるで女性たちを護衛しているみたいで、きみが麻酔銃で狙いを定めてワタク叔父さんをもっと深く眠らせたそのとき、なんと生涯不眠症だったきみのお祖母ちゃんがマットから起き上がり、こちらの肩を山刀《マチェット》で切りつけてきて、屋敷に大勢いる男たちに向かって、あんたたち、さっさと目を覚まして、寝込みを襲う卑怯なロシアの暗殺者《アサシン》を迎え撃っておくれ、と号令をかける。

山刀《マチェット》の一撃によるダメージは深刻だ。

それでも、きみは力を振り絞ってお祖母ちゃんを麻酔銃で眠らせ、ワタク叔父さんを肩に担いで屋根の上に戻っていくのだけれど、伯父さんたちや従兄たちやお祖父ちゃんまでもが目を覚まして、武器を手にとってきみの足を狙って発砲してきて、そんな中できみは、流血して弱りながらも、父さんを寝かせておいた場所までなんとか進んでいく。

叔父さんを一方の肩に、父さんをもう一方の肩に担ぎ、きみは屋根を飛び降りて、リンゴ園の暗がりへと入っていく。

追手の男たちが道や畑にワラワラと出てきて、近所の村人や仲間たちにも呼びかけていて、もうじきリンゴ園は包囲されて、このままでは捕まってしまうと思われたそのとき、よりにもよって、ロシアの特殊工作部隊《スペツナズ》が村人たちに発砲し始めたことによってきみは助けられ、その銃撃戦の混乱の中で、村全体が銃撃で明るく照らされ、その銃撃の一つ一つが、もっと大きな戦闘や戦争や世界規模の紛争の縮図になっていて、そうしたすべての戦いは、安らかに眠るように死んでいく愛すべき男たちという見えないワイヤーでつながっているのであって、きみたちはリンゴ園を抜け出し、たくさんの道と小川と川とクワの木を通り過ぎ、ようやく愛馬のもとへ辿りつき、ワグ・ジャンの村を出て、ブラックマウンテンの近くにある脱出地点へと向かう。

ところが今、ドアのところに父さんが来ている。

「ミルワイス？」と父さんはとても優しく呼びかけてきて、子どもの頃にそうしてくれたみたいで、ロガールできみがインフルエンザにかかって薬も静脈注射も民間療法もダメだったとき、できることといったら痛みが引くまで待つくらいのもので、そんなときに父さんがいてくれて、あれはリンゴ園だったろうか、ベランダだったろうか、膝の上で抱いてくれて、髪を撫でてくれて、名前を呼んでくれたっけ、今の父さんはというと、質問してるみたいな調子で話しかけてくる。

「ミルワイス？」という父さんの呼びかけに、きみが返事をせずにいると、それ以上には何も言ってこなかった。

続きをやろう。

ロシア兵たちが地上からも空からも追ってきて、きみは一発、二発、三発、四発と被弾して、さすがに敵の数が多すぎるけれど、愛馬の足は速く、俊敏で、やつらのトラックよりもうまくマップを駆けることができるから、きみは脱出地点に、ブラックマウンテンの洞窟の前に到着し、ヘリに救援要請を出したり周囲に地雷を仕掛けたりする時間もあって、きみは洞窟の入口近くの、平伏《ひれふ》す信者のような形をした大きな岩の陰に父さんと叔父さんを隠すと、そこでうつ伏せになってライフルを構え、遠くにいるロシアのパラシュート部隊を狙撃し始め、トラックのエンジンを次々に撃つものの、戦車には何もできずにいて、いよいよ戦車がきみのもとに到達しようかというそのとき、迎えのヘリの姿が見えて、よし、やった、これで全員助かるぞと思ったのもつかの間、きみの愛馬は銃撃の嵐を浴びて惨殺され、救援ヘリのパイロットはスナイパーの一撃を受け、ヘリは墜落して爆炎を上げ、多くのロシア兵を巻き添えにしている隙に、きみは命からがら洞窟へ、ブラックマウンテンの奥へと駆け込んでいく。

父さんを一方の肩に、叔父さんをもう一方の肩に担ぎ、ソ連軍の銃撃が視界の端に消えていく中で、きみは洞窟の暗闇の奥へと足を踏み入れ、父さんと叔父さんはまだ生きているのか、流れ弾には当たらなかったか、いや、もう死んでいるんじゃないか、そんなこともわからないまま、それでも進み続けなくてはならないと思い、暗闇へと潜り続けて完全に真っ暗になると、きみの目の前にはテレビのスクリーンに映るきみ自身の姿が見えてきて、まるで映像の中のキャラクターたちがきみの内側を旅して、体の中へと入り込んでいくようなのだ。

TO BE SAVED.◆
(救い《セーブ》を求めて)

差出人に返送

ユスフ・イブラヒミ医師は、十年ほど前に、あご髭を蓄えた大柄な父が絶対に治るはずの病で死んでから礼拝《サラー》をしていなかったけれど、それでも毎朝、早朝の礼拝の呼びかけ《ファジュル アザーン》で起床し、父のあご髭の亡霊との戦いを続けていた。髭剃りの戦いを終え、絆創膏を貼ると、ユスフはキッチンでお茶を二杯飲み、軽めの読書を嗜《たしな》んだ。彼が最初のノックを聞いたのは、そこで、カブールのアパートのキッチンでのことだった。かすかに、ドンという音が一度だけ、とても静かで、予想外で、朝も早かったので、当初彼は聞き間違えかと思った。カリフォルニア大学バークレー校の二年生のとき以来信じることをやめてしまったものの、妖霊《ジン》の仕業だろう、と。しばらくのあいだ、彼はキッチンで座っていて、テーブルで、彼が一週間もせずに挫折することになる実存主義の本の二ページ目の端を親指でしっかりと押さえ、そのテーブルから廊下越しに見える息子の寝室のさらに先の、彼のかなり大きめのアパートの入口にある頑丈な鉄製のドアを見ながら、待っていた。言うまでもなく、二度目のノックを待っていたわけだが、少し時間が経ってもノックがなかったので彼はほっとした。

ユスフはドアを開けて廊下の様子を覗き込み、まずは左、それから右と確認し、最近になって腫れてきた足の小指から数インチのところに、小さなダンボール箱が置かれているのをあやうく見過ごすところだった。

いやはや、これが爆弾でなければいいけどな、とユスフは心の中でつぶやき、笑いそうになった。

＊

アミナは夢を見ていた。

彼女は病院の夜勤を終えて朝に眠る生活を続けていて、人生で一番といってもいいほど疲れ切っていた。六か月前に夫妻がカブールに引っ越して以来、まるで地元の病院のすべてが、アミナとユスフの二人にのしかかっているように感じられた。医者が六人、看護師が十一人、助産師が八人、助手が十五人、それに対して患者の数は全くもって計り知れなかった。初めは、若い二人は全身全霊で働いた。アミナは夜に働いた。ユスフは昼を担当した。そして二人の人生は、二つの月が互い違いに病院の周りを回っているようなものになった。一方が来ると、もう一方は去っていった。一方が起きると、もう一方は眠りについた。二人の会話といえば、病院か、もしくは八歳の息子イスミアルの話題しかなかった。そして、彼らがときどき愛を交わすときでさえ、重大な必要性に迫られてそうしているかのようで、それは新天地を求めて海に送り出されて疲れ果てた巡礼始祖《ピルグリム》にも似ていた。腹が立つことがたまっていたとしても、二人とも態度には出さず、それと認めることもなかった。これは自分たちが返済すべき負債なのであって、試練は一年間続くのだとアミナは思った。

アミナは小児科医としての研修を受けたが、この六か月は切断手術や焼灼止血を担当し、認可されていない精管切除手術を二件、夫さえ知らない秘密の自殺介助も一件こなした。彼女は、かつて自分自身の手足だった肉片を抱えながら、何の介助もなしに病院に入ってくる患者たちを見たことがあった。彼女は出血面を焼いているときに、溶けた肉を触って七回火傷を負った。彼女は、かつては彼女の二倍ほどの大きさだったのに今では半分になってしまった男たちを運んで担架やベッドに乗せ、他に運ぶものがないときは、薄いブランケットを床に敷いた。彼女は、兵士や過激派の男たちが子どものように泣くのを聞いたことがあったし、浅黒い肌の少年たちがもうそこにはない手足を不思議そうに見つめているところを見たこともあり、そうした様子を見ていると、アミナは神聖さにも似た感覚になるのだった。実際、とても多くの子どもたちが彼女の介助する中で死んでいったし、ときには彼女自身の手で最期を迎えさせることもあったので――彼らの目は、まつ毛は、死の淵から彼女の生を見つめていて、やがて彼らは死の淵さえ越えて、モノ自体の中心へと到達する――彼女がたった一人の息子であるイスミアルを見る目も変わり始め、この数か月のあいだに、息子の姿をぼんやりとしか思い出せなくなってきたのは否定できなかった。特に過酷な夜勤のシフトを終えた朝には、アミナはイスミアルの部屋にこっそり入って、ベッドのそばでしばし佇むこともあった。そのとき、彼女は目を閉じたままで、シーツの下にある息子の指や足の位置を探り、ちゃんとそれらがついていることを確認しては、その柔らかさに泣きそうになるのだった。

心地よい夢から目覚めたアミナは、かなり大きめのアパートの入口にある頑丈な鉄製のドアの方から、かすかなノックの音が最初に聞こえたときには、まだ身を起こさなかった。うだるような暑さの中、彼女の頭上にある寝室用の天井扇《シーリングファン》はぴたりと止まっていた。いつも通り、早朝の礼拝《ファジュル》の時間にはアパートの電気が止まっていたのだ。彼女が住む高層アパートは、カルテ・ナウ通りにほど近く、セキュリティはなかなかしっかりとしていて、高い丘の上に建ち、家賃もそれに見合うくらい高く、大家が言うには、その高い家賃のおかげで、セキュリティ、アメニティ（屋内トイレとガスコンロ）、エレベーター（現在は故障中）をまかなうことができ、住民の質も上がるとのことだった。多くの住民は、公務員だったり、ビジネスマンだったり、その他カブールの中産階級の中の下あたりの人々だった。外国人がほとんどいなかったので、アミナはうれしかった。

まだ少し夢の中の論理にうっとりしていたアミナは、しばらくのあいだテレパシーで天井扇《シーリングファン》の羽根を動かそうとしてみた。かすかなノックの音はまだ続いている。彼女は身を起こし、両足をベッドの端から出した。六人姉妹のうちでアミナは一番色黒で背が低く、小さい頃から、これはどうしようもないことなのだと自分で理解していた。彼女は不幸に打ちひしがれるどころか、日光を避けず、授業を欠席せず、男の子たちを相手にせず（後に出会ったユスフを除いて）、毎朝、戦闘態勢を維持するためのストレッチを欠かさなかった。

というわけで、ストレッチをするからというのが、アミナが最初にノックに対応しなかった理由だ。次なる理由は、夫が対応するだろうと思ったから。しかしその後、ユスフは数分前に病院に出勤したのだと思うと、彼女は気がついた。自分がドアの方に行かなかったのは、ただ単に怖かったからだと。その恐怖を恥ずかしくも感じながら、彼女は母親が以前着ていたような白いチャドル（イスラム教徒の女性が着る、全身を覆うマントのような衣服）に身を包むと、来客の応対に向かった。

彼女は廊下に出ると、前の住人が残していった色褪せたマットの上にあるものをすぐさま見つけたのだが、それがその朝に届けられた二つ目の荷物であるとは知らなかった。

「ユスフ」と、彼女は念のためにアパートの中に向かって呼びかけた。返事はなく、彼女はその小さなダンボール箱を拾い上げてキッチンに運び、夫がテーブルの上に読みかけのまま置いていったカミュの『シジフォスの神話』のすぐ隣にそっと置いた。カミュは人種差別主義者だから、とアミナが説明したにもかかわらず、夫はそれを読んでいた。

「それを言うなら、アリストテレスだって児童レイプ犯だろう？」と、ユスフは反論した。それのどこが反論になっているのか、アミナにはわからなかった。

荷物には住所や名前は書いていなかった。彼女宛てなのか、夫宛てなのかがわからず、彼女は他人の荷を開けるタイプでもなかった。

しかし、イスミアルの様子を見るためにキッチンを出ようと振り返ったとき、アミナは偶然それを見てしまった。カミュの本とチャイの入ったカップに挟まれて鎮座するダンボール箱の方をさっと見やると、まさにその瞬間、箱が震えたように感じたのだ。動いたといってもほんのわずかだったし、アミナは本当にそんなものを見たのかどうか、すぐに疑った。箱はまたじっとして動かなくなった。しかしこの時点で、アミナは確かめたい衝動を抑えきれなくなっていた。彼女は、まるで小さくて傷ついた鳥に接するかのようにその荷物に近づき、左手で持ち上げ、箱のふたに貼られたクリアテープを剝がして中を見てみると、肉屋の包み紙《ブッチャー・ペーパー》で包まれた「それ」があり、メモも名前もなく何の根拠もないけれど、「それ」は彼女の一人息子の切断された人差し指だと直感し、それまで味わったことのないあまりの恐怖に、彼女はほんのつかの間、息子の名前を思い出すことさえできなくなった。

イスミアル。

あの子の名前は、イスミアル。

アミナは、切断されたイスミアルの人差し指、ヘナのタトゥーが入ったその指を見つめていたが

（中近東地域では、ヘナと呼ばれる植物から抽出した赤茶色の染料でボディペイントを施す文化がある）、それがその朝届けられた二本目の指であることを彼女は知る由もなかった。

＊

一本目の指は夫のユスフが持っており、彼は今アミナの十六階下で、残り四階になった高層アパートの階段を駆け降りていた。荷物を配達した人間を捕まえようと急ぐあまり、彼は階段を降り始めた途端につまずいて、足首を痛めてしまった。エレベーターは、二週間前に爆撃を受けて以来使えないままだった。もし彼が勧めたとおりに要塞化された基地に住んでいれば――他のアメリカ人たちや、民間軍事企業や一般企業の業者、ジャーナリスト、外交官、海外駐在員、その他にも、ここが旅行先ではなく戦地であると理解できる分別を備えた幸運なる専門家たちと一緒に住んでいれば――心配することなどなかっただろう。しかし、アミナはどうしても彼女と同じ民族と共に生きることを望んだ。たとえそれで命が脅かされようとも。そうしてユスフは、気づけばアパートの最後の階段をよろめきながら降りていて、痛めた方の足首はほぼ確実に骨折しているだろうと思った。足がズキズキと痛むのもお構いなしに、彼はアパートを飛び出すように駐車場へと向かった。今日はそこで近隣住民たちが思い思いの作業に取り組んでいて、その中には、彼が今持っている荷物の配達に関わった者がいるはずだった。

イード・アル＝アドハーの祝日（イスラム教の祝日で、家畜の肉を調理して家族や近隣住民と分け合って食べることで絆を深める）だったので、駐車場には子どもたちもいた。何百人も。彼らはアパートの駐車場を間に合わせのクリケットトーナメント会場として使っていた。おそらく、同時に二十試合ほど行っていたのではないだろうか。子どもたちは、車と店のあいだ、ビルに挟まれた道、歩道の真ん中などで試合をしていて、いつバラバラになってもおかしくないように思われた。引っ越してきた当初から、ユスフはこういう子どもたちにイライラしていた。言葉遣いは汚いし、道端に唾は吐く《スピッティング》し、叩き合う《スラッピング》し、大声でわめく《スクリーミング》し、というより、わめいていないときがないし、しかも彼らの目つき《ステアリング》といったら、お前はよそ者だとでも言いたげだった。子どもはすぐ暴力を振るうし、病気にかかりやすい。存在そのものが「監督不行き届き」だ。しかし今は、彼自身の息子が行方不明で、その指が薄い肉屋の包み紙《ブッチャー・ペーパー》に包まれているのであって、ユスフは他の子どもたちがどうなろうが知ったことかと思うほど、抑えようのない怒りを感じていた。幸いと言うべきか、最寄りの守衛所は子どもたちのクリケットの試合とは反対の方向だった。そこには色黒で体格の良い警官がいて、門から入ってくる人たちと出ていく人たちの流れを見守っていた。ほぼ間違いなく、その門から無差別殺人犯《ブッチャラー》が出て行ってしまったであろうことには気づきもせずに。ユスフはその警官のもとに駆け込むと、私の子がいなくなりました、と文法の拙いペルシャ語で叫んだ。

警官はパシュトー語で応じた。

「私の子が、い・な・く・なりました」と、ユスフはペルシャ語で返した。

警官はパシュトー語でさっきとは違うことを何か言って、笑いながら、クリケットのトーナメントが行われている方向を指さした。

「ノー、息子は誘拐されたんだ」と、ユスフは英語で叫んだ。

警官はさらに戸惑っているように見受けられた。

ユスフはそこでようやく、あの指を警官に見せようと思い至った。

＊

アミナはまだキッチンにいた。その日二本目のイスミアルの指を手のひらの中央に載せて。指が丸々一本、根元から精確に切断されていて、まるで外科手術のようだった。指には血がついていない。しかし、アミナが身がすくんで動けずにいるのは、血がついていなかったからでも、切断が精確だったからでも、肉屋の包み紙《ブッチャー・ペーパー》が妙な蛍光色だったからでも、郵便物そのものが届いたからでもなかった。

「まさか」

アミナが身動きできなかったのは、手のひらの上で、切断された指が、ゆっくりと丸まったり伸びをしたりしているように感じられたからだ。彼女が立っていられること、呼吸ができること、靭《じん》帯《たい》と骨と筋肉がくっついて、それらがひとりでに崩れないままで存在すること、そのすべてが、なんという奇跡なのだろうか（アミナはそう直感したものの、思考を深めるほどの余裕はなかった）。息子の指が丸まった。というのも、指の動きに合わせて包み紙がカサカサと音を立てているからだった。彼女は頭蓋の眼窩《がんか》におさまっている目で、指が丸くなるところを見て、側頭部の両耳で、包み紙がカサカサと鳴るのを聞きながら、まだ白いチャドルを羽織ったままだったことに気がついた。

そのときだった。彼女が二度目のノックを聞いたのは。

彼女はドアの方へ駆け出すと、廊下に、マットの上に、また小さなダンボール箱を見つけた。今度は耳だった。片方だけの耳。指のときと同じく、きれいな切断面で、外科手術を受けたみたいで、最初は動かなかったけれど、アミナが肉屋の包み紙《ブッチャー・ペーパー》に包まれたその耳を拾い上げて口もとに近づけ、「あなたの残りはどこにいるの？」とささやくと、彼女の手のひらで耳が脈打ったように感じられた。

＊

ユスフにはその質問の意味がわからなかった。

「で、これをどうしてほしいんですか？」と、警察署長はまたペルシャ語で尋ねると、机の上に置かれたダンボール箱を指さした。

　ユスフの足首は腫れ上がっていた。その足ではまったく歩けそうになかったけれど、それでもどうにか足を引きずってアパートの敷地の門を出て、道を進み、すべって下水溝に落ちて足首の状態を悪化させつつ、タクシーを探し、運良く一台をつかまえ、交番まであと一区画のところまで連れて行ってもらった。彼は七つの検問所を通過することになったが、その検問所ごとに文法間違いだらけのペルシャ語でダンボール箱と指について説明しようとしては、毎回撃ち殺されそうになった。どの警官もどうすればいいのかわからず、警官に会うたびにその警官より高い役職の警官に会うように指示されるばかりで、最終的に彼は警察署長のオフィスにたどり着き、署長はもう三度目ではあるものの、ユスフは医者だし、一応の敬意を払っておくかというだけの理由で、辛抱強くその質問を繰り返すのだった。

「で、これをどうしてほしいんですか？」

「息子の指です、箱に入ってるんです」と、ユスフは言った。

ユスフは鉄製の椅子に座り、裸足で、下水と汗にまみれて悪臭を放ち、ズボンは汚れ、何度も手荒い仕打ちを受けたシャツの襟は破れ、頬には傷ができ、額から血が流れ、どういうわけか、剃ったはずのあご髭がまた生えていた。

「でしょうね。報告書で読みました」と、署長は言った。「しかしですね、ドクター・サヒブ、ご理解をいただきませんと。こういうケースでは普通、メモがついているんですよ。犯人からの要求。それと電話番号がね。誘拐犯というのは、単独であろうが集団であろうが、指示を出してくるものでして、我々がそれに対処する、それで試練を乗り越えられるというわけです。ところがですね、今回は何の要求もありません。だからあなたがどうしてほしいのかわからないんですよ」

「呼びかけ、です」と、文脈にふさわしいペルシャ語を頭の中で探しながら、ユスフは言った。「息子の写真があります。捜索くらいはしてください。世間に発表するんです」

署長の口髭がピクリと動いたようだった。彼の薄い髪は後ろに撫でつけられていて、だだっ広いおでこがいっそう丸出しになっていた。

「いいですか」と、ユスフは声を荒らげて言った。「私はアメリカ人だ。息子だってアメリカ人だ。これがただの誘拐で済むわけがない。テロなんですよ。あなたの仕事じゃないか。テロリストを捕まえるために給料をもらってるんでしょう。よくもオフィスにのうのうと座ったまま、どうしてほしいなんて言えたもんですね。やるべきことをやりなさい。じゃないと、じゃないと、大使館に言いますよ。領事館にも言ってやる。何が何でもあなたをクビにしてもらいます」

「いやはや、ここがどこだかわかっておられないようですな」と、署長は落ち着き払った声で言った。「我がアメリカの友人よ、この警察署に、今日一日だけで一体何人の親が来て、うちの子が行方不明だと言ってきたのかご存じですか。子どもの行方不明報告を受けていちいち捜索なんかしていたら、いくらやってもキリがありませんし、この国の仕事が全部止まってしまうでしょうな。そんなときに反乱が起きたとしたらどうですか、街を守れる人がいなくなってしまうでしょう？ そういうことです。よくお聞きなさい。仮にこの街の警官が一人残らず、昼夜問わず捜索に明け暮れて、街じゅうのアパートの部屋や路地を隅々まで捜したところで、行方不明の子どもたちが見つかるなんてありえない、ということについてはご理解をいただけますか。断言しますよ、ドクター・サヒブ、犯人からの要求がなかったのは、目的がなかったからです。誘拐犯はあなたをおもちゃにして遊んでるだけですよ。私のことを大使館に言おうが言うまいが、息子さんはもう戻ってきません。死ぬだけで済んだなら、まだマシでしょうな。さあ、そろそろ家に帰って祈拝でもした方がいい」

「私は……祈らない」と、ユスフは、自分に言い聞かせるように言った。

署長は重々しく深呼吸し、こんなに長く続けて話すのには慣れていないといった様子だった。

「そうですか」と、署長は返事をした。このとき初めて、彼の表情には哀れみが浮かんでいた。「他にご協力できることはなさそうです。お帰りになって、次の指示をお待ちください」

ユスフが道に出て、交差点の近くに立っていると、タクシーの運転手たちが（パシュトー語話者もいれば、ペルシャ語話者もいた）、彼の近くに車を停めて「乗りますか」と尋ねたのだが、ユスフが（彼らには理解できない）英語で返事をすると、ブツブツと悪態をつきながら猛スピードで走り去っていった。

「これだから外国人は」と、彼らはみな何かにつけてそう言った。

通りを横切って、二本目の道の中央に、黒い灰が円状に広がっていた。自爆テロの跡だ、とユスフは思った。この地区でほんの数週間前にテロが起こったのだ。小規模な作戦だった。テロリストが警察署を襲撃しようとしたところ、ただちにスナイパーに位置を特定されて肩を狙撃された。しかし、彼は崩れ落ちる寸前に、どうにか自爆スイッチを押したのだった。数人の歩行者がけがを負って流血したものの、死んだのは自爆した一人だけだった。その男のことを考え、腹に爆弾をくりつけて死地へ向かった彼の恐怖はどういうものだっただろうかと想像しながら、ユスフはその交差点にある黒い跡へと歩いていった。円状に広がった灰の中央にたどり着くと、確かに、その跡は消えつつある一方で、深く刻み込まれてもいて、ユスフは小さなダンボール箱を腹の近くで両手で持つと、道の真ん中で足を組んで座った。二人のタクシー運転手がユスフを物乞いと勘違いして、膝に小銭を落としていった。

＊

そこからわずか六マイル離れたところで、アミナはイスミアルのベッドに座り、開け放たれた窓辺で（どういうわけか赤の色付きガラスがはめられていた）、次の音が鳴るのを待っていた。外では、彼女の二十階下では、何百人という少年たち、そして数人の少女たちまでもが、なかには裕福な子たちもいれば、お腹を空かせて病気の子たちもいたけれど、全力で叫んだり笑ったりしていて、まるで今を楽しまなければ彼らの命そのものに支障があるかのようだった。アミナは午前中ずっと待っていたのだが、コンコンとかすかなノックの音がする度に、彼女はドアへと走っていき、マットの上に次のダンボール箱を見つけ、その中にはまた一つ、イスミアルの生きた体の一部が脈打っているのだった。彼女はそれらのパーツを集めていって、かつてイスミアルが眠って夢を見て、遊んでいたこともあったベッドの上で、息子の体を、一つまた一つと組み立てていった。

最初、彼女は仕事に疲れ過ぎて、幻覚を見ているのかと思った。しかし、現実に、彼女はアパートのドアのところで宙に浮かび、身にまとった白いチャドルの裾を足にはためかせながら、集中力を研ぎ澄ませているのだった。彼女の心臓が二十三回脈打つごとに、必ず次のノックが聞こえた。やがて彼女は、自分の手や足や肺や血は一体となって機能してはおらず、単一の意志によって統御されていないように感じ始めた。それぞれの部位は独自の意思で動いているのだ。だから彼女は心の底から感謝した。髪の毛たちが抜けずにいてくれること、爪たちが寝床から落ちずにいてくれること、昼も夜も脈を打ってくれる心臓が、トラウマに悩まされたり、あまりに短くて同じことの繰り返しの一生に嫌気がさしたりして、絶望して自殺せずにいてくれることに。クルアーンだったか、サヒーフ・アル＝ブハーリーだったかはっきりとしないものの（クルアーンはイスラム教の神が天使を通して預言者ムハンマドに与えた啓示の言葉。サヒーフ・アル＝ブハーリーは預言者ムハンマドが語った言葉や彼にまつわる人々の証言を記録した言行録の一つ）、彼女はある物語を思い出していた。最後の審判の日、アッラーが審判を下す前に、あなたの手と口と目があなたに不利な証言をすることになっていて、あなたの罪を宣言するのだ。そんなことはありえないと、以前のアミナは疑っていた。しかし今、彼女は自分の体から解き放たれつつあり、ほんのひととき、自分は目覚めてすらいないのではないかと思うこともあった。これもまた長い夢の中の出来事なのだと。しかし、彼女は次の包みを開封し、肉塊が丸まったり、くねったり、脈打ったりするのを見ながら、この場合の現実とは何だろうかと再度確認してみるのだった。

今となっては変に思えた。疑うだなんて。

ノックとノックの合間に、ほんのひととき、アミナはイスミアルの部屋にあるものを調べる時間があった。日々の考えを記録するための日誌（ユスフ）。『シャー・ナーメ』（アミナ）（イランの詩人フェルドゥーシーが著した民族叙事詩。王書とも呼ばれる）。カブール川の水彩画（アミナ）。野球用のミット（ユスフ）とクリケット用のバット（アミナ）。パズル（ユスフ）と詩集（アミナ）。彼女はそうしたプロジェクトや本や両親に課された趣味の痕跡を調べて回るうちに、（中身をくり抜いたペルシャ語―英語辞書の中に隠された）携帯型ゲーム機を見つけた。スイッチを入れてみると、二画面のゲーム機の中に映像が記録されていた。アパートの敷地を歩いているイスミアル、駐車場でクリケットをしている子どもたち、イスミアルの名を呼ぶ店主たちやタクシー運転手たち。これらの映像は昼間に撮影されていた。しかし、夜中に彼が窓から出て、段差を使って誰もいないアパートの下の階に降りていく様子を撮影した粒子の粗い映像も収められていた。そこからイスミアルは廊下を忍び足で進み、駐車場へと向かった。彼女が何本か見た映像はどれも短かった。一本が一分にも満たなかった。イスミアルはカブールの街路を歩いて回り、年上の少年たちと会い、流暢なペルシャ語を話し、出店でアイスクリームとチップをくすね、野良犬と兵士に石を投げつけ、車の運転手に悪態をつき、下水溝に立小便をし、丘の墓地を訪れ、米軍の武装車両《ハンヴィー》の後を追い回し、こっそりバスに忍び込み、乗り換えを経て両親が働いている病院へとはるばる赴き、そこで彼は夜勤のアミナの働きぶりを録画していた。最後の映像では、アミナはある患者の部屋の外に座り込んで、両手で顔を覆って泣いている自分自身の姿を見た。腹部を撃たれた十四歳のガンマンが、人生の最後に国家保安局に拷問されないように、自殺するのを手助けしたところだったのだ。イスミアルは、彼女からほんの数ヤードのところにいたに違いない。

それなのに、アミナは彼をまったく見なかった。

アミナは昼までに百三十七個の箱をどうにか集めて、その中身をイスミアルのベッドの上に広げた。手の指、足の指、髪の毛の束。歯。一度につき少しずつ。彼の鼻。唇。舌。四分割された腹部。何か規則性があるようには思えなかった。手のひらが二分割されていたかと思えば、足の指が一本で来ることもあった。一つの箱にまつ毛が三本ということもあった。時間をかけて、箱からイスミアルの断片を集めていくと、アミナは息子の体のすべての部位を組み立てられるようになった。腕。脚。彼女は寝室に置いてあった外科手術用の縫合糸を使って、息子の体の部位を縫い合わせていった。奇妙なことに、彼女がイスミアルの肉片を二つ縫い合わせると、それらは脈を打たなくなった。コン、コン、コン、とノックの音がして、その度にドサッと箱が置かれ、彼女は息子の胴、腕、脚、首、顔、頭蓋、唇、鼻、ほぼすべての部位を縫い合わせたが、指が一本足りず、それは最後のノックと共にやってくるのだろうと思っていた。

しかし、終わりが訪れてもまだ人差し指が一本足りないままだった。ノックのリズムが途切れると、心臓が二十三回脈打つ度に彼女は猛烈な痛みを感じた。正午から昼過ぎの礼拝《ズフル》の時間になり、金曜日礼拝のための呼びかけ《アザーン》の音が礼拝堂《モスク》から鳴り響いた。近くの信者たちが、いや、信仰心のない者もいたと思うのだが、礼拝堂《モスク》へと急ぎ、身を寄せ合って祈りを捧げてから家に引き上げていくのだった。アミナはノックを待ちながら祈りの言葉に耳を傾けたが、その言葉の意味を学んだことはなかった。彼女の手足が重くなり始めた。彼女はベッドに座り、まだ生きているイスミアルの体の残骸を見ていた。尖塔《ミナレット》のスピーカーから、導師《イマーム》が天使への挨拶《サラーム》を告げるのが聞こえていて、それがようやく終わると、アパートには、そしてアミナの心には静寂の大波が押し寄せ、その波に押された彼女は夫の剃刀《かみそり》を見つけに行き、それからまた息子のもとへ帰ってくると、剃刀の刃を出し、彼女の人差し指をそこにあてがいながら、今こそ伝えなければならないと感じた。

ここで暮らすのは一年だけのつもりだった。

一年だけ、昔逃げ出してきた土地にお返しをしようよ、と彼女はユスフに言った。災難に見舞われた故郷に。しかし彼女は、ユスフには活動家のフリをしている部分があるのではと、大学時代から既に疑っていた。彼は背が高くて魅力的で、その英雄をきどった言い回しは虚勢を張っているようで、ただアミナに近づきたいがために活動の話をしているみたいだった。二人はタリバンへの抗議集会に参加した。タリバンの最高指導者オマル師に向けて強い非難を込めた手紙も書いた。初めは試験やレポートのために貸しあっていたノートでは、やがて詩を交わすようになっていった。二人はチャイを飲み、ジャラール・ウッディーン・ルーミーの詩を読んだ。しかし、時が経ち、二人がもっと熱心に集中して勉学に打ち込むようになると、抗議集会には行かなくなり、ユスフの活動家精神は死んでしまったようだった。カブールを助けてあげようよとアミナが言う度に、ユスフは次から次へと言い訳を思いついた。最初は大学院への出願、次は面接、次は大学院生活、そのまた次は結婚式、ハネムーンでイタリアとフランスへ、イスミアルの誕生、イスミアルを学校へ、二人目の妊娠、流産、流産してしばらくのあいだは、彼女もユスフの言い訳を有難いと思う時期があって、良心の呵責《かしゃく》が和らぐのを感じていた。ある晩のアルジャジーラの記事で、アフガニスタン政府がタリバンに少しずつ領土を奪われていることを知るまでは。米軍は、首都カブールがまだ国への支配力をしっかりと保持しているかのように印象づけようとデータを歪めていたが、七十％以上の州は奪われていて、タリバンが国を実効支配しているのは明らかだった。聖戦の戦士《ジハーディスト》たちが戦争に勝利しようとしていた。アミナは、そのうちにタリバンがカブールのすべてを手中に収める可能性が高いのではと心配になり、何が何でも故郷にお返しをしないといけないと感じた。彼女の国が、またしても狂信者たちに奪われてしまっては手遅れになる。ユスフに相談もせず、彼女はチケットを予約した。一年だけ、と彼女はユスフに約束した。一年だけ。しかし今のアミナにとって、（イスミアルのベッドのそばに跪《ひざまず》き、夫の剃刀を人差し指に食い込ませながら）夫婦の時間は真っ二つに割かれてしまったようだった。最後のノックが聞こえたのはそのときだった。

アミナから——イスミアルとは違って——ドクドクと血が流れていた。

それでも、彼女はドアに向かって走った。

ボロボロの服を着て、血を流して骨折して、廊下に立っていたのはユスフだった。彼の手には最後の荷物があった。無言のまま、アミナはユスフの腕をとって息子の寝室に連れて行き、そこではイスミアルが横たわり、もう脈は止まっていて、彼女が最後の箱を開けてイスミアルの指を丁寧に持ち上げると、それは手のひらの上でやるせなく震え、ユスフはというと、イスミアルをはさんでベッドの向こう側に座り、まるで脈を測ろうとするみたいに息子の手首を握っていて、アミナが針と糸を手にとると、イスミアルの全身が、縫合されたあらゆるパーツが、あまりに激しく震え出したものだから、アミナは手を安定させられず、最初にして最後でもある指を縫合できずにいて、それを見たユスフは、自分がそこにいる意味を見出して、アミナの側に来て彼女の震える手をぎゅっと握った。一緒に、肉と肉を、刺しては縫って、裂いては結びつけて、そうするうちにアミナとユスフの二人は、ある考えに達するのだった。この先彼らは二度とカブールを離れることはないだろうと。ここが彼らの家なのだと。

もういい！

ランギーナは、薬がどうとか土地がどうとか、ロガールの孤児たちに寄付するための現金が入った封筒が盗まれたとか、わめき続ける粗暴なる息子に何を言えばいいのかわからずにいて、息子がこの世で一番いけ好かない青色に塗ろうと決めたこの寂しいリビングまで、彼女の愛する娘たちがフリーモントからはるばる会いに来てくれているその前で、息子が長々とそうまったくもって長々としゃべっていて、かわいそうに娘たちはただそこに座って、年老いた母が今生き残っているたった一人の息子から延々と説教されている様子を見守っていたが、その内容は「破かれた封筒を見つけたぞ、写真の引き出しに入れてたよな……」といった感じで、このように言い立てられた彼女は思わず子どもの頃のように泣いてしまい、かつてかよわい十四歳だか十五歳だか、まあ何歳だったか誰も精確にわかりはしないけど、六十歳の根無し草のところへお嫁に行って、ランギーナは彼女の一番下の息子が後に殺されることになる場所の近くの川岸で、泥で作った人形で遊ぶ年頃からそれほど離れていなかったと記憶しているけど、灰やら埃やら雪やらをかぶったコートを着た彼女の母が近付いてきて、あなたは今年じゅうに結婚して引っ越して妊娠して、それから何度も何度も妊娠するんだよと言ってきて、その結果としてリンゴ園にはたくさんの名もなき墓が並ぶことになり、墓の上ではリンゴの花が散っていて、まるでアッラーが

（ああ
神に
称え
あれ）

「まぁまぁ、こういうこともあるさ、でもこれを乗り越えて初めてその先に行けるんだよ」と言っているかのようで、やがて彼女の一番上の子が生きたまま生まれたのをきっかけに赤ん坊たちは死ななくなり、その生き残った長男が今も延々と説教を続けていて、頭上の照明はこの三か月のあいだランギーナが「こんなんじゃ暗闇に飲み込まれちゃうよ！」と何度言っても息子が修理できずにいてせいぜい薄明かりにしかなっておらず、息子の巨体が邪魔をしてテレビもフェイクの暖炉も棚も見えず、棚にはワタクが写った彼女のお気に入りの写真があって、ワタクは坊主頭で、口髭はほとんど生えていなくて、柔らかなまつ毛が霜できらめいて、今にもしゃべり出しそうに唇は少しだけ開いていて、でもその兄が、生き残っている人間が代わりにしゃべっていて、ＣＶＳドラッグストアで買ったピンクの錠剤について延々と説教していて、昔ラリーがやっていた薬局ならアフマザイ医師がいてくれて、彼が亡くなるまではランギーナの薬をすべて手配してくれていたのだけど、やがて一番上の息子が、寝室が三つのブロデリックの家から寝室が五つのブリッジウェイの家に家族を引っ越しさせたものの（ブロデリックとブリッジウェイは共にウエスト・サクラメントに存在する地名）、彼女は寝室のサイズが大きくて当時六歳だった一番上の孫息子と一緒に寝られた小さい家の方が良かったと密かに思っていて、孫はとてもおとなしくて優しい子で、毎晩眠るためにランギーナの手を握ってくれたし、中庭には大昔からあるナラの木があったし、少し行ったところにはファイサル・マーケット（中東の国々の商品に特化した食料品店）もあって、ほんの一マイルかそこら、十五分も歩けば乾燥させたクワの実やキシュミシュ（アフガニスタンで作られるレーズンのこと）や焼き立てのパンが手に入って、他のアフガニスタン人との会話も楽しめたのに、ブリッジウェイに引っ越してからは家の周り数マイルくらいは家しかなくて、厳密には、白人の隣人たちと彼らの家、いや、白人の隣人たちとその犬と家、いや、クソ犬と言った方がいいか、いつもワンワン、キャンキャン吠えて突進してきて、いつも飼い主のもとから飛び出して危うく彼女の内臓を引き裂くんじゃないかという様子で、というのも昔、ランギーナが長男を捜していたとき、彼女の子どもたちがよくリンゴを拾いに行っていた果樹園の小さな窪みの中で、共産主義者のけしかける犬たちが実際にそうするのを見たことがあったからで、あれはアッラーの思し召しか、

（ああ
神に
称え
あれ）

長男は犬に食われることも爆弾に吹き飛ばされることも近くの川岸で撃たれることもなかったわけだけれど、ランギーナは今、白人の隣人たちの犬のせいで、出かけたり散歩したりしてお腹と背中と太ももにたっぷりついてしまった脂肪を落とすことができなくて、彼女が思うに、きっと心臓の弁にも脂肪がついていて、そうでもなけりゃ、血圧の薬を飲み忘れただろうとか、ベッドのシーツに薬を隠したんじゃないだろうなとか、息子がガミガミ説教するわけがないんだし、結局ある日、スパイのような息子の嫁が薬を発見し、きっとお義母さまはこの世で一人だけご存命のご兄弟にプレゼントするためにその薬を貯め込んでいて、その人は、さしずめ、薬物中毒者だったり詐欺師だ

ったり妻を殴るような人間だったりで、それでいて心臓に深刻な問題を抱えてもいるんでしょうねと言い張ったが、ロガールの現状を考えれば、つまり、何年も爆撃と銃撃と無差別処刑が続いていて、人民派《ハルク》、ソ連兵、聖戦の戦士《ムジャヒディン》、タリバン、米兵がいるのだから、彼女の哀れな兄弟が土地をほんの少しばかり盗んだとしても無理もないが（いや、そもそも盗みだなんて言えるだろうか？）、その土地は当然ながらランギーナと、説教を続けている息子と、その毒蛇のような嫁のものであって、嫁はいつも監視し、聞き耳を立て、ランギーナが薬を飲んだかどうか、ナプキンを備蓄しているかどうか、酸素ボンベがオーバーヒートしないように電源を切ったかどうか、無呼吸で真夜中に起きたかどうか、娘たちへの電話で嘘をついていないかどうか、誰も見ていないカーペットの隅をめくって痰を吐いていないかどうか、といった情報を粗暴なる息子にヒソヒソと告げ口していて、ただし、スパイのような息子の嫁はファルシワン（ペルシャ語を話し、シーア派の信仰を持つ人）で、ランギーナの母がそうだったみたいに意志の弱い女だったので、何に対しても笑っていて、悪口を言われても黙って聞き、面と向かって言い返したりはしなくて、その代わりに後で一言一句を夫に報告し、それを聞いた夫がランギーナのところへ飛んできて、大きな体で、尊敬の念やら優しさがどうだのと延々と説教をするけど、親にそんなふうに説教する息子の方が尊敬の念を欠いているんだし、今だって、この寂しい部屋にようやくランギーナの子どもたちが勢ぞろいしたというのに、赤ん坊を見せにはるばるフリーモントから来てくれたかわいい娘たちの前で延々と説教を続け、それがあんまりにもうるさいもんだから、アレックス・トレベックが「二〇〇一年十月七日、不朽の自由作戦が開始され、十二月までに、米軍は一万二千発の爆弾とミサイルで攻撃を行いました」（トレベックはアメリカのクイズ番組の司会者。不朽の自由作戦は、アメリカとイギリスが9・11同時多発テロ事件への報復として首謀者を匿っている疑いのあるアフガニスタンのタリバン政権への攻撃を開始した軍事作戦）と、死にゆく男の疲れ切った諦観を込めて言っているのを聞き取るのに苦労したけど、彼女はその同じ諦観を、昔家に匿《かくま》ってやった髪の長い少年たちにも感じたことがあって、牛舎の柔らかい草の上で、奇襲作戦と銃撃戦の合間で、彼女の息子たちでもおかしくないくらいの年頃の少年たちが、あまりにも美しくて夢みたいな少年たちが、全員武装して、死に向かって進んでいて、死ぬ覚悟があるふりをしていて、そんな中に彼女の息子が、一番上の子が、他の少年たちと同じくらい美しく、若く、弟の死をきっかけに自らも死を受け入れていて、でも今も生き残っていて、今では年を取って、醜く、怒っていて、居間を行ったり来たりして、あご髭を引っ張りながら、今度はランギーナの娘たちに向かって、ランギーナがついうっかり失くしてしまったピンクの錠剤について延々と説教をしていて（お前らは裏切り者だ！）、それは心臓に効く薬だと息子は説明していたけれど、本当は心の病気の薬だったことぐらい彼女は気づいていていて、「不安」とか「躁」とか「パニック」とかいう言葉に注目した彼女は、それを覚えておいて娘たちに伝えたところ、信頼できる娘たちが、それって体じゃなくて心の病気に使われる言葉だよと教えてくれて、それじゃあまるでランギーナが狂女になってしまったみたいじゃないかと、まるでボードゲームのチェッカーで家族全員に勝てなくなったり、毎日毎晩のお祈りの言葉を忘れてしまったりして、認知能力が衰えたみたいじゃないかと、彼女が庭の桜の木の下で電話しているときに息子の嫁がどんな陰口を叩いていようがどうでもよく、彼女は日中の時間を庭か寝室か兄弟の家で過ごし、ほとんどの日は、彼女は一人きりで、この孤独で、薄暗くて、静かな家にいるのに、孫たちは彼らの寝室にいて、ゲームをしたり、TikTok を見たりして、彼女をソファで一人ぼっちのままにして、彼女のそばにあるものと言えば、呼吸管とかテレビとかワタクが写ったお気に入りの写真とか酸素ボンベくらいのもので、聞いたところによると、酸素ボンベはオーバーヒートしてこの木造住宅を吹き飛ばすかもしれないみたいだし、家のフェンスは二メートルもなくて、その厚みも二センチちょっとだから、隣人が飼っている犬とか二ブロック離れたところに住んでいる登録性犯罪者から身を守るにはまったく不十分で、ましてや、強盗やレイプ犯やリチャード・ラミレス（一九八四年から一九八五年にかけて、ロサンゼルス郊外で無差別連続殺人を犯した人物）やエディー・ギャラガー（アメリカ海軍特殊部隊シールズの一員で、二〇一〇年代にイラクで規律を破って捕虜を殺害し、他にも無差別射撃を行ったとされる人物）やロバート・ベイルズ（アフガニスタンに派遣された駐留米軍の一員で、二〇一二年三月十一日にアフガニスタン市民十六人を無差別に殺害したカンダハール銃乱射事件を起こした人物）から身を守るなんてできるはずもなくて、アフガニスタンのロガールで暮らした家なら、高さ六メートル、厚さ一・二メートルの大きな壁があって、共産主義者たちのロケットにもミサイルにも銃弾にも持ち堪えられて、それでも彼らはランギーナの二人目の息子のワタクのところへやってきて、川岸で彼を殺し、水のほとりで、流れは急で、重く、軽く、朝はとても早かったので葉にはまだ霜がおりていて、雪の結晶が空から神秘的に降ってきて、アッラーの思し召しのとおり、

（ああ
神に
称え
あれ）

常なる思し召しのとおりだけど、またもや息子の嫁が、裏切り者の娘たちにヒソヒソと文句を言っていて、定期的にランギーナの酸素ボンベを化粧台の上に載せたり床に下ろしたり、また台に載せたり下ろしたりを繰り返さないといけないんですよだの、手首が「痛む」んですだの言ってくれるけど、それじゃあランギーナの萎《しな》びた肺が、ある晩ソ連軍のクラスター爆弾で大量の煙と破片を吸い込んで以来ずっと「痛む」ことは気にもしないんだろうかと思うし、そのとき吸い込んだ灰が

彼女の鼻や耳や唇から漏れ出て、漏れ出た灰は彼女の行く先々に痕跡を残し、世界の端からもう一方の端まで、ロガールからペシャワールを経てバーミンガムを経てヘイワードを経てブロデリックを経てブリッジウェイへ、テレビの前のお気に入りの椅子にまで達していて、今では延々と説教する息子と娘たちが立ちふさがってテレビも見えやしないし、おまけにその息子の息子まで説教をし始めて、これが五年間ランギーナが子守唄で寝かしつけてやったあの孫と同じ人間ですかと、一年生になるまで、この大きな家で上の兄弟たちと一緒の寝室で寝るようになるまでおしりを拭いてやっていたあの子ですかと、まったくこの家は大きすぎるくらいで、ドアが多すぎ、窓が多すぎ、照明も多すぎ、テレビも多すぎ、思い出も多すぎて、例えば、ランギーナの兄弟たちが、何の理由もなく、誰のためでもなく、雪の降る日に殺されて、それは四十年近く前に、ワタクが何の理由もなく、誰のためでもなく、雪の降る日に殺された場所からほんの一マイルかそこらしか離れていなかったという事実を息子の嫁が知った晩に、ランギーナは息子の嫁を膝に抱いてぜひとも弟の話をしてやりたいもんだと思って、彼女の弟は冗談好きで、いたずらっ子で、何でも笑い飛ばして、屈辱や恐怖や悲しみからでもジョークを作ったこととか、ある雪の降る日に、カブールで二台のトラックに挟まれて、内臓を押し潰されて、出血して、それにもかかわらず心臓は動き続けて、弟が周囲を見渡して、腕を上げ、助けを求める手振りをして、通りがかった人の凍える耳に最期の言葉をささやくことはできたけど、通りがかった人はそれから消息不明で、死んでしまったのかもしれないし、生きているかもしれないし、普通の人と同じように歩いたり眠ったり祈ったり食べたりしているかもしれないし、先週放送されたドラマの『復活：エルトゥールル』の最新話のダイジェストと一緒にランギーナの愛すべき弟の最期の言葉が頭の中を駆けめぐる中で死にかけているかもしれないし、そういえばあんなことがあったと思い出して、それはこんな風に始まる物語、「かつて雪舞うカブールで、一人の死にゆく少年が、身振りで伝えたことがある……」って、その死にゆく少年がランギーナの死にゆく弟だったなんて、その言葉と、その物語が、彼女の人生とつながるだなんて思いもしなかっただろうけど、もちろん彼女は、しくしく泣いている息子の嫁に、弟が死んだ話とか、ワタクが死んだ話を思い出させないようにはしたけれど、だってランギーナは誰も知らないことを知っていたし（水を含んだ死体の重さとか）、家にいながら銃声を聞いたのだし、それが本当にワタクだとわかるより前にワタクだとわかっていたし、狂女みたいに戦闘中の道に飛び出していったし、髪をヴェールで隠すこともなく、火薬と血のにおいで鼻腔は焼け、ワタクの体は彼女の二倍くらい大きかったものの、彼女は川から彼の体を担ぎ上げ、全身がぶよぶよにふやけて穴だらけで、彼女が生んだ日と同じ重さで、アッラーは、

（ああ
神に
称え
あれ）

残された者たちに力をお与えになるし、彼女はワタクの第一発見者だったたし、まるでワタクは彼女を待っていたかのようで、そのとき、今、そこで、ここで、息子が、息子たちが、永遠に黙ったまま、永遠に説教しているまま、ランギーナは家族全員が彼女に反乱を起こしているのをいつまでじっと座って我慢すれば良いものかと考え、ついにもういいと言い、説教している息子とヒソヒソ言っている息子の嫁とウンウン頷いている娘たちとブツブツ言っている孫息子にもういいと叫び、

説教はもういい、アドバイスはもういい、錠剤はもういい、悪夢はもういい、肺の傷はもういい、幽霊はもういい、美しき死にゆく少年たちはもういい、爆煙はもういい、リンゴの木が焼けるのはもういい、白人の隣人を見るのはもういい、夜中に呼吸がつらいのはもういい、ワタクはもういい、パニック発作はもういい、依存症の兄弟が金の無心の電話をよこすのはもういい、恨みはもういい、怨念はもういい、先立たれる悲しみはもういい、人が死ぬのはもういい、罪はもういい、もう重い体を自分で支えて立つこともできないから息子の嫁にバスタブで体を洗ってもらわないといけないのはもういい、重い体はもういい、ワッフルはもういい、ワタクはもういい、今も占領が続いているなんてもういい、タリバンはもういい、ブッシュはもういい、クリントンはもういい、マスード（アフマド・シャー・マスードは、タリバンに対抗する戦士たちの司令官を務めたアフガニスタンの政治家）はもういい、白人の御主人に奉仕する傀儡《かいらい》政権はもういい、ワタクはもういい、お応えくださらない祈りはもういい、弟のジョークが悲しい物語になってしまうのはもういい、膝の痛みはもういい、背中も、肺も、心臓の痛みもそう、呼吸管はもういい、吸入器はもういい、錠剤はもういい、母親がつらい思いをするのはもういい、銃撃戦の映像はもういい、傷つくのはもういい、赤ん坊が死ぬのはもういい、憎たらしい長男はもういい、説教はもういい、アドバイスはもういい、なだめるのはもういい、愛するのはもういい、憎むのはもういい、二世代の成長した子どもたちの説教はもういい。

「もういい！」とランギーナは叫び、椅子から立ち上がって呼吸管を外し、足を引きずって外に歩き出し、子どもたちは、後ろにつき、横につき、彼女を取り囲んで懇願し、「どこに行くつもり？」、「どこに行くってんだよ？」と、何度も繰り返し、説教を続けた。なんて愚かな子と孫だろうか。一族みんな愚かしい。大きすぎで、小さすぎで、うるさすぎで、静かすぎで、速すぎで、遅すぎで。

「ロガールだよ！」と、彼女は心の中で言うと、息子が廃車を再利用しているシビックセダンのうちの一台に乗り込み、いつも息子がキーを入れてあるカップホルダーからキーを取り出して、エンジンをかけ、バックで車道に出るときにあやうく娘を轢《ひ》きそうになる。彼女がロータリーで車の方向を調整すると、息子が家を飛び出して走ってこちらに向かってくるのが見える。彼女はギアをドライブに入れながら、ブラザー・アイランド・ロードを通ってゴールデン・ゲートを通ってジェファソンを通ってフリーウェイを通って州間高速八〇号線を通ってサンフランシスコ国際空港に入って国際線ターミナルのトルコ航空のチケット売り場に行って、財布の縫い目をほどき、盗んでおいたお金で、つまりは、ロガールの孤児たちのための寄付金を拝借しておいたものを使って、アフガニスタン行きのファーストクラスのチケットを買うんだと頭の中で考えをめぐらせる。カブールに着いたら、手持ちのドルをアフガニに換えて、タクシーを呼んで、余分に料金を払って、モハマド・アガを通って、昔住んでいたナウェ・カレーの村を通って、あの日ワタクが殺された川岸まで行ってもらって、スズカケの木を抜けて水の中へ入って、木々や鳥たちや雲やジェット機や幽霊やドローンや天使や宇宙やアッラーを見上げて、

（ああ
神に
称え
あれ）

平穏と静けさの中で身を浮かべるんだ。しかし現実では、ほんの二、三日前に長男が修理し損ねたクラクションが鳴り響く。今、その長男はぐったりとしている。ランギーナが毎晩寝室から眺め

ていた街路灯に衝突したばかりのシビックの中で、彼女のそばで。クラクションはいっそうけたたましく鳴り響き、彼女の家族が車を取り囲み、またこんなことが……息子が……初めて産んだ子が……寒さも……飢えも……山も……戦争も……全部越えてきた子が……生き残って……うるさく説教をしていた子が……こんなにも静かになるなんて。彼女は瀕死の体を奮い立たせる。フロントガラスの破片が、今年の初雪のように彼女の腕や肩からこぼれ落ちていく中で、彼女は手を伸ばす。この世でたった一人、まだ生きている息子の鼓動を感じたくて。

バフタワラとミリアム

美しくて聡明な姉のザグーナが（でもこれから先は「恥知らず」と呼ばれることになるのだろうけど）、アメリカ人の許嫁《フィアンセ》との結婚式の三日前に一方的に別れを告げたのを知って、カブールに住む若きバフタワラは、運命というものの巨大さに圧倒されつつも、アッラーが彼女にチャンスをお与えになり、恋心に殉じて家族の名誉を挽回しなさいとおっしゃっているのだと気がついた。バフタワラの母、ガル・サンガが、嗚咽《おえつ》とともに、ザグーナの十世代先の子孫まで呪い始めたとき、バフタワラがそばにやってきて、こぼれる涙にキスをして、私が、バフタワラ・ファルハド・ニアズィが姉さんの代わりに、お独りになられたそのアメリカの方と結婚しますと伝えた。

しかし、母親はバフタワラほどの覚悟を決められなかった。まずは一家の長に話をしなければ、というわけで、その一家の長たるファルハド・モハマド・ニアズィは、長女がパン屋のアリと駆け落ちした事実を知ると同時に、いつも物憂げな顔で、信心深く、この二年は家の中でさえ髪を出さなかった次女が、一家の汚名を雪《そそ》ぐための決意を固めていることも知った。彼の妻と次女は、テレビの前で隣り合って、彼のお気に入りのトルコのドラマを遮るように座っており、バフタワラが悪い方の知らせを伝えて、ガル・サンガは良い方の知らせを伝えた。そうして二つの事実を知らされて、ファルハドの心臓があやうく止まりかけたところに、彼の脳が信号を送った。まだすべてを失ったわけじゃないぞ、たとえアッラーが扉を閉められたのだとしても、屋根を開いてくださるのだから、と。

「アッラーに栄光あれ」と、ファルハドは言い、目には涙を浮かべ、マットレスから立ち上がることもテレビから目をそらすこともなく、娘の頬にキスをして祝福を贈った。

とはいえ、最終的な権限を持っているのはバフタワラの長兄のラフマンだった。彼が地元のレンガ工場で過酷な仕事をするようになってからは、彼が本当の意味での一家の長であるというのが暗黙の了解になっていたのだ。気性が荒く、常に痛みに苛《さいな》まれ、家族を養うためにレンガの粉塵にじわじわと蝕まれてきたラフマンその人が——そう、ファルハドではなく——以前にザグーナとパン屋の関係を認めず、アメリカ人のアタルと結婚するように手配したのだった。このラフマンの計画によって、一家は戦争による経済不況を生き延びることができるだろうし、ザグーナはアメリカの繁栄のもとで子どもたちを育てることができるだろう、と。

彼は数時間のうちにレンガ工場から戻る予定だった。

そのあいだに、バフタワラは部屋着のヒジャブからお祈り用の長めのチャドルに着替え、一メートルはあろうかという髪を結って重ねて束ねた。これから礼拝をする広間の隣にはリビングがあり、そこでは妹のシリーンがトルコのテレビドラマを観ていた。シリーン（さほど信心深いタイプではない）は、姉のたゆまぬ信仰心にうんざりしていて、姉の礼拝のタイミングを見計らってゴシップを投下するのだった。

「ねぇ、バフタワラー?」と、シリーンは隣の部屋から大声で呼びかけた。「モハマド・アガの民兵たちが殺されてるんだってさー。ナビは殺す側で参加してるらしいよー」

それを聞いた途端、バフタワラはクルアーンのどの章を唱えていたのかわからなくなってしまい、彼女の意識はロガールで過ごしたあの夏の幻影へと落ちていった。彼女は、田舎からやってきた華奢な従兄のナビと一緒に、ベリーを摘み、リンゴを放り投げ、トウモロコシを焼き、物語を口ずさんで過ごしたのだった。二年前、殺された兄の仇《かたき》を取るためにナビがロガールのタリバン部隊に入ったのを境に、いつか彼と結婚するというバフタワラの夢は永遠に叶わなくなってしまった。長兄のラフマンは熱烈な政府支持者で、タリバン兵との結婚を許すはずがなかったのだ。シリーンの言葉など聞こえていないふりをしながら、バフタワラは妹から離れ、お隣さんのもとへ向かった。ミリアムのもとへ。

＊

バフタワラの家とミリアムの家が接している壁の中央には小さな穴が開いていて、バフタワラは貯蔵庫に積み上げられた小麦粉の袋の上に座り、その穴に向かって、アメリカから来た男性と結婚する計画について話した。

「じゃあ、お相手の彼とそのお母様は受け入れてくれそうなの？」と、ミリアムは穴の向こう側からささやき返した。

「どうかしら、お母様次第かな。マザコンみたいだし」とバフタワラは答えた。

「そのお母様、なんだか意地悪そうな感じよね。ああいう人がザグーナのお義母様になるのだってイヤだったのに、あなたのお義母様になるだなんてもっとイヤだわ」

「ザグーナはお母様とお似合いだと思ってた。二人で何時間も笑い合ったりしてたから」

「騙してたのよ」と、ミリアムは言った。

「そう、それもずいぶん上手いこと。アメリカに留学する方向に傾いてきてたように思ったんだけど。姉さんにはそれが合ってそうだったし」

「言ったでしょ、ザグーナはロマンチックすぎるって。見てごらんなさいな。パン屋の男と天秤にかけてアメリカを手放すだなんて。これはそのうち物語として語り継がれるレベルだわね」

「タイトルは『ザグーナとパン屋』」

「じゃああなたたちは、『バフタワラと……』」

「アタル。あの人、アタルって名前なの」と、バフタワラは言った。

「ごめんなさい、覚えにくくて……」

「いいのよ。私だって二日前に覚えたばっかりなんだから。それまではアタルだかアジュマルだかはっきりしなくて、ただ『お義兄さん』って呼ぶようにしてたの。義理の兄の名前なんて恥ずかしくて誰にも訊けないじゃない。でも、それが今じゃ私の夫になるんだわ」

「どうしてそうなるって言いきれるの？」と、ミリアムは尋ねた。

「今朝ね、お母さんがザグーナが逃げたって気づいたとき、私はまだお祈りの最中だったの。知らせを聞いたのがちょうど、『万物は対をなすよう創造された。アッラーのお恵みを忘れぬように』という一節を唱えているときだったから、まるで自分へのメッセージみたいに感じたの。何か新しいことを知ったっていうよりもね、これ本当よ、ミリアム、長いこと忘れてた記憶が急に蘇ったみたいだったの。私はアタルと結婚する運命だった。それを思い出したの」

「へぇ、運命なんてないと思うけどね。アッラーのみぞ知るところよ」と、ミリアムは答えた。

バフタワラは、運命を信じようとしないお隣さんを責められなかった。数年前、ミリアムは家族ぐるみで付き合いのあった公務員と結婚したのだが、彼は見た目こそ美しかったものの頭がおかしかった。嫉妬と妄想に狂ったミリアムの夫は、ミリアムが許可なく外出することを禁じ、その許可を出すことも滅多になかった。ある晩、ミリアムが隠れて従兄弟たちに会いに行っていたことを知った彼は、かつてそのうちの何人かがミリアムに求婚していたということもあって、大使館の勤務時間を巻いて早めに帰宅すると、最後に一度だけ、愛していると宣言してから、酸の入った缶をミリアムの顔めがけて投げつけたのだった。彼女が失明しなかった理由はただ一つで、夫が酸を投げるのとちょうど同じタイミングでご近所さんが明かりをつけ、そのまぶしさが彼女の目に届いたからである。彼女は左腕をかざし、腕は腫れ上がって水ぶくれにはなったものの、目を守ることができた。しかし、口は見るも無残にただれてしまって、助けを求めて悲鳴を上げるのもやっとだった。彼女の夫はアパートを逃げ出し、近所を出て、街を出て、二度と戻ってこなかった。夫の側の親戚たちは、ミリアムの兄弟からの報復を恐れたのか、身銭を切って、ペシャワールでの皮膚移植手術の費用を捻出した。手術は概《おおむ》ね成功し、話したり食べたりすることはできるようになったものの、傷跡は残ったままだった。彼女はカブールで待つ父の家に帰り、何の制約もなく家を出入りできるようになったけれど、その頃には外出したいという気持ちそのものが消え失せていた。アパートの中に自分自身を幽閉する生活を送っていたある日、ミリアムは寝室の壁に穴が開いていることに気がつき、その穴からバフタワラの姿を目にした。バフタワラは、隣に住む悲劇の人物に恥ずかしくも好奇心を抱いており、ミリアムの様子を窺っていたのだった。きっと神に遣わされたネズミが、貯蔵庫の小麦粉の袋の山をよじ登り、二人の女性の注意を惹くために壁の真ん中に穴を掘ったに違いなかった。彼女たちはすぐに口論を始め、互いに非常識じゃありませんかと相手を非難し、穴を埋めさせていただきますと言い合った。しかし、二人はまたそこに戻ってきて、相手を罵ったり、棘のある言葉をぶつけ合ったりした後、ジョークや世間話に興じるようになり、やがて将来の夢や過去の思い出についても話すようになった。折に触れて、バフタワラはミリアムの姿を見るようになり――彼女の脚、髪、影、傷跡――、不完全ながらもお隣さんのイメージが少しずつ出来上がっていった。バフタワラは、実際にミリアムの全身を見たことは一度もなかったけれど、その声にはよく親しんでいて、夜中にミリアムの小さな寝言で目を覚ますこともあったし、寝言が一定時間続くと、バフタワラはのそのそとベッドを抜け出し、忍び足で貯蔵庫に向かい、お隣と共有している壁の中央に開いた穴にそっと耳を押し当て、耳を澄ますのだった。何もスパイしようというわけではない。ただ、ミリアムの見ている夢が、それほど悲しかったり怖かったりしないといいなという思いからであり、もしそういう夢を見ていた場合は、友人を起こしてお話でもして、朝の光が差すまでおしゃべりを続けるのだった。

「結婚式には来てくれる？」と、バフタワラは尋ねた。

「ここの中庭でやってくれるんならね」と、ミリアムは冗談を言った。

しかし、バフタワラの笑い声が聞こえなかったので、彼女はこうささやいた。

「アッラーの御心のままに《インシャーラー》」

＊

貸していたブレスレットを見つけるためという口実で、バフタワラは姉の行方を示す手がかりが何かないものかと思い、姉の部屋を注意深く探した。もともと、ザグーナに自分の部屋と携帯電話を与えようと言い出したのはラフマンだった。計画した相手と結婚してくれる彼女への、感謝の印として。皮肉なことに、彼女にこの部屋とプライバシーを、そしてiPhoneという贅沢を与えなければ、パン屋のアリと駆け落ちなんてできなかっただろう。バフタワラはザグーナの礼拝用マットをさっと裏返すと、布の縫い目をほどき、中に入っている綿を丹念に調べた。次に、ザグーナのタンス（アタルの母に最近買ってもらったタンスだ）にあるたくさんの引き出しを、一つずつ開けていき、姉が残していったヒジャブ、スモック、下着、パンジャーブ地方の衣装一式を徹底的に調べた。彼女はザグーナの医療系の教科書や日誌を集めると、パラパラとページをめくり、何か秘密の暗号が書かれていないかと期待したが、解剖学や生理学や病気についてのメモが出てくるばかりだった。まったく、残念なことをしたものね、とバフタワラは思った。自分の家族どころか、未来まで捨ててしまうなんて。こんなことをしでかして、いったいどこで勉強するつもりなんだろう？世界のどこにも居場所がなくて、手には本を抱え、口にはペンをくわえて、住む場所を転々としていくんだろうか？　アリは大馬鹿者だ。でも魅力たっぷりの大馬鹿者だ。優しいし。アタルはというと、背が高くて悲しげで、それほど魅力的という感じではなかった。彼は母親の店で働いていて、（シリーンがこっそり教えてくれたところによれば）大学中退の危機にあるとのことだった。彼は何でも母親の言いなりで、そういう人って奥さんにつらくあたる可能性が高いのよとミリアムは忠告した。バフタワラは、疲れただけで何の成果もあげられず、姉の礼拝用マットにもたれて、アリを犠牲にすることを拒んだザグーナにアッラーは罰をお与えになるだろうかと考えた。それでも、彼女は姉を責める気にはなれなかった。バフタワラは、ザグーナが神に殉じる精神など持っていないし、俗世の愛のためなら破滅を選ぶだろうと、ずっとわかっていたのだ。

バフタワラは決心した。アメリカに行って薬学の勉強をしよう、と。

＊

皆が一斉に帰ってきた。ラヒームは工業学校から、カリームは仕事から、クァリームは高校から、ラフマンはレンガ工場から。一家がリビングで昼食をとっているあいだ、父は音量を下げてトルコの大河ドラマを観ていた。父のファルハド・ニアズィは、とんでもなく痩せているのにノロノロとしか動かず、見た目よりもずっと体が重いもんでな、などとぼやいていた。彼はとにかく働くのが嫌いで、つるはしを振り上げたりハンマーを振り下ろしたりする気分にどうしてもなれないときには、一家全員が飢えそうになることが何度もあった。こういった事情もあって、彼は他の誰よりもラフマンに恩義を感じていた。

すぐに息子の食欲を失わせるのもどうかと思ったので、母ガル・サンガはラフマンがパラキ（アフガニスタンで作られる平たいパン）を二口三口食べるのを待ってから、これまたおかしな判断なのだが、良い知らせの方を先に伝えた。「ラフマン、バフタワラがアタルと結婚するそうよ」と、ガル・サンガは言った。

ラフマンの喉から、本人が思ってもみない変な音が出た。

「あのね、ラフマン……」と、ガル・サンガは話を続けたが、息子がイモと怒りを喉に詰まらせて窒息しかけていることには気づいていなかった。すぐに水が入ったピッチャーを持っていく観察力があったのは、バフタワラだけだった。ラフマンが喉に詰まったものを水で流し込んでいるのを横目に、彼の兄弟たちは武器を手に立ち上がり、結婚を台無しにしたパン屋の男に血の代償を払わせてやると意気込んでいたのだが、父がそれを制するように説明を始めた。アリの一家は既に（たとえ何年かかろうとも）ザグーナがもらうはずだった結納金を弁済すると言ってきているし、さらに、彼らの長女が成人を迎え次第すぐにラフマンの妻として差し出し、その際はこちらからの結納金を受け取らないとも言っていると。ラフマンは水を流し込んで、心を落ち着けたようだった。これから、妻と子、そしておそらくは愛が手に入るかもしれないと静かに空想するうちに、燃えるようだった彼の怒りは消えていった。

「今はバフタワラに集中するのが一番じゃないかしら」と、ガル・サンガは提案した。

「お前は救世主だ」と、ラフマンは言い、妹の方を向いた。

「私の務めだから」と、バフタワラは自分の胸に向かってささやくように言った。まるで、服の中に言葉を隠そうとしているかのように。

「お前の務めじゃなかったんだがな」と、ラフマンは言った。「何が起ころうと、あちらの家族が拒もうと、今後我が一族はお前から受けた恩を忘れないぞ。本当だ、バフタワラ、これまでお前は
――」

ラフマンは彼女をさらに褒めようとしたが、それより前にバフタワラは多くの料理を一気に平らげてしまうと、貯蔵庫へと急ぎ、ミリアムに良い知らせの続きを報告できるのを待った。こちらの一家の意見はまとまった。あとは、相手の側を説得できるかどうかにかかっていた。

＊

ラフタさんと彼女の息子のアタルは、いつもきっちり決まった時間だけ遅刻してきたので、彼らが夕食に来るたびに、あと一分か二分以内で到着なさるはず、とバフタワラは正確に予想できるようになっていた。今夜もそうだった。午後七時四十五分頃、ラフタさんがゾッとするような笑い声と共に、アルミ製の門の向こうから、お腹が空いちゃったとか、もうくたくたとか、早く中に入りたいもんだわ、などと騒ぎだすタイミングになると、ガル・サンガは（バフタワラの指示を受けて）既にそこで待機していて、彼らを家に招き入れた。ラフタさんは、息子のアタルと、義理の母のビビ・アシャクを連れてニアズィ家に入ってきた。

女性たちは全員一つの部屋に入り、アタルは別の部屋に通された。

ラフタさんはふくよかな体格で、ラグマン州出身の手ごわい女性だった。彼女は十六歳のとき、ミシシッピ州で暮らしていたヴァルダク州出身の若者のところへ嫁いだ（ラグマン州とヴァルダク州は、アフガニスタンの州の一つ）。彼女は今、四十歳になり、ラグマンでの年月よりアメリカ暮らしの方が長くなり、どこのものともつかないミシシッピ訛りのパシュトー語を話した。楽しい場での彼女は、賑やかすぎるくらい賑やかで、周りまで笑顔にする笑いを浮かべながら、一瞬にして部屋を爆笑の渦に巻き込んだ。逆に、機嫌が悪いときの彼女は、戦争犯罪でもやりかねなかった。したがって、ガル・サンガはいつも不安で仕方なかったのだが、いよいよその不安がピークに達するときがやってきた。ラフタさんはチャイを一杯飲み干すと、義理の娘の居場所を尋ねたのだ。

「えぇ、それがですね」と、ガル・サンガは切り出してすぐに、自分の気持ちの変化に気がついた。駆け落ちした娘をどうしようもなく恥じていたはずなのに、長女にはもう二度と会えないんだ、という思いの方が強くなった。そっちの方が死ぬより残酷だ。だって、天国でもう一度会えるという望みで心を安らげることもできやしないんだから。

彼女は話すのをやめ、カップのお茶に涙をこぼした。

ラフタさんとその義理の母は、立ち上がってガル・サンガを慰め、どうしたの、何があったの、と尋ねたけれど、何の足しにもならなかった。彼女はただ泣きながら、他と大して変わらない男のもとへ行ってしまって二度と帰らぬ娘の名前を呼び続けた。あぁ、かわいいザグーナ。幸いにも、シリーンが駆けつけ、私情をはさまぬ葬儀屋のごとき無関心でもって、ザグーナはあなたの息子さんと結婚したいと思ったことはありませんでした、とラフタさんに説明した。シリーンはさらに続けた。ずっと前から、ザグーナは近所に住むアリという名のパン屋に思いを寄せておりまして、つい最近、そのパン屋との駆け落ちに踏み切ったのでございます、と。しかし、ラフタさんにとっては不幸中の幸いで、ここまで旅費を払ってはるばる来たことは無駄にならなそうだった。というのも、シリーンの姉のバフタワラが、ザグーナの代わりとしてアタルの結婚相手に勇敢にも名乗り出てくれていたからだった。それは本当に幸運と言うべきで、彼女はこの世でそれ以上にふさわしい花嫁を見つけることはできないだろうし、恥ずべき出来事があったとはいえ、ここでバフタワラの申し出を断ればさらに悲惨な事態が待ち受けていることも確かで、それに、今や彼らの人生そのものとも言えるこの一風変わったドラマが良き展開を迎えているところに水を差したくもなかった。

ガル・サンガは泣きやんだ。

バフタワラは心臓が飛び出しそうだった。

ラフタさんとその義理の母は、シリーンの度胸に感心しつつ、バフタワラへと目を向けた。その一方で、バフタワラは急に、人生で初めて、アイライナーを引いたり口紅を塗ったり、少なくとも眉を抜いて整えておくべきだったと感じた。

「この子はザグーナほど器量が良くないみたいだね。色も黒いし」と、ラフタさんは言った。

「体重は勝っとるがね。背も高い。こりゃあ巨人の孫が生まれるよ」と、ビビ・アシャクは請け合った。

「まぁ、こんな娘さんを三人も立派に育てなさったね」と、ラフタさんは言った。

「あの、結納金はもちろん、お返しするつもりです」と、ガル・サンガは言葉を絞り出した。

二十秒はあっただろうか、ただひたすらに沈黙が続いた。別の部屋にいた男たちでさえそれに気がついて、話すのをやめた。

「アタル！」と、ラフタさんが沈黙を破って大声で呼びかけた。

わずかに足を引きずりながら、アタルがリビングの入口に現れた。その母親は、こっちへ来て座りなさいと指示した。

身の丈は百九十センチを超え、百キロ近い巨軀《きょく》を携えて立っているアタルは、大学チームのクォーターバックのように引き締まった体で、がっしりとして肩幅が広かった。彼は大学でプレイしたいとずっと思っていたけれど、中学時代にひざを狙った悪質なタックルを受けて右ひざを粉砕され、断念したのだった。その怪我のせいでまともに歩けなくなっただけでなく、心もいくぶん壊れてしまった。今、地面に足を引きずっている彼は、物静かで不器用でニキビ跡がたくさんあって、力を持て余した体には常に不安がつきまとっていた。彼の考えでは、そういった力強い肉体は、暴力を振るうためとか、良いパフォーマンスをするため、といった目的があってこそ作られるものだったから。座って前かがみになっていてもなお、彼の大きさは母親を圧倒していた。

「アタル、あなた、この前までの子じゃなくて、この子と結婚する気はある?」

それまでの許嫁《フィアンセ》に何があったのかと尋ねることさえせず、アタルはバフタワラをじっと見て、特別目を引くところは何もないなと感じながら、その新しい組み合わせを承諾した。ガル・サンガとその娘たちが静かに喜ぶ中で、ラフタさんは既に結婚式の段取りの変更に取りかかっていた。バフタワラは必要ありませんと断ったけれど、ラフタさんが女性陣を説得し、貴金属や宝石やドレスをバフタワラのために用意することになった。

＊

その夜、バフタワラはミリアムのところへ行って、進展を報告した。長い沈黙が続き、彼女たちは必死に涙をこらえ、そして二人の友は、会いに行くからね、また会おうね、電話するね、戦争とか民族離散《ディアスポラ》なんて関係ない、私たちの友情は永遠だから、とお互いに嘘をつきあった。

やがて二人は、結婚式の夜はどんなふうかな、と話し合った。

＊

それから二日間をかけて、一同はバフタワラの結婚パーティーに必要なドレスや宝石やカードを選んだ。幸いにも、かつてザグーナが求婚者たちに容赦ない要求を突きつけて、（求婚者たちをおどかす意味を込めて）一番高額で風変わりな贈り物ばかり選んでいたこともあって、バフタワラはガル・サンガとラフタさんが薦めてくるものすべてに積極的に同意していった。とはいえ、イライラに近い気持ちも湧いてきた。彼女が白いウェディングドレスを着たいと言ったわけではない。お化粧をどうしたいとか、ドレスの色はどれがいいとか、アタルがパコル帽とパトゥキのどちらを身に着ければいいかなんて彼女には判断できなかった。彼女はカルテ・ナウの市場に行って、宝石やら衣装やら、指輪やらチャドルやらを手に取ってみたけれど、手に触れるどんな商品も、たとえそれが一点の曇りなく磨き上げられていようと、指が埃で汚れるだけのように感じられた。時間が限られていたので、刷り直すことができた結婚式の招待状は、カブールに住んでいる近親の分だけだったものの、彼らはこの半ば公然の秘密を伝えても大丈夫と思える人々だった。願わくは、アッラーの御意志によって、ロガール州とかヴァルダク州とかパクティヤー州より遠くに住んでいる親戚や友人たちが、姉と妹が入れ替わっていることに気づきませんように。

その夜ミリアムに会いに行くと、彼女は、その日バフタワラがどういう決断をしたのか一つ一つ細かく熱心に質問をした。「もっと真剣に考えなきゃダメじゃない。結婚は人生に一回きりなのよ」と、彼女は言い、もちろんそれは真実ではなかったけれど、バフタワラは反論しなかった。そんな中、ミリアムが自分の結婚式のことを懐かしそうに話し始めたので、バフタワラは驚いた。彼女は、イタリア製のダークスーツを着た夫がどれだけ格好良かったかを話した。花の飾りつけやリネン類や食器類に至るまで、細かく念入りに注文をつけたことを話した。兄弟たちが踊ってくれたアタン（アフガニスタンの結婚式で踊る伝統的な民族舞踊）のことを話した。彼女は、夕暮れの薄明かりに照らされた街の美しさを思い出した。彼女は回想に耽《ふけ》り、郷愁の念に駆られており、それがミリアムにとってどれだけ危険なことか、バフタワラにはわかっていた。

「あの人は何を着ても完璧に似合ってたの」と、彼女は言った。「セールで買ったシャツとズボンでも、高級服に全然見劣りしなかったもの。初めてディナーに行ったときのあの人を見せたかったわ、あの人はね……」

「ミリアムはさ、式に何を着てくるつもりなの？」と言って、バフタワラは話を遮った。

「服は少ししか持ってないわ」

「気にしないで。私のドレスをあげるから」

ミリアムは八度続けてドレスの贈り物を断ったが、花嫁の熱意に負けて承諾した。その夜のうちに、ドレスはミリアムのもとへ届けられた。ロガールが誇るお針子のナビーラの仕立てによって人気が出たデザインで、インド南部のコーチ様式にパンジャーブ様式が巧みに組み合わされており、シリーンやバフタワラの従姉妹たちが着る予定のドレスと同じ金色の模様が入っていた。バフタワラにはミリアムの体の寸法を知りようがなかったにもかかわらず、なぜかドレスはぴったりで、まるでミリアムのために仕立てられたかのようだった。寝室で、一度、二度、三度と、冷たいバターのような色をした火に照らされながら、ドレス姿のミリアムはクルクルと回ってみた。

＊

結婚式当日の朝、バフタワラは黄色のカローラに乗ってザグーナのお気に入りのサロンに連れて行ってもらい、姉のお気に入りの美容師さんたちに髪を染めてもらったり眉を整えてもらったりして式の準備をした。式は姉が夢見た式場で、数か月前に姉が選んだ日に行われることになっていたけれど、今やそれは偽りの記憶のようにも思われた。彼女のドレスは、ずっしりと重く、赤と緑をベースに金色の房飾りがついたコーチ地方の様式のドレスで、左右対称に数えきれないほどのプリーツが入っていた。もし彼女がもっと華奢な体型だったら、こんなに贅沢に布が折り畳まれた重いドレスを着た状態で、こんなに優雅に堂々と歩くことはできなかっただろう。ラフタさんの指示に従って、四人の美容師たちはバフタワラの長い髪をまとめて、結んで、染めて、立体感豊かなアップスタイルに仕上げた。そのつややかな黒髪で作られた尖塔《ミナレット》は、半透明のグリーンのヴェールで優しく覆われていた。ラフタさんは、新たに花嫁となる女性が、カブールで一番値段の高い美容室を、戦に勝利した将軍のように勝ち誇った顔で出ていくのを目にした。

式場にバフタワラが入ってきた瞬間、人々はこれは一体どういうことだといった様子で、彼女をジロジロと見てささやき合ったり、目を丸くして戸惑ったりした。彼女がステージに座ると、招待客たちは彼女に歩み寄って挨拶とキスを交わしていき、なかには彼女のことをザグーナだと思い込んでいる人たちもいた。バフタワラはこの感覚を堪能した。姉のイメージと記憶の中に、自分が溶けて消えていく感覚を。部屋にいる人々の半分は彼女のことをザグーナだと思っていて、もう半分の人々は、本当はザグーナがそこにいるはずだったのにと思っていた。ステージに座ったバフタワラは、人生でこれほどの孤独を感じたことはなかったし、それと同時に、神をこれほど近くに感じたこともなかった。アタルは彼女の横に座っていた。彼は汗ばんでいて顔色も悪く、マットの上でぎこちなく長い脚を組んでいた。彼は白のカミーズとパトゥキを身にまとい、バフタワラの手を握っていたものの、握る力があまりにも弱く、彼女は彼がいることすら忘れていた。少し前、二人が並んでホールに入ってきたときにはバフタワラが彼の手をとって、あそこまで歩きますよと案内してあげた。しかし今、紫の花の小さなディスプレイに隠れて二人で手を重ね、彼の汗でべたべたした手のひらに包まれていると、彼女は不思議と気分が落ち着くのを感じた。挨拶や紹介の合間に、バフタワラは、誰が誰で、次の段取りは何で、立ち上がるべきタイミングはいつですよということをアタルに小声で教えてやった。

　年輩のオレンジ色のドレスの女性が近づいてきたとき、「こちらはあなたのお母様の伯母様《カーラ》です。さあ、手をとってキスをなさって」と、バフタワラは彼に伝えた。

　彼はそうした。

「こちらは私の遠縁の従姉妹です。手を御自分の胸にお当てになって、旦那さんのお体の調子はどうですかと尋ねてあげてくださいな」と、彼女は続けた。

　彼はそうした。

　彼の母は結婚式会場をあちらこちらへ飛び回っており、子どもたちを汚い言葉で叱ったり、招待客に挨拶したり、ウェイターに大声で注文をつけたり、飾りつけを手直ししたり、アッラーを称えたり、とにかく会場全体を走り回っていて忙しかったので、アタルはぜひとも若き花嫁に自分を導いてほしいと思っていた。多くの人々が母のことを横柄で分別のない女だと思っていることは承知していたけれど、経済的破滅の淵にあったアタルの父の一族を、母がたった一人で救ってみせたこともまた事実だった。誰もが思いもしないところで（ビジネスで、裁判で、結婚で、ミシシッピで）、幾度となく成功を重ねる母の姿を見てきたので、彼は母の言うとおりにすることが人生で最も安全な道なのだと信じるようになった。彼はそういう生き方をしてきた。少年フットボールチーム時代から、コーチや先生や親代わりになる人たちがいて、彼をエンドゾーンへ、トレーニング室へ、授業へ、卒業へと導いてくれて、彼はそういった誰かの導きや、戦術本《プレイブック》や、綱領や、秩序のもとで育ってきた。アタルはよく考えることがあった。もし母の愛がもう少し控えめだったなら、彼は偉大な戦士になっていたかもしれない、と。しかし今、花嫁の隣でくつろいで座っていると、宇宙が（彼は神を信じていなかった）もう一度、彼に羊飼いをお与えになったのかもしれないと思った。

バフタワラは、列席者の人混みの中にミリアムらしき人物がいないかと探した。会場にはブルカを着た女性がまだ数人いて、我が友はその中にいるんじゃないかとか、どうしていまだに挨拶に来てくれないんだろうとか、恥ずかしくなったり怖くなったり落ち着かなくなったりしたのだろうかとか、今はどこかから彼女とその婿を見ているんじゃないかとか、まだ家にいて暗い部屋で過ごしているんだろうかとか、こんな日に来てくれないなんて、姿を見せてくれないだなんて、この先ミリアムを許せるだろうかとか考えていて、そうしてミリアムを探している真っ最中に、バフタワラはナビを見つけたのだった。彼には昔の面影はほとんどなかった。ラフタさんの周到な指示を受けて、ラフマンとラヒームとカリームとクァリームとその他四人の親戚の男性たちと一緒にこっそりと会場に入ってくると、ナビは新郎新婦がいるステージの下で結婚式《アタン》の踊りを踊った。彼の髪はオイルで撫でつけて整えてあり、あご髭はよく剃られていて、最後まで踊り続けていた。小柄なナビは、戦闘のプロらしく身軽で優美な体つきをしていて、とても落ち着いて太鼓の音に合わせて踊っており、彼がタリバンの兵士であると知っている人たちでさえ、恐怖を忘れてしまうほどだった。

彼に見られたくなかったので、バフタワラはナビの方を見ないようにして、他の人の方を見るようにした。シリーンは女性たちの結婚式《アタン》の踊りの準備をしていて、ガル・サンガは、壁際で男性たちを会場の女性たちの側から分けている最中の夫に何かささやきかけていて、ファルハドはガル・サンガの手を両手で握っていて、ラフマンは踊ったこともないくせにリードしようとしてダンスのステップを数えていて、ラフタさんは会場の入口の金色のカーテンを引っ張ったとかでよその子を叩いていて、よく知らない人が自分の子が叩かれたとかでラフタさんのところに走り寄っていて、汗をびっしょりかいたウェイターたちは視線を床に落としたままテーブルや客や子どもたちのあいだを縫って急いで行き来していて、アタルはというと、まるで彼のライバルが密かに、臆することも恥じることもなく、死に突き進んで生きる男の絶望的な勇気をもって、変わらぬ愛を静かに宣言していることを知っているかのようで、その大きな手は（あと数時間もしないうちに）二人がそろって感じる愛のためにあって、僕はここにいるよと告げるみたいに彼女の手をぎゅっと握っていて、ザグーナはどこかの道で、どこかの峠で、愛と恐怖を抱えて永遠に放浪する運命にあって、ミリアムはいまだアパートに囚われていて、バフタワラのドレスに身を包み、鍵のかかっていないドアの近くに座り、道路を覗き込める程度に身を少しずらし、黒い制服を着た女子学生たちがスキップしたり叫んだり家に向かって走ったりするのを見ていて（一人の子もいれば、手をつないでいる子たちもいた）、街を吹き抜ける熱い風に身を焦がし、よりいっそう心を痛めるのだった。

ハラヘリー・リッキー・ダディ

オレらのアパートが、フリーモントのフリーマーケットで買った奇跡の電子レンジをめぐって、四つの陣営に分かれた内戦を始める寸前になってた頃、オレの弟の親友、リッキー・ダディは、大学の学生団体の集会で配られる食料を頼りに生活してた。月曜日はパキスタン学生協会、火曜日はアルメニア学生協会、水曜日はパレスチナ学生連盟、そして木曜日はアフリカ学生連盟。毎週金曜日になると、カリフォルニア大学デービス校の兄弟たちは、金曜日礼拝の後に広場で無料ピザをもらおうと集まった。ほら、アレだ、リッキー・ダディ（本名はアブバクル・サーレム）は、例のパレスチナから来たヒジャブ姿の女子に買ってやる婚約指輪代を貯めてたから。その子はリッキーにほとんど話しかけてくれなかったけど、それはあいつの努力が足りなかったわけじゃなくて、第二次・第三次民衆蜂起《インティファーダ》を経験した彼女は、鍛え抜かれた上半身に魅力を感じなくなってたんだ。

オレらのリッキーに落ち度があるわけない。

愛さずにはいられない何かがあいつにはあるって、オレらは感じてた。

よくいる女好きのパシュトゥーン人の見た目と愛嬌に、両親のいない童貞の無垢な優しさを併せ持つ男。最初は、あいつが童貞だなんてオレらは信じなかったけど——だって、巻き毛で、マッチョで、えくぼまであったから——リッキーは恥ずかしげもなく、ときどき不淫の誓い（主に宗教的な理由による自発的な禁欲主義の誓い）を立ててみせた。でも、あいつの見た目以上に疑わしいことがあった。オレらはあいつのInstagramのダイレクトメッセージの文章を、まるでクルアーンの一節みたいに暗唱してた。ユーモア抜群のジョーク。気の利いた受け答え。絵文字のやりとりなんかジョーダン級だった。

これだけの要素が揃ってるってのに、リッキーが二十一にもなってまだ童貞を捨ててないなんて信じられるか？

でもオレの弟、マフムードは、仮にリッキーが筆下ろしをしたんだったら、絶対にそうとわかると言った。オレら全員にそれがわかると。なんでも、リッキーに「神に誓って」と言わせるとあいつは嘘がつけなくなるらしいのだ。

そういうことなら実演してみないと。そこでオレらは十人でキッチンに集まって、最後にオナニーしたのはいつだってリッキーに訊いた。

「オナニーはしない」と言って、リッキーの顔が赤くなった。

「神に誓ってそう言ってみろよ」と、オレらは言った。

あいつにはできなかった。

「先週オナニーをしなかったんなら、神に誓ってそう言えよ」

あいつにはできなかった。

「今日オナニーをしてないなら、神に誓ってそう言ってみろ」

「もうやめてよ」と、あいつは言った。

オレらはそうした。リッキーへの愛ゆえに、やめてやった。

それであいつが童貞なのは確信できたけど、童貞を捨てようとしない理由まではわからなかった。

オレの弟の説明によると――弟は医学大学院への進学のために成績評価値《GPA》を上げたくて心理学専攻に変えていたのだ――リッキーのばあちゃんが、婚外性交の大罪を犯した者は地獄《ジャハンナム》の七層目に落とされて竿も玉も腐っちまうよ、と死ぬ前に口酸っぱく説教してたらしい。オレらはその説明に納得し、リッキーのありのままを受け入れてやった。

オレらのリッキー・ダディ。

童貞の女好き。

純潔を保ってたにもかかわらず、リッキーのマッチョな見た目とInstagramでの評判のせいで、学内の普通の女子たちからは悪い噂が立ってた。そういう逆風があっては、リッキーはナビーラをモノにはできないだろうというのがオレらの見解だった。とはいえ、正直、ナビーラが普通の女子なのかどうか自体が謎だった。ほら、アレだ。あの子は独自の戒律を持ってたから。キャンパスをうろうろするときは（イスラム法学の博士課程一年目だった）、全身黒ずくめで、そこから出ているのは顔と――整ってたけど顔色は悪くてすっぴんだった――手とバレエシューズだけだった。

ナビーラは義務《ファルド》の祈りをこなし、預言者慣行《スンナ》を守り、任意《ナフル》の礼拝とかそういうのを全部やってた。でもオレらは、あの子が六つの要注意人物リストに載っているのをよく知ってた。あの子は、マルクス主義者、無政府主義者、イスラム主義者とコネがあったし、故郷パレスチナのテロ組織ハマスの関係者じゃないかって疑いもあった。ＦＢＩに尾行されてたのはほぼ確実だったから、あの子はネット上では目立たないようにしてた。Facebookも、Twitterも、（リッキーお得意の）Instagramも、Tumblrさえやってなかった。しかも、革命に感化されてるってことの他にも、アラブ系の女子学生たちのあいだで広まっている噂があった。ガザで彼女を待っている男がいるらしい、と。あの子の従兄で、レジスタンスの。

オレらはこういうのを全部リッキーに聞かせたけど、あいつは笑い飛ばした。

「レジスタンスだったら早死にするね。その男がいなくなってから、僕がかっさらうよ」と、あいつは冗談を言った。

「でも、かっさらう必要なんてあるか？　あの子じゃなくていいだろ。四歳も年上だし、背も八センチ近く高いし、ＩＱなんか百ぐらい差をつけてあっちが賢いじゃないか」と、オレらは尋ねた。

リッキーは何も言わなかった。ただ、あいつ特有の笑い方で笑ってた。唇を少しだけ開いて、臼を前に突き出すみたいにして、でも歯は見せない。

＊

オレらのアパートもそれなりの問題を抱えてた。ほら、アレだ、三部屋しかなかったから。オレと弟のマフムードとリッキーの三人は、全員ロガール出身だからってことで同じ部屋で寝起きしてて、誰も夜にいびきをかかなかったし、オレが神への思念《ズィクル》をしたりクルアーンを読んだりしているときは、他の二人が邪魔してくることもなかった。大抵は、リッキーが黙々とプログラミングしたりメールを打ったりしてて、マフムードはほぼ確実に合格できるであろう試験に向けて勉強しすぎなくらい勉強してた。

アラブ系のルームメイトが三人いて――エジプト人のアベド、シリア人のイクラム、パレスチナ人のヤシーンだ――、あいつらで一つの部屋を使ってた。子どもの頃、一緒にアンヌール礼拝堂《モスク》に行ってたらしい。ヤシーンはボディビルダーで、フワフワな眉毛のかわいさをカチカチの筋肉でプラマイゼロにしようと頑張ってた。パレスチナ出身の彼は、上腕二頭筋と前腕のあいだにイスラエルを挟んで押し潰すつもりだった。イクラムはイスラムの導師《イマーム》の息子だった。大麻中毒で、前はクルアーンの読み手《カリ》をやってた。でもハッパを一服吸うごとに、クルアーンを一節ずつ忘れていった。アベドは、別の人間が八人集まったみたいなヤツだった。ヤツはキャンパスの全員（ヒッピー、ナチ、神秘主義者《スーフィー》、サラフィー主義者、シオニスト、兵士、社交クラブのメンバー）から愛されたがった。パーティーでは特に理由もなくバク転をしてた。

三番目の部屋は、三人のパシュトゥーン人たちが使ってた。そのうち二人は双子で、レスリングの奨学生だった。二人はお揃いのタンクトップとスキニージーンズを着てて、ビールを飲みに出かけるたびに夜遅く帰ってきて、バーでナンパした女の子をめぐって喧嘩を始めた。三人目のパシュトゥーン人が、ザルマイだ。ストックトンから来たアフガニスタン系で、クローゼットにショットガンを持ってて、双子の喧嘩を毎晩録画して、YouTubeにアップロードして広告費を稼いでた。双子にはまったくバレてなかった。

ファヒーム（エルクグローブ出身のインド人）は、カシミール地方出身のハイダールと一緒にリビングに住んでた。あいつらの部屋はカーテンで仕切られてて、他のルームメイトよりは家賃が安かった。ファヒームが夜な夜なイスラム思想家のアフメド・ディーダットの講話を聞いたり『ギルモア・ガールズ』を観たりしてた一方で、ハイダールはラップ・アルバムの制作に取り組んでた。二人はいつも朝方に寝る生活で、ハイダールが、白人女子（ガールフレンドってわけじゃない）と電話すると決まってファヒームがイスラム談義したりカーテン越しにささやきかけてくるのを受け流す才能に恵まれてたから、すごく仲良くやってた。まあそれも、ファヒームがウサギを連れてくるまでの話だった。あいつは夜中にこっそりウサギを持ち込んで、でもファヒームの占有スペースで飼ってるだけだったから（少なくともオレらはそう思ってた）、最初は誰も文句を言わなかった。オレらはウサギがいないみたいに生活して、檻《ケージ》の存在とか、冷蔵庫のニンジンとか、ポリポリかじる音、キュッキュッって鳴き声、コロコロのフン、そういうのは全部無視した。ところがある朝、ハイダールが起きたら脚の至るところがノミに食われまくってた。それであいつがファヒームに、このノミは君のウサギのせいだろって尋ねたら、ファヒームはイスラムの預言者は動物愛好家なんだとかいう話を三十分続けた。ハイダールはいつも通り受け流したけど、事の顚末を聞いたオレらの方が、これは「アパート会議」にかけるべきだと判断して、そこから二週間、ファヒームは従兄弟の家に潜伏して逃げてやがったから、オレらはあいつを待ち伏せすることにした。午前二時、冷凍の豆スープ《ダール》をレンジでチンしようと現場に戻った容疑者を確保した。パシュトゥーン人の双子に頭蓋骨固め《ヘッドロック》をキメられて五分が経過し、ようやく、ウサギは車の中だとあいつは口を割った。ストックトン出身のザルマイがガサ入れを担当、車から檻《ケージ》を押収し、ストックトンまで護送した。

それ以降、ウサギの姿を見た者はいない。

事件後のファヒームは、ハイダールにひどい接し方をするようになった。挨拶《サラーム》を言うこともなくなり、イスラム談義もせず、わざとハイダールの食べ物を捨て、ラップに文句をつけ、朝も早くから起き出して『ニンジャ・ウォリアー』の再放送をボリューム最大で観賞した。挙句に、数センチずつ、リビングの間仕切りのカーテンの位置をハイダールの方にずらし、領土を拡大しだした。一か月もしないうちに、あいつの領土は三十センチくらい広くなった。ハイダールは「アパート会議」を招集し、ファヒームのカーテンが徐々に彼の側に来ていることを捉えた証拠写真を提出した。なるほど、カーペットの窪みを見ると、元々タンスを置いてあった位置より三十センチ近く右にタンスが動かされてた。なるほど、ファヒームのベッドの隣に本棚が置かれてるが、学期の初めには棚が収まるようなスペースは存在しなかった。なるほど、壁に開いた小さな穴を見ると、元々ファヒームのカーテンロッドが掛かってた位置がわかった。ハイダールは、三十センチの領土返還を希望した。ファヒームは、事実無根なので闘うと応じた。

双方ともに、多数決を要求した。

オレと、弟と、アラブ人のうちアベドとヤシーンの二人がハイダールの側についた。でも、双子はファヒームの側についた。ファヒームが倫理学入門の授業のティーチング・アシスタントを務めてたからだ。ザルマイもいつも通りに双子と同じ選択をとり、イクラムはシーア派のハイダールをずっと嫌ってたからそれに続いた。これで五対五になった。決着をつけるには、リッキーが必要だった。

でもリッキーは忙しかった。

ナビーラへのアプローチの仕方を変えたリッキーは、あの子が現れそうなイベント全部に顔を出し始めてた。マルクス主義者の読書会、パレスチナの正義のための学生会、アンチ警察集会、ポストコロニアル理論の授業。集会や授業であの子に会えれば、自分はスパイじゃないとわかってもらえると思ってた。問題は、あいつがモノを全然知らないってことだった。小学校のときに児童文学の『シャーロットのおくりもの』を読んで以来、一冊の本を読み通したこともなかった。ところが、だ。オレらもびっくりしたけど、あのリッキー・ダディが図書館に通い始めた。最初は、あいつはもっぱらノートパソコンを持ち込んで、パレスチナについて知るために、Wikipediaの記事を読んだり、十分間のYouTubeドキュメンタリーとかを観てた。あいつはイスラエルによる土地の強奪とその領土の拡張について、図表や動画を調べた。路上処刑とか、ガザの爆撃を捉えたスマホの映像を観た。あいつはネット上で手に入る情報に出来うる限り目を通してしまうと、満を持して、紙の本にとりかかることになった。

＊

オレらのアパート戦争が勃発してから一か月が経った頃——ファヒームは懲りずにハイダールの領土をちょっとずつ侵食し続けてた——弟は、敵対勢力に制裁を加えることにして、みんなで使ってた電子レンジを没収した。それを境に事態はエスカレートしていった。オレがフリーモントのフリーマーケットでその電子レンジを十五ドルで買ったのは、ただ残り物の炊き込みご飯《カブリ》を温めたかったからだが、放射線は食べ物を熱するだけじゃなくて、美味《うま》さまでプラスしてくれてた。神に誓って、どんな料理でも「ポップコーン」のボタンを押しときゃいい（アメリカで売られている電子レンジには「ポップコーン」のボタンがついていることが珍しくない）。それで七分待ってみな。やっぱりアッラーのお導きはあったんだって思うぞ。一週間経ったピザでもチンしてみな。焼き立てより美味いぞ。アパートの全員が、電子レンジは神のお恵みだってわかってた。奇跡みたいなもんだって。だから、弟のマフムードがそれを没収すると、敵対勢力は路頭に迷ったみたいになった。

夜アパートに帰ってから電子レンジがなくなっているのに気づいた双子は、泣く寸前までいってた。強盗が入ったと思って。弟が持ち去ったことを知ると、やつらはオレらの部屋に押し入ろうとした。オレらはタンスをバリケードにしなきゃならなかった。そして、騒ぎを聞きつけ、さらにレンジにまつわるおぞましい知らせを受けたザルマイは、ショットガンを持ってきてオレらの部屋のドアに狙いを定めた。おいやめろ、電子レンジに何かあったらどうすんだとばかりに、双子がザルマイに飛びかかったと同時にザルマイは発砲し、銃口は三人のアラブ人たちが寝ていた部屋を向いた。ショットガンの弾は、ドアを吹き飛ばした。ザルマイは逃げた。起こされたアラブ人たちは双子に襲いかかった。リビングで乱闘があって、ハイダールのカーテンはビリビリに裂かれ、ノートパソコンもバキバキに壊され、ハイダールが頼むからやめてくれと言ってみたが無駄だった。やがて、双子がイクラムとアベドを腕ひしぎ十字固め《アームバー》で仕留めると、カーテンで二人を縛って学生診療所に引っ張っていき、その直後に警官たちが来て、隣に住んでたソマリア出身の兄弟をボコボコにした。かわいそうに、そいつらは逮捕された。オレと弟は一晩じゅう、その明くる日も部屋にこもって隠れてたけど、闇にまぎれてこっそり家を抜け出して、図書館六階のリッキーの本の要塞に逃げ込んだ。

　マフムードは電子レンジも一緒に持ってきた。

　リッキーの見た目はひどいことになってた。巻き毛はボサボサ。目の下にはクマ、歯は黄色。あいつは情報科学の授業を三回連続で休んでた。で、パレスチナについてなんやかんや喋り出して止まらなかった。あいつはオスマン帝国とか大災厄《ナクバ》とかデイル・ヤシーン村虐殺事件の話をした。パレスチナ解放機構と第三次中東戦争の話をした。分離壁《アパルトヘイト・ウォール》でできた境界線とか、軍の検問所の位置とか、イスラエルによってガザ地区とヨルダン川西岸地区が隔離されてみなしごの兄弟みたいになった様子とかを、地図で見せてきた。ムスリム同胞団とか、民衆蜂起《インティファーダ》とか、ハマスの誕生とか、オスロ合意の話をした。マンサフとかマクルーバとかムサッハンとかいう料理の作り方を読み聞かせた。ライラ・カリドの逮捕とか、ヤシーンとランティシの暗殺（二人とも空対地ミサイル《ヘルファイア》で殺された）とか、指導者アブドゥラ・アザムの数奇な人生について話した。リッキーは次から次へと話し続けて、夜が更けても止まらず、あれやこれやの本を参照し、引用を読み聞かせ、死体とか虐殺とか分離壁《アパルトヘイト・ウォール》とかオリーブの木とかの写真を見せた。あいつがアラビア語で詩を朗読するのを聞きながら、オレらは寝てしまった。

　翌朝になると、オレはあいつが頑張って教えようとしてくれたことを全部忘れて授業に行った。夜になって、弟とオレが身を隠すためにリッキーの根城に戻ると、あいつはノートパソコンで大学が起こした裁判の上訴審について調べてた。どうやら、ナビーラが大学を追放されかかってるらしい。ニュースメディアの『ヴァンガード』の記事によると、八歳の少女がヨルダン川西岸地区のナブルスでイスラエル占領軍の車に轢き殺された事件を受けて（二〇一七年八月二十六日、実際に起こった事件）、パレスチナの正義のための学生会が中庭で演説してたところに、イスラエル国防軍の退役兵たちが妨害しに来て、ナビーラが反ユダヤ的な暴言で応戦しているのが映像に残っているらしかった。怒鳴り合いは殴り合いに、殴り合いは本格的な乱闘騒ぎに発展した。その映像はインターネットじゅうを駆け巡った。画質の悪い映像の終わりらへんで、ナビーラらしき人物がアラビア語で叫んでた。「アッラーよ、イスラエルに破滅を与えたまえ」あの子の公聴会は来月に予定されてた。でも、乱闘騒ぎから数日後、ナビーラは消えた。

　ナビーラはパレスチナに戻って従兄と結婚するって噂があった。

その噂をリッキーに伝えたらメソメソ泣くんだろうなと思ってたけど、全然違った。質問祭りだった。

従兄って誰だ？　結婚《ニカー》はいつだ？　どこに住むつもりだ？　革命はどうなる？

訊かれてもオレらには答えようがなかった。けど、パレスチナ出身のヤシーンなら何か知ってるかもしれない。

　オレらがFacebookでヤシーンにメッセージを送ると、あいつは既読無視した。そこでオレらは、情報と引き換えに電子レンジを使わせてやるという条件を提示した。スマホが鳴った。風鈴《ウィンドチャイム》みたいに。ヤシーンは妹に電話してくれて、その妹がエルサレムにいる伯母さんに電話してくれて、そのエルサレムの伯母さんが、ナビーラの従兄の名前はユスフであること、イスラム復興運動に参加していること、イスラエルの刑務所に（罪状もなく）収監されたこと、その後正式に罪状を言い渡すように要求する絶食抗議《ハンガーストライキ》を始めて六日目であることとなんかをつきとめてくれた。ユスフは釈放され次第、ナビーラと結婚することになってて、その日が来るまであの子は許嫁《フィアンセ》を西岸地区で待つんだそうだ。

「西岸地区で？」と、リッキーが尋ねた。

　オレらはもう一回メッセージを見せてやった。つらすぎて、のたうち回って血でも流すんじゃないかと思った。でもそんなことにはならず、その翌日にリッキーは図書館を出て、サムのレストランで回転串焼肉料理《シャワルマ》を三皿も注文し、昼メシを食いながら、あいつ自身も絶食抗議《ハンガーストライキ》を始めるつもりだと宣言した。

＊

ストライキはオレらのアパートで始まった。冬期休暇の始まりでもあったから、ファヒーム以外のルームメイトたちは全員実家に帰ってた。オレらはYouTubeに動画を投稿して、ユスフ・モハマドが正式な罪状を言い渡されるまでは絶食を続けるというあいつの意志を発信した。あいつはクルアーンの一節を読み、イスラエルとアメリカの罪を非難し、古い礼拝用マットに横たわって、絶食を始めた。オレらはストライキについてFacebookとかTwitterとかInstagramとか全部に投稿して、様子を見てた。最初は大したことは起きなかった。リッキーがハッタリかましてるだけかもって思われてたんだろう。でも、ストが三日目にもなって、飢えの苦しみとか胃の痙攣《けいれん》がひどくなってきて、リッキーはそろそろギブアップするかもってオレらも思ったときに、パレスチナ出身の女子学生たちが会いに来て、リッキーの勇気に礼を言ってからあいつの絶食の様子の写メを撮っていくようになった。あいつの顔に浮かんでた痛みは、えくぼに消えていったように見えた。

六日ほど経った頃、本格的に噂が広がり始めて、ムスリム学生協会とアルメニア学生協会の学生たちがやってきて、ここらでやめとけよとリッキーを説得したかと思ったら、パレスチナの正義のための学生会とアフリカ学生連盟の学生たちがやってきて、ストライキを止めに来た学生たちを止めるための議論をしだした。ときどき、東海岸からあいつの遠い親戚（だとオレらが思った人たち）も来てた。その人らはリッキーの部屋に入って、ボソボソとしゃべってから、気落ちして帰ってった。誰もナビーラのことを知ってるはずがなかったのに、その父方のおばさんだか母方のおばさんだかいとこだかの人たちは皆、愛の愚かさについてそれとなく話してた。その人らには二度と会うことはなかった。その後は、『ヴァンガード』の記者が取材に来て記事を書いた。「アフガニスタン人学生、絶食でパレスチナ人テロリストの解放を要求」。その三日後、誰かがオレらの駐車場にブタの死骸を置いてった。

＊

ストライキを始めて二週目にもなると、リッキーの筋肉が溶け始めた。空腹による腹の痛みは完全になくなって、吐き気と痺れがずっと続いた。数日後、地元のニュースチャンネルがリッキーにインタビューをした。最初に出したオレらのYouTubeビデオはバズってて、『ヴァンガード』の記事はブログからブログへ拡散してった。支持者も反対者も、アパートの駐車場に集まってきた。そいつらは抗議したり、デモをやったり、喧嘩したりした。そのうち、たぶん二十人くらいの学生たちがいつもオレらのアパートにいるのが当たり前になって、そいつらはリッキーの世話をしてた。ルームメイトたちも早く帰宅するようになった。ヤシーン（医学部進学課程）はリッキーの脈を測り、イクラムはクルアーンを音読し、双子はあいつをベッドから風呂に運んでやり、ザルマイはストックトンから友達を呼んで警備を担当させ、ハイダールは二百ドルの枕を買ってやり、アベドはバク転し、オレとマフムードの二人だけが許可をもらってたからあいつの体を洗ってやった。あいつは日に日に衰弱していった。フラつくし、動きも遅いし、もう簡単には立ち上がれなくなってた。タオルであいつの腕とか胸をこすってると、皮膚がひとりでに裂けていくんじゃないかと思った。

三週目の終わり頃になって、警官とか大学病院の医者とかが来て、そいつらはリッキーにメシを食わせたがって、ＣＩＡがグアンタナモ収容所の囚人用に使ってた医療器具を持ってきて無理やりにでも食わせる用意があったけど、リッキーの支持者たちが互いに腕を組み、駐車場とか、アパートの入口とか、オレらの部屋のドアの前で、肩と肩をくっつけて、警官たちが通れる少しの隙間もないように防御した。催涙ガスを浴びたり殴られたりしたやつもいたけど、リッキーのために持ち堪えた。

で、リッキーが絶食抗議《ハンガーストライキ》を始めてから二十六日が経ち、マフムードが代理で動かしてるリッキーのFacebookアカウントをこっそり確認すると（ストを始めてから一万人フォロワーが増えてた）、「シスター・フィラスティン」って名前の、プロフィール写真のないアカウントからメッセージが来てた。もしそのメッセージが、リッキーのことを本名の「アブバクル・サーレム」で呼ぶところから始まってなかったら、弟はすぐ無視してたと思う。話を聞いたリッキーは、こっそりFacebookアカウントを使われたことに最初怒ったけど、メッセージを送ってきた人間が誰かわかった途端、イライラはすぐに静まった。あいつはニコッと笑って（笑顔なんて一週間ぶりだった）、そのときやれる最善の行動に移った。本来なら、クルアーンを朗読したり、神への思念《ズィクル》をしたり、死すべき運命の肉体の儚さに思いを馳せたりしてるはずの時間だったけど、なんと五時間ぶっ続けでリッキーはメッセージを打った。ナビーラに。それで結局リッキーは、InstagramとかFacebookとかTwitterとか、Myspaceに至るまで、これまで上げてきた写真とか投稿を全部削除してくれとマフムードに頼んだ。

「それが終わったら、カメラを持ってきて僕を生放送につないでほしい」と、あいつは続けた。

「おうよ、リッキー」と、オレらは事情を尋ねることもなく請け合った。
「それと、もうリッキーって呼ばないでくれ」と、あいつは言った。「僕の名は、アブバクル・サーレムだ」

＊

生放送の準備を進めるあいだ、オレらはあいつの髪とか、喉仏より下まで伸びたあご髭とかを櫛《くし》で整え、顔を洗ってやって、唇も湿らせてやって（あいつの中でカッコをつけたいって気持ちがまだ息をしてた）、それで、オレらのこの小汚いアパートの開けっ放しの窓の下から、世界じゅうの視聴者にご対面できるようにスタンバイさせた。あいつが読み上げたスピーチはあいつの自作じゃなかった。ほんの数時間前、ナビーラがMessengerでちょっとずつこま切れに送ってきたものだった。

出だしはこうだ。「アメリカの皆さん、私はナビーラ・モハマド。ユスフ・モハマドの妻です。夫が絶食抗議《ハンガーストライキ》を始めて五週間になりました。彼の体には医療装置がつながれていて、二十四時間の監視体制にあります。心拍は遅くなり、いつ止まってもおかしくありません。医者と、刑務官と、情報官たちが常に彼のそばにびっしり張りついて、彼が死ぬのを待っています。私はあなた方に呼びかけることにしました。知識人の皆さん、作家の皆さん、弁護士の皆さん、ジャーナリストの皆さん、活動家の皆さんにお願いします。どうか夫のもとを訪ねて、彼が飢えていく様子をその目でご覧いただきたいのです」

スピーチは続いた。「アメリカの皆さん。夫の記事を書きたくなってきたのではありませんか。例えば、筋肉が落ちて、あばらがむき出しになって、息も絶え絶えな様子なんて書いてみたらどうでしょうか。もはや彼らしさを失った虚ろな目なんてどうでしょうか。記事をお書きになったら、出版して、カリキュラムに組み込んでください。たくさんの学生たちがそれを読めば、あわれなパレスチナ人が、ロマンチックに、狂信的に、飢えて無駄死にしたのだと彼らは信じるでしょう。そうしてあなた方は、パレスチナの葬送儀礼を楽しみつつ、自分たちの文化と道徳がそれより優れていて良かったと思うのでしょう。しかし夫は、罪状もなく逮捕され、収監されたのです。私たちの国では、いえ、これはあなた方の国でも同じことですが、軍が支配力を持ち、諜報機関が決定権を握り、その他の人たちはみな、私たちの犯罪分子の爆発を避けるために遠巻きに見ていることしかできません。だってそうですよね。あなた方のうちの一人でも、耳をつんざく死の慟哭《どうこく》や、浅黒い体に向けられた静かなる拷問を止めようとした人がいたなんて、聞いたことがないのですから。あなた方は、一人残らず墓掘り人にでもなってしまったんでしょうか。それで各々が軍服を着ていらっしゃる。裁判官さん、作家さん、ジャーナリストさん、貿易商さん、学者さん、詩人さん、社会全体が私たちの生き死にを管理する看守だったなんて、私には信じられません。それでも、これを聞いている皆さんは、きっとおわかりになるでしょう。私たちは満足して死んでいきますし、これまでだって満足のいく生を送ってきました。私たちは土地を追い出されることを拒否します。あなた方の法廷と法律を拒否します。もしあなた方が、私たちの国の上空を飛んで、神や理念の名のもとに破壊を行ったとしても、不服従を誓った私たちの高貴なる魂の上空は飛べません。敗者はいつまでも敗者のままではありませんし、勝者はいつまでも勝者のままではいられません。歴史を刻むのは、戦いや虐殺や刑務所だけではありません。一番細い血管からポタポタと滴り落ちる血液だって歴史を刻むのです。アッラーよ、呪われしサタンからの庇護を与えたまえ。慈悲あまねく慈悲深きアッラーの御名において」

そこでオレらは放送を切って、ネットのあらゆるところに投稿し、待つことにした。

＊

その映像はほとんど話題にならなかった。友愛会のボートがロサンゼルスの海岸沿いのどこかで行方不明になって以降、先月の警官の嫌がらせに対する怒りは収まってた。アブバクルの名は広まってなかった。あいつの体は小さくなり、苦しみの中でもっと内気になっていった。オレらの言ってることは通じてなかったと思う。あいつが自分の内側に流れ去ってくのを見てるみたいだった。オレらは何を食べても土みたいな味がするようになって、あいつの惨めさを目の当たりにすると、オレらの人生もどうしようもなくバカげたものに感じられた。もう我慢できなかった。オレらはストに参加した。最初はオレとマフムード。次にヤシーンとイクラム。その次にアベドとパシュトゥーン人たち。その次にハイダール。話が広まって、アブバクル・サーレムが記憶を失い始めた頃には、デービスやサクラメントじゅうで百人を超えるムスリムがオレらと一緒に絶食してくれてた。オレらはまたネットでバズりだして、運動はカリフォルニア全体に広がった。カリフォルニア大学と州立大学の全キャンパスから、ムスリムとアラブ系の学生たちがストライキに参加してくれた。四十一日目になって、あいつが胆汁を吐いたり、シャバシャバの血便が止まらなくなった頃、オレらの運動は国レベルになった。西海岸の人たち、東海岸の人たち、そして六週間を過ぎると、イギリスとかフランスでも一緒にストライキをやってくれてる組織があった。ベルギー在住のシリア人アーティストは、ナビーラのスピーチを読んでる動画からアブバクル・サーレムの顔の静止画を抜き出して、アプリでセピア調にしてからポスターに仕立てた。次の日には、絶食中のアブバクルの顔をプリントしたTシャツとかセーターを着てる人らがいっぱいいた。

そのときのあいつにはまだ、かわいらしさが残ってた。

アブバクルが絶食抗議《ハンガーストライキ》を始めて五十二日目、あいつの背中に血まみれのデキモノができて、そいつが腫れ上がって、何か食わせろと言わんばかりにパックリと口を開けた。あいつのあご髭と巻き毛はモジャモジャの伸び放題で、ときどき目も見えなくなることがあるみたいだった。オレらのアパートには毎日二、三人の医者が来て、もはや仮設診療所になってたとはいえ、オレらはアブバクルを死なせないようにするのに必死で、あいつが毎日のお祈りの後に飲むチャイ五杯を、レンジでチンし始めた。電子レンジの魔法で、あいつの心臓が動き続けてくれるかもしれないという希望を込めて。あいつが目を閉じたまましばらく経って、「アッラーの御名において」と唱えるのもやめてしまったときは、オレらはそばに駆け寄って、鏡を唇のところへ持っていって、あいつが片目を開けて軽口を叩くのを待った。「映ってるのは僕かい?」

吐いて、血便が出て、意識が途切れて。そんな苦しみの中でもアブバクルがナビーラに打ち続けてたメッセージの中身は、神のみぞ知るってとこだ。あいつは誰にも見せようとしなかったし、オレらが代わりに打ってやるのも嫌がった。もうあいつの指は折れかかってたのに。

＊

オレらが苦行に突入して二か月、ようやくファヒームがストライキに加わった。それに遅れること五分、白人の女の子（ファヒームの彼女ってわけじゃない）も加わった。数時間後、ＣＮＮがその女の子の取材に来た。その夜になる頃には、その子は世界じゅうからどえらい注目を浴びてた。その翌朝、トランプはテルアビブに飛んで、ユスフ・モハマドを正式な罪状で起訴するように、ネタニヤフに個人的に頼み込んだ。そうして、ストに入ってから六十八日目、ユスフ・モハマドは暴力を扇動した罪で正式に起訴された。彼の抗議活動に触発されて、ガザで何件か暴動が起こったとのことだった。イスラム復興運動の代弁者であり、大学院生であり、詩人であり、孤児であり、夫でもあるユスフ・モハマドは、別の施設に移され、左手首はベッドにつながれたままの状態で、ナツメヤシの実《デーツ》とコップ一杯のミルクをもって断食を終え、その直後に心不全で死亡した。

そこからほぼきっかり十時間後、かつてリッキー・ダディとして知られたアブバクル・サーレムは、レンジでチンされたナツメヤシの実《デーツ》を食べ、コップ一杯の冷たいミルクを飲み、ナビーラにメッセージを打ち、断食を終えた。

＊

葬儀《ジャナーザ》に向けてリッキーの体を清めてやったのは、オレとルームメイトたちだった。あいつには他に家族はいなかったから。オレとマフムードが肛門洗浄《イスティンジャー》を担当し、他のやつらは礼拝前の清め《ウドゥ》を手伝った。ファヒームだけはどうしてもリッキーの体にさわる気がしなくて、その代わりに、プラスチックの水差しに花びらをバカみたいに入れ続けてた。オレらはハスの水とカンフルであいつの体を三回洗って、髭を整え、髪を切り、歯を磨き、爛《ただ》れた皮膚をきれいにしてやって、あいつの死臭を木の皮と花びらで覆い尽くせるように頑張った。

ストライキの前、リッキーが指導者《シャイフ》アブドゥラ・アザムの話をしたことがあった。ペシャワールで自動車爆弾の犠牲になった人で、言い伝えによると、その死体には一切の跡も傷も痣《あざ》もなかったらしい。それで、リッキーが死んだときも傷や痣が消えるかもと期待してたわけじゃなかったけど、あいつが死んで、その体を遺体を包む布《カファン》で包んだ後、オレはどうしてもあいつの体がもう一度完全な状態に戻ってほしくて仕方なくて、埋葬のときに死者に唱える祈り《ドゥア》を言う気にはなれなかった。死ぬときにはリッキーはバカみたいに軽くなってたから、アッラーに誓って、礼拝堂《モスク》から十五マイル離れた墓地までオレ一人であいつを運ぶことだってできたと思う。ルームメイトたちがやらせてくれたら、やってただろうな。

＊

リッキーが死んでから二日、オレはナビーラの偽名のFacebookアカウントにメッセージを送った。理由はわからないが――リッキーのアカウントが乗っ取られたと思ったのかもしれないし、単純にオレを避けたかったのかもしれない――返事は来なかった。七か月が経ち、ナビーラはベツレヘムで娘を産んだ。絶食抗議《ハンガーストライキ》が始まる直前、あの子はユスフの精子を消毒済みのキャンディの包み紙に包んで、刑務所からこっそり持ち出すことに成功したってわけだ。ナビーラは誰とも結婚しようとしなかった。あの子は夫が務めてたイスラム復興運動の代弁者の役割を引き継いで、夫の死と娘の誕生とあの子自身のスピーチのことは誰もが知ってたから、あのスピーチは苦しみの年月が重なって一層胸を打つものになってたし、ごく限られた人間にしか容姿を見られたくなくていつもニカブ（目の部分しか出ないヴェール）をかぶってたこともあって、ナビーラはある種のアイコンになった。あの子はエルサレム史上で一番の壊滅的成果を出した連続爆破テロを組織したし、そのスピーチと文章は一冊の本にまとめられて何かの賞をもらって、イスラム復興運動がヨルダン川西岸地区を奪取するのを支援した後（これにはイスラエル国防軍の手引きがあったと言う人もいる）、枝分かれした組織を自分で立ち上げた。あの子の信奉者たちはあの子を崇拝し、その不死を信じてたけど、実はあの子は既にイスラエルの諜報特務庁《モサド》に暗殺されてて、その娘がニカブのヴェールをかぶって、パレスチナのイスラム主義レジスタンスの影の顔として母親に取って代わったなんて報道もあった。

　オレらはナビーラが死んだなんて噂は信じなかった。少しも。

　何年もかけてあの子の名声が高まっていく中で、かつてリッキーと一緒に暮らしたメンバーは、それぞれのタイミングで、それぞれにナビーラと連絡を取ろうとした。オレらの愛は君と共にある、命を捧げる準備はできてるって。オレらは、優しい夫になる、忠実な兵士になる、という誓いを立てて、誰も他の人と結婚しなかった（ファヒームを除いて）。誰かと結婚する人生を歩む代わりに、オレはデービス校を卒業した後、ゼイツナ大学で孤独を追求し、白人の神秘主義者《スーフィー》たちに幻滅し、トルコへ渡り、内戦に巻き込まれ、アメリカに戻り、テロ行為に資金援助して捕まり、パレスチナに行こうとして入国拒否され、最終的にはアフガニスタンに行き着いた。その当時、オレはナビーラにとんでもない数のメッセージや手紙を送りつけて、バカみたいな質問をたくさんした。あの子が読んでくれるなんて思いもせずに。質問っていうのはこんな感じだ。君はユスフを愛してた？ユスフは君を愛してた？　もし君が彼を愛してたなら、どこを愛してた？　彼はどんな人だった？何を読む人だった？　君の娘さんはキリストの再来かな？　リッキーが君のスピーチを読んだ映像は見てくれた？　あいつが髪を櫛で梳《と》いて髭を整えてたのには気がついた？　あいつが君の言葉を喋ってるのをどう思った？　オレらがみんな死んだら、天国《ジャンナ》でリッキーとデートしてやってくれる？　パレスチナはどんなとこ？　なだらかな丘と、オリーブの木と、白い石畳の道、そういうのがたくさんあるんだろうなって思ってるよ。

「見ました。とてもきれいだった」と、ナビーラはある朝に返事をくれた。リッキーが死んでから何年も経ってた。あの子はオレに尋ねた。唇を湿らせてあげたのはどなた？

サバーの物語

僕らの父さんは、飛行機でロガール州にある故郷の村に戻る一か月前、三人の息子のうちの一人に（できれば父さんを一番愛し、尊敬している者に）金属探知機を買ってほしいと頼んだ。僕は、そんなもの買ってどうするのと諫《いさ》めたけど、父さんは存在の本質についてアッラーと対話するような筋金入りのパシュトゥーン人だった。

父さんは物語を語って、その意図を説明しようとした。

「あれは七十年ぐらい前のこと。ロガールはイギリス軍に侵略され、わしらの村の多くの人間がブラックマウンテンを通って逃げた。お前らのご先祖《ニケー》は、避難する集団の一つを率いとった。そこへイギリスの連隊が急に襲ってきた。大虐殺があって、生き延びたのはご先祖《ニケー》ただ一人。あの人は洞窟と地下トンネルを進み、ブラックマウンテンの奥へ奥へと入り込み、すっかり道に迷ってしまった」

それから何日も、ご先祖《ニケー》は地下トンネルを彷徨《さまよ》い歩いた。食料もなく、水もなく、どの方角に祈れば良いかもわからず、黒い岩山の奥深くへ入りすぎたもんで、神が声をお聞きくださるのかどうかもわからんかった。やがて、喉の渇きに耐えかねて倒れそうになったそのとき、あの人はブラックマウンテンに隠された秘密の街に辿り着いた。街には、金や宝石、彫像や偶像、他にもわしらの遠い先祖にあたるゾロアスター教徒たちの残したもので溢れとった。あの人は集められるだけの財宝をかき集めると、洞窟を出ようとまた出発した。ところが、またしても道に迷い、体は衰弱しきっておったもんで、一つまた一つと、街から持ってきた金や宝石を全部捨てていった。財宝をすべてアッラーに捧げれば、家に帰してくださるかもしれんという願いを込めて。その数時間後、ご先祖《ニケー》は山から出ることができた。しかも金塊を一つ携えて。尻から腸までねじ込んでおったもんで、アッラーでさえお見逃しになったとあの人は思った。

「あの人はわしらの土地のどこかに金塊を埋めた。わしは長いこと、お前らの叔父さんが、八二年にアメリカに渡る手引きをしてくれた人へのお礼に、金塊を渡したものと思っとった。ところが先日、あいつが謝りたいことがあると電話してきよってな。わしが金塊の話を持ち出すと、そんなものは知らんと言いよった。これがどういうことかわかるか？」

僕らはよくわかっていた。もう百回以上は経験済みだ。

これが父さんによる、手っ取り早く金持ちになる方法シリーズの最新版なのだった。もっとも、父さん自身は、そういう儲け話をする人を疑り深い目で見ていた（自分のことは労働者のお手本のような存在だと長いこと思っていた）。父さんはトラックの事故で怪我をした後、首と肩の神経がズタズタになって、両手はほとんど使い物にならなくなり、会社からは労働災害保険が下りず、医療保険は痛み止めに適用されず、僕の一家は突如として安定した収入を失ってしまった。父さんは労災を求めてお偉いさんたちを相手に裁判を起こしたけど、裁判官は敵の言い分を認めた。気がつけば、借金まみれになっていた。

というわけで、鬱病と神経症と不眠症に苛まれながら、父さんは一家を赤字地獄から抜け出させるために、金持ちになる方法を延々と考案し続けることになった。廃車になった土工作業車《スクレイパー》を買い集めてコミュニティサイトで転売するとか、裏庭で大量のハーブを育てて礼拝堂《モスク》で売りさばくとか、土地転がしに興味を持ってみたりとか、いろいろだ。サクラメントじゅうで競売の知らせが出るたびに、父さんは金もないのに、というか、これから先も金なんか持たないだろうし、夢見ることさえできそうにないのに、のこのこ出かけていっては入札を試みるのだった。

それなりにちゃんとした金属探知機だったらAmazonで百五十ドルぐらいはするんだよ、それに妹たちは学校へ行くのにリュックが要るし、ガレージのドアは壊れたまんまだし、ばあちゃんの歩行器は盗まれちゃったし、僕の奨学金はまだ入ってないし、他にも金が必要なことなんて山ほどあるんだからと、二人の弟と僕が説得すると、父さんは、注文してから何日ぐらいで家に届くんだという質問で返してきた。

二人の弟たちは、同時にDMを送ってきた。父さんがまたくだらないことを言ってるから黙らせてくれよ、何日か前に、鶏小屋で大儲けするとか言いだしたときみたいにさ、と。それはそうだけど、一週間のうちに二回も却下するのは多すぎる気もする。それに、あんなに上機嫌だし。

僕は金属探知機を買ってあげた。

それから一か月ぐらいして、父さんはアフガニスタン行きの飛行機に乗っていて、その目的は金塊を探すためというのもあるけど、父さんの父であるご先祖《ニケー》の土地の一部を返還してもらおうとも思っていた。カブールに着くと、父さんとその甥のワシーム（銀行員で、身寄りがなく、本当に優しい人だった）は、ロガールで昔暮らしていた村に車でこっそり出かける予定だった。どうやらロガールでは、アメリカ海軍とアフガニスタン政府軍とタリバンのあいだでの戦闘が急速に激化したみたいだった。タリバンはまた国を掌握しつつあった。アフガン政府軍は混乱していた。アメリカの海兵たちは誰を撃っていいのかわからずにいた。ドライブ中にちょっと休憩で車を止めようものなら、処刑されることもあった。それに、野盗による被害も多かった。

もしロガールの良からぬ人間が、父さんが帰ってきたと聞きつければ、どれ、アメリカ帰りの御仁ならアメリカン・マネーを隠し持っているはずだから、いただいてみますかとばかりに銃を持って襲ってくるかもしれない。アッラーに感謝を《アルハムドゥリラー》。父さんは、無事にご先祖《ニケー》の屋敷に到着した。マラン（父さんの大麻《ハシシ》中毒の従兄弟で、一族の土地を管理してくれていた）が内門まで迎えに出てきて、屋敷の中へと案内してくれた。屋敷は徐々にマスーマイ（災いのもとであり、諸悪の根源）の手に落ちつつあった。父さんに言わせれば、マスーマイ爺さんは、ある結婚を機にうちの一族に入ってきたわけだが、まずもってその結婚は絶対にあってはならないものだった。

話は一九七〇年代まで遡る。父さんには、サバーという名の腹違いの姉がいた。サバーは十代の頃に、既に純潔を失っているのではないかという噂が立ち、その噂には根も葉もなく、妊娠もしていなかったし、サバー自身もそれと認めることもなかったのに、彼女の評判は地に落ちてしまった。そして二十代になってからも、サバーにはただの一人の求婚者も現れなかった。それを見かねたご先祖《ニケー》が、どうにか娘を嫁がせなければと思った相手が、マスーマイ爺さんだった。サバーより二十歳も年上のナメクジみたいな男で、当時は死んだ兄の土地を相続したばかりだった。しばらくのあいだ、マスーマイはとても裕福な生活を送っていて、農作物も収入源も豊富だったけど、結婚して一年が経った頃にソ連が侵攻してくると、ロシアの爆撃でヤツの屋敷は跡形もなく消し飛んだ。避難場所を求めた爺さんは妻の家に逃げ込み、僕らのご先祖《ニケー》は、（父さん曰く）親切心から、いつかサバーに与えても良いと思っていた小さな土地にマスーマイを住ませてやることにした。住ませてやるといっても、一時的な措置のつもりだったわけだけど、その後二年経っても、ご先祖《ニケー》とその息子たちが紛争で殺されたり、刑務所に入れられたり、逃亡を余儀なくされたりしていたのをいいことに、マスーマイはロガールに居座り続けた。その妻の死をもってしても——かわいそうに、サバー・シャヒードは、ラシッド・ドスタム（アフガニスタンの軍人、政治家。ソ連によるアフガニスタン侵攻時、ドスタムはムジャヒディン軍と戦う民兵大隊を組織しており、残虐行為も辞さなかった）の爆撃作戦の中で殺されてしまった。サバーはたった一人の子の上に覆いかぶさり、命と引きかえに我が子を救ったのだった——そんな出来事があってなお、マスーマイは屋敷に居座り続けた。やがて、亡妻から土地の所有権を引き継ぐと、マスーマイは再婚し、人数が減っていたご先祖《ニケー》の屋敷に再び人数を増やし始めた。それから三十年以上にわたって、マスーマイの大勢の息子たちや孫息子たちはたくましく成長し、タリバンに入るやつらが出てきたかと思えば、アフガン陸軍に入るやつらも出てきて、父さんの屋敷における生活領域をどんどん広げていった。でも、マスーマイの大勢の息子たちの屈強さを前にしても、父さんは自分が生まれ持った権利を譲る気はなかった。特に、屋敷の西側にあるリンゴの果樹園については水面下の争いが続いており、父さんはその区画にご先祖《ニケー》が金塊を埋めた可能性があると思っていた。

その翌日、夜中の一時にロガールから電話があった。受話器をとったのは母さんだった。父さんが果樹園から掛けてきていた。母さんは、僕がキッチンに入ってきたのを見ると、電話を僕の手に押しつけた。

父さんは、電話越しに叫んでいた。「おい、マルワンド、今すぐロガール行きのチケットを取れ。いいな？　事情は後で説明するから。シンの店に行ってプリペイド式の電話を買ったら、わしの携帯に不在着信を残しとけ。なるべく早く連絡する」

母さんはキッチンに立って僕の方を見つめていた。長い髪をおおっぴらに出して、乱れた巻き毛は腰まで落ちていた。いつもなら、女なら自宅でもヴェールを外しちゃいかんよと、ばあちゃんが言っているところだ。母さんがどうやってこんなに大量の巻き毛をヒジャブの中にしまっているのか、いつも謎だった。

父さんはなおも、まくし立てた。「現金をかき集めて飛行機のチケットを買え、それと、今回の件はお前の母さんには絶対に話すんじゃないぞ。いいな、絶対に話すなよ」

電話を切ってすぐさま、僕は母さんに全部話した。

状況を理解するために母さんは三回も電話を掛け直した。説明してくれたのはマランの奥さんだった。どうやら、父さんがご先祖《ニケー》の失われた遺産のありかをつきとめようとして、果樹園の地面を調べて回っていたところ、偶然にも古びた蝶々地雷（二枚の羽がついた小さなおもちゃのように見える地雷。「緑のオウム」地雷とも呼ばれる）を掘り当てたらしい。父さんはそのソビエトの遺物にはさわらず、他の誰にもさわってほしくなかった。それで、薄手のスカーフを地雷にかぶせ、その傍らに座って見守り、果樹園を離れなくなったそうだ。

マランの奥さんから母さんに、そして、母さんから僕らに話は伝わって、僕らは飛行機代をどうやって用意しようかと話し合った。そのとき、ばあちゃんがキッチンに入ってきて、今はたった一人しか生き残っていない我が子がひどい目にあう悪夢を見たんだとブツブツ言い始めた。僕らの会話を盗み聞きしていない風を装いながら。ばあちゃんは小柄な女性で、でっかいミートボールにも似ていた。ばあちゃんは息子に何があったのかを尋ねた。愛し、育て、命すら惜しくないほど大切に思っている息子に。僕はばあちゃんに本当のことを教えた。ばあちゃんはアッラーの慈悲を口にしてから、それでどうするつもりなんだい、と僕らに尋ねた。

計画は次の通り。

まずは母さんが資金を集める。母さんは、子守りをしたり、お針子をしたり、ハーブを売ったり、たまに料理を作りに行ったりしてお金を貯めていた。長いこと、父さんは母さんを外で働かせないようにしていたけど、裁判に負けてからは、父さんの頑固だった性格もシュンとしてしまって、今では破綻した一家の財政をなんとか支えているのは母さんなのだった。母さんはお金を貸していた何人かの客に電話を掛けて――多くはカブール出身の女性で、母さんのことを見下していた。ハイスクールを出ていないとか、どこへ行くにもチャドルを着ているとか、人生で一度も小切手を現金化したことがないとかいうのがその理由だった――今日一日あれば、千ドルは集められると言った。

僕と弟たちも自分たちの稼ぎをそこに足した。僕らは勉強をしていないときはアルバイトをしていた。僕は花火の管理倉庫で少しずつ健康を蝕まれながら働き、弟たちはカンダハール出身のニューヨーカーたちと一緒に回転串焼肉《シャワルマ》の店で働いていた。僕ら兄弟の手持ちを合わせて、千ドルを家族の共同資金に追加した。これで二千ドルが集まったので、飛行機代を間に合わせることはできたけれど、母さんが言うには、向こうの役人と親戚に渡す賄賂《わいろ》として手持ちのお金がまだ必要とのことだった。僕はばあちゃんを頼った。マットレスの秘密のポケットの中に二百六十三ドルのヘソクリを隠していたからだ。ばあちゃんは、僕らに気づかれているとは思わなかったらしい。

僕らがすべての資金を集め、数え上げ、パミール・トラベルに電話して自分用のチケット一枚の予約を済ませたとき、父さんが僕のプリペイド携帯に折り返しの電話を掛けてきた。

「マルワンド、チケットはもう買ったのか」と、父さんは言った。

「ちょうど今、パミール・トラベルに予約の電話をしたとこだよ」

「掛け直してキャンセルしなさい」

「え、でも払い戻しはできないって、父さん」

「お前の母さんに言え。母さんなら何とかしてくれるだろう」

母さんは、父方の伯母さんに電話して、その伯母さんは友達に電話して、その人はその人の伯母さんに電話して、その伯母さんが義理の姉妹に電話して、その人が旅行会社の社長の義理の母君と知り合いだったから、最終的には払い戻しを受けられた。

「戻ってきた金は、別の件で必要になるもんでな」と、父さんは言い、また物語によって意図を説明しようとした。

父さんは話し始めた。「早朝の礼拝《ファジュル》を済ませてから、わしは金属探知機を持って下の果樹園に降りて行って、六時間近く地面を調べとった。ゆっくり、じっくり、でも見つかるのはゴミばかり。もうすぐ果樹園の壁に突き当たろうかというところまでいったそのとき、金属探知機が初めてピーピー鳴りよった。わしはあんまり慌てて地面を掘り始めたもんで、土から突き出た蝶々地雷のことなんかほとんど見えとらんかった。爆発の可能性はなかったのかもしれんが、その確証はなかった。それで何よりも先に、お前と話がしたいと思った。わしはマランの子に伝令を頼んだ。このことをまずマランに知らせて、マランからワシームに連絡させて、携帯をわしのところまで持ってこさせてくれ、と。電話口でお前の声を聞いたら、どうしても直接顔を見たくなってしまってな。わしは本当に、どうしようもないな。申し訳なかった」

父さんが謝ることとなんて、これまでほとんどなかった。

父さんは続けた。「お前が来るのを待ちながら、わしは地雷の見張りをして、誰もそれを見つけたり噂を広めたりせんように気を配った。マスーマイの孫たちは、果樹園はあいつらのもんだと思っとって、リンゴの木々の中で遊びたがった。わしは子どもらを大声で怒鳴りつけてほとんどは追い払ったが、マスーマイの孫娘の一人と、その子の耳の聞こえない弟だけはわしの近くから離れようとせんかった。女の子は十二歳くらいだったか。その子らは上の道路から、低まった果樹園にいるわしを見下ろしとって、女の子の方がわしに、何してるの、と尋ねよった。木を植えとる、とわしが答えると、その子はどこかへ行ったと思ったら十分後にまた戻ってきて、作業が進んでないのはどうして、ときた。わしは、ちょいと疲れたもんで、と返事をした。するとその子はまたどこかへ行ったと思ったら、今度はプレートにお茶やらクッキーを載せて持ってきた。こっちへ降りて来ちゃいかん、とわしは叫んだ。わしがどんなに叫んでも、その子は果樹園の縁《ふち》まで歩いてきて、リンゴの木を片手でつたって降りて来て、わしが地雷を掘り当てた場所までゆっくり近づいてきた。

「その子は地雷にかぶされたスカーフを見た後、一言も喋ることなしに、わしの脚のそばにお茶を用意しよった。せっかくだからお呼ばれしようかなんてつもりはなかったが、喉はカラカラだったし、お茶はなかなか美味かった。女の子はわしから数フィート離れて座っとった。いいかい、お嬢ちゃん、ロガールの女の子は年上の人の言うことを聞くもんなんだぞ、とわしは伝えた。するとその子は、ムハンマド言行録《ハディース》の中から、喉がカラカラの犬に娼婦が水をやるくだりを引用しよった。

「おいおい、それじゃわしは犬かい」と、わしは尋ねた。

「あなたが犬だったら、私はどうなるの」と、その子はすぐに真顔で言い返した。

「お嬢ちゃんの名前は？」

「サバー」と、その子は言った。

「なんと、その子はサバー・シャヒードの孫娘だった。小さなサバーの両親は、数年前にアメリカの爆撃で死んだらしい。そのとき以来、弟のザルマイは口をきけんようになった。マスーマイは身寄りのない二人を引き取った。もちろん、サバー・シャヒードの土地の最も正当な所有権が、ザルマイと小さなサバーにあると知ってのこと。わしは姉の顔がどんなだったか思い出すのに少々時間がかかったが、目の前の小さなサバーにはその面影があった。大きな眼、小さな鼻、ミルクティー色の肌。小さなサバーが離れようとしなかったので、わしらは少し話をした。あの子はわしにアメリカのことを尋ね、わしはあの子にロガールのことを尋ねた。ザルマイも果樹園に降りてきた。口のきけないザルマイは、自分の気持ちを伝えたいと思ったときに姉の手のどこかしらの場所を、何がしかの方法で押すと、サバーがそれを言葉に翻訳して代わりに質問してくれるようになっとった。その方法で、わしとかお前とかお前の弟たちについて質問してきたもんでな。長いことかけて説明してやった」

「日没《マグリブ》の礼拝ぐらいの時間になって、小さなサバーは、わしが子どもの頃よくそうしてたみたいに果樹園で食事をとるんだと、マランとその家族に伝えに行って、夕飯も運んできてくれた。三人で夕飯を食べ終わった後、子どもらは家の中へ戻ると約束したのに、まずはサバー、それに続いてザルマイが礼拝用マットと厚手のブランケットを持ってきて、わしの寝床をこしらえてくれた。おかげでその晩は、一度も目を覚まさずにぐっすり眠れた」

「朝になって、わしに向かい合って座ったサバーは、なんと膝の上に蝶々地雷を載せとった」

「これ、爆発しないよ」と言って、あの子はわしに地雷を渡しよった。

「それでわしも調べてみた。そいつは鮮やかな緑色で、軽くて、グッと握ってみても手が傷つくこともなかった。でも改めて観察してみると、蝶々というよりもフリスビーにしか見えんかった。わしも子どもの頃は、夏に畑でフリスビーをやったもんでな。母さんらがパン生地を寝かせるのに使っとったプラスチック容器の蓋を何枚も盗んで、フリスビーにしたわけさ。見つかったらお仕置きをくらうことぐらい承知の上。それで試合ができるんならお安い御用だった。わしは刈り取りが済んだ小麦畑を駆け抜け、ケガする心配のない泥に向かってダイビングキャッチを決め、キャッチャーがいる場所じゃなく、これから移動するであろう場所めがけていつも蓋のフリスビーを投げとった。今思えば、おかしな試合をやっとったな。わしらはルールをその都度自分たちで全部決めて、そういうルールは一回も書き留めたりはせんかった。

「その後、わしはサバーに、お前のご先祖《ニケー》が山で迷って、地下トンネルを脱出してから、この辺りのどこかに金塊を埋めたという話をした」

「でもおじさん《カカー》、たくさん爆弾を落とされた土地にまだ金が残ってるなんてありえるかな?」と、サバーは言った。

「まあ、野盗もおるしな」と、わしも付け加えた。

「それにさ、おじさん《カカー》のお父さんが体の中に入れて持ち出した金塊って、そんなに大きかったと思う?」

「ちょうどそのときだ。わしは、自分の死んだ父親の尻の穴がバカみたいにでかかったらいいな、なんて考えをめぐらせながら、あることに気がついた。お前はサバーと結婚する運命だったのだ、と」

電話越しに二回、速めの呼吸音が聞こえた。

僕の沈黙もお構いなしに、父さんはまた喋り出した。「いいか、あの子と結婚せん方が良い理由が山ほどあることもわかっとる。わしの要求が理不尽ってこともわかっとる。でもな、イスラム教徒というのは、何よりも信仰に生きるもんだ。三十年前、お前のご先祖《ニケー》は、誰も確かめようのない噂のせいで、わしの腹違いの姉を老人に売った。それ以来、わしらの一族には次から次へと災難が降ってきた。共産主義者ども、処刑、ソビエト、爆撃、亡命、アフマド・シャー・マスード、ラシッド・ドスタム、その他の将軍ども、それにアメリカ。でもここから、わしとお前で、全部良い方向に向かってやり直せるチャンスだ。まるでアッラーが、すべてこうなるように定めておいてくださったみたいだ。神がわしらを試しておられるみたいじゃないか。ほら、お前もそう思わんか？」

「思わない」と、僕は食い気味で答えた。多分、百回ぐらいやった件《くだり》だ。

父さんは電話越しに僕が話し終えるまで待っていた。これまでの百回と同じ辛抱強さで。母さんとばあちゃんと弟たちと妹たちが、みんなキッチンに入ってきた。全員が僕を見つめた。なんとなく、どういう状況なのかをみんなわかっていた。母さんはとても悲しそうで、ばあちゃんはとてもうれしそうだった。弟たちと妹たちは、みんな戸惑っているようだった。

父さんがまた話し出した。「マルワンド、お前に強制はしない。あの子にも、誰にも強制しない。お前に任せる。お前たち二人に任せる」

それから数年後、サバーの写真が送られてきて、僕の一家全員がかわいらしい子じゃないかと言い合って、僕はサバーと電話で話して、携帯で話して、Skypeで話して、直接会って話して、結婚して、彼女はロガールを出てアメリカに来て、これまでの人生で起こった小さな物語の数々を毎晩話してくれて、ある朝僕は、あの果樹園の蝶々の物語を彼女のバージョンで聞かせてくれないかと頼んだ。

「でも、あなたのお父様が美しくお話しになったでしょう」と、彼女は僕に言った。この家で、部屋で、ベッドで、ロガールから遠く遠く離れた場所で。「それに、せっかくの美しいものを、いつも真実でダメにしてしまうこともないんじゃない？」

職務内容は以下の通り

一九六六―一九八〇、羊飼い、ロガール州、ディ・ナウ

職務内容は以下の通り。羊たちをブラックマウンテン近くの牧草地に連れて行く／立ち並ぶスズカケの木々が、舗装されていない道に落とした影と影のあいだの距離を測る／クルアーンの預言者にちなんだ名前を羊たちにつける。マウラナ・ナビによれば、預言者たちは例外なく、人生のどこかのタイミングでは羊飼いをやっていたことがあるそうだ／クルアーンの一節を唱えて妖霊《ジン》を退散させる／何の理由もなく隣人の果樹園から果物を盗む／羊たちの番をする／羊を数える／羊を愛でる／羊の生態を理解する／羊たちを、野盗や魔女や狼やレイプ犯や悪鬼や異母兄弟のキャプテンとキングから保護する／牧草地に行くときに、弟のワタクを連れて行く／羊の番をせずに小川でワタクと泳ぐ／ダーウードとイスミアルという羊を二匹逃がしてしまう／羊を逃がした件で、キャプテンに殴られる／ワタクを家にいさせる／二度と羊から目を離さない。

一九六九―一九七五、小学生、ロガール州、ディ・ナウ

職務内容は以下の通り。学校の初日に、異父甥（キャプテンの息子）と一緒にこっそり家を抜け出して、巡礼者《ハッジ》アロー（イスラム教徒にとって、生涯で一度でも聖地メッカに巡礼することには大きな価値があり、巡礼の儀を終えた男性には「ハッジ」、女性には「ハッジャ」という尊称が与えられる）に無断で、授業を受けるための申請をする。巡礼者《ハッジ》アローによれば、学校というのは共産主義者か不信心者《カーフィル》か王家の操り人形の行くところだ／地元の学校の事務室で政府高官に身元情報を登録してもらう／ザーヒル・シャー国王の近代主義的政権の公式記録に初めて名前が載る／巡礼者《ハッジ》アローに許しを請う／学校へ二マイル歩いて通う、裸足で、ノートもなく、鉛筆もなく、巡礼者《ハッジ》アローに許されることもなく／算数を学ぶ／ペルシャ語とパシュトー語で読み書きをする／算数が得意になる／算数が得意なせいで男子児童たちとケンカになる／理由がなくとも男子児童たちとケンカする／学年が上の少年たち、自分より強い少年たち、自分より見た目が良い少年たちとケンカする／ケンカ屋として名を馳せる／「アロー家の狼」という二つ名で呼ばれるようになる／巡礼者《ハッジ》アローの許しを得る／歴史の授業で誉れ高きアフガニスタンの王たちについて学ぶ／学校から帰ってきて巡礼者《ハッジ》アローと誉れ高きアフガニスタンの王たちについて話し合う／巡礼者《ハッジ》アローはこのように言う。アフガニスタンの歴代の王のほとんど全員は、裏切り者か、サディストか、腑抜けか、ポン引きか、再びの裏切り者か、イギリスの犬か、イランの犬か、ヒンドゥー教徒の犬か、奴隷か、三たびの裏切り者かであって、例外と言えるのはもちろん、誉れ高きミルワイス・ニケー、アフマド・シャー・ババー、ワズィール・アクバル・ハーンの三人だ。アッラーよ（ああ神に称えあれ）、彼ら

を許したまえ／学校に戻って、アフガニスタンの王たちの誉れについて質問する／サヒブ先生と議論する／五十人のクラスメイトたちの前で立ち上がり――ボロボロで汚い格好をした者がいたり、校庭で石を投げ合って血を流したままの者がいたり、見目麗しすぎて苦難の運命を歩まざるをえない者がいた――手を伸ばし、手の平を上に向けて開くと、サヒブ先生が鞭を振り上げ、ヒュッと鋭い音を立てて空気を切り裂き、その音はいつか遠くから飛んでくることになるロケットの音にも似ている／サヒブ先生のお仕置きを受ける。先生は栄養失調で腕がとても細く、鞭もヘナヘナだから、皮膚を裂くこともできない／こわばった肉をさすりながら微笑む／勝ち誇って、帰宅する／ザーヒル・シャー王の命を受け、アメリカでの軍事訓練に向かうキャプテンに別れを告げる。

一九七二―一九八二、農民、ロガール州、ディ・ナウ

職務内容は以下の通り。畑を耕す／肥料を撒く／トウモロコシと小麦とトマトとナスを植える／ロガール川から引いた水路網の手入れを怠らず、村全体に公平かつ平等に水が行きわたるようにする／リンゴとトマトを収穫する／トウモロコシの皮をむく／小麦、米、玉ねぎ、イモ、ビート、人参、ヤロウ（ハーブの一種）を収穫する／異母兄弟たちから殴られないようにする／ワタクを異母兄弟たちの目につかないようにしてやる／鋤《すき》、鍬《くわ》、シャベル、ハンマー、鎌、そして拳の使い方をワタクに教える／小麦畑で、リンゴ園で、舗装されていない道の上で、ブラックマウンテンの近くで、ワタクと一緒に働く／ワタクが遅れをとるまいと

頑張っているのを見守る／ワタクが失敗したのを見て笑う／スズカケの木を巡礼者《ハッジ》アローと伐採し、ペースを落とせという巡礼者《ハッジ》アローの声を無視して、二十本ものスズカケの木を一日で片づけ、巡礼者《ハッジ》アローから、なかなかやるじゃないかと思われる／その翌日、二十五本のスズカケの木を切り倒すが、その最中に左手首を痛めてしまう／二日後になるまで骨折していたことに気づかず、マスクメロンぐらいの大きさに腫れ上がる／ケガを巡礼者《ハッジ》アローに隠して、作業を続ける／ワタクにケガのことを打ち明けると、ワタクが巡礼者《ハッジ》アローにそれを伝える／巡礼者《ハッジ》アローから、州都プリアラムの街医者の診察を受けに行く許可が出る。医者に棒と布切れのギプスを作ってもらう／徐々に回復し、治癒していく／骨折した腕を数週間休ませる／キャプテンが帰ってくるらしいという噂を聞く／巡礼者《ハッジ》アローの果樹園のリンゴの木によじ登り、ディ・ナウ村の上空をキャプテンがF－15戦術戦闘機で飛び回る光景を見上げる／腕を骨折していることも忘れて、ロガールの人間で初めて空を飛んだ人に向かって手を振る／その後何年も、戦闘機を夢に見る。

一九七二―一九七六、商人見習い、カブール市、マンダイ

職務内容は以下の通り。三日三晩眠れずに、カブールに出発する日を待つ／巡礼者《ハッジ》アローと少し歩いて、市場で賑わうワグ・ジャンの村まで行く。そこには早朝の礼拝《ファジュル》の時間に数日おきにカブールからのバスが来る／カブールで売る品物をこれでもかとばかりにくくりつけたロバを引っ張っていく／ワグ・ジャンのとある店の階段に巡礼者《ハッジ》アローと座り、朝は寒く

て、二人で一つの肩掛け《パトゥ》を使う／バスのヘッドライトが次々と、早朝の霧の中を流れていくのを見つめる／ロガールからカブールのマンダイ市場まで移動する／買い物客や商人や従者や警備員でごった返した市場で、巡礼者《ハッジ》アローについていく／巡礼者《ハッジ》アローの値段交渉術をじっくりと見る／巡礼者《ハッジ》アローの値段交渉術を学ぶ／巡礼者《ハッジ》アローに見守られながら、値段交渉に挑戦する／小麦、トウモロコシ、油、羊毛、野菜を売る／小麦粉、服、リネン類、靴、ジャケット、サンダルを買う／物資を運搬する／物資の質を調べる／露店で焼きたてのシシケバブを食べる／カブールに立ち並ぶ店の明かりが、妖精みたいにきらめくのを眺める／ロガール行きの最終バスから二本目の便に間に合う／巡礼者《ハッジ》アローの筋ばった腕に頭をもたれさせる／家に帰る／夜、屋敷の屋根の上でワタクと会う／巡礼者《ハッジ》アローの物語を語り直してやる／星空の下で一緒に眠りに落ちる。

一九七六―一九七八、商人、カブール市、マンダイ

職務内容は以下の通り。現金を渡され、巡礼者《ハッジ》アローからカブールに行くようにと言われる（一人で）／ワグ・ジャンの村で待つ（一人で）／カブールへ行く（一人で）／商人たちと値段交渉する（一人で）／提示額から少なくとも半額以下に値切って必要な物資を買う（一人で）／アミターブ・バッチャン監督の最新の映画をこっそり観る（一人で）／カブールの共産主義者たちの政治的議論を耳にする（一人で）／カブールの共産主義者たちに悪態をつく（一人で）／カブールの大学生の集団とケンカになる（一人で）／あやうくボコボコ

にされかける（一人で）／通りを抜け、小路を抜け、下水溝を抜け、とにかく走り抜ける（一人で）／買ったばかりの服を下水溝で汚す（一人で）／カブール川で水を浴び、服を着替える（一人で）／カブール川に架かる橋の縁に腰かける（一人で）／陽が落ちていくのを見ながら、体を乾かす（一人で）／カブール発の最終バスで家に帰る（一人で）／バスの窓に頭をもたせかけながら、これが巡礼者《ハッジ》アローの骨ばった肩だったらいいのにと思う。

一九七六―一九七九、高校生、ロガール州、ディ・ナウ

職務内容は以下の通り。歴史、代数学、化学、生物学、英語、パシュトー語、ペルシャ語、アラビア語、物理学を勉強する／共産主義、マルクス主義、スターリニズム、毛沢東主義、イスラム主義、サラフィー主義、ワッハーブ派、聖戦《ジハード》について議論する／国の代表者であるムハンマド・ダーウード、その次のヌール・ムハンマド・タラキー、その次のハフィーズッラー・アミーン、その次のバブラク・カールマルに、順に忠誠を誓わされる／共産主義者たちの掛け声に合わせて行進させられる／カブールで粛清とクーデターの噂を耳にする／ロガールの州都プリアラムやバラキバラク地区や遠方の村で、導師《イマーム》と高齢者たちが殺されているという噂を聞く／反体制派の生徒や教師たちが学校から消えたことに気づく／深夜、共産主義の兵士たちがディ・ナウに来て、アメリカで軍事訓練を受けた上にダーウード・ハーンへの忠誠を公言したことが原因でキャプテンが捕えられるのを目撃する／キャプテンなんか死ねばいいのに、と長年祈ってきたが、今回は生きていられるように祈ってやる。

一九七七―一九七九、聖戦の戦士《ムジャヒディン》の新兵、ロガール州、ディ・ナウ

職務内容は以下の通り。従兄弟たちや近所の人たちとイギリス軍の古いライフルを集めて、ブラックマウンテンに登る／聖戦の戦士《ムジャヒディン》軍と合流、近いところではバラキバラク地区から、遠いところではバーミヤンから来た者たちもいた／ロガールの山を越えてはるばるペシャワールまで聖戦の戦士《ムジャヒディン》たちを案内する／共産主義者たちが乗っ取った高校に通い続ける一方で、聖戦の戦士《ムジャヒディン》を支援する／タラキー議長を始末したアミーン議長がソ連に始末された後、カールマル議長によってキャプテンが釈放されたので、キングと一緒にカブールに迎えに行く／消えた息子や兄弟や父を捜す、何百何千にも及ぶ他のアフガン市民たちと一緒に刑務所の外で待つ／ほんの数百人しか受刑者は釈放されなかったが、ああ神に称えあれ《アルハムドゥリラー》、キャプテンはその中にいた／ロガールに帰る／他の生徒たちに鎌と鋤を持って待ち伏せされ、襲撃されるところだったので、高校の最終学年で中退する／ブラックマウンテンの聖戦の戦士《ムジャヒディン》の拠点に駆け込む／髪と髭が伸びる／マウラナ・ムハンマド・ナビの軍に入る／作戦を実行し、奇襲を仕掛け、殺して、死ぬときを待つ。アッラーのために。

一九八〇―一九八一、聖戦の戦士《ムジャヒディン》、ロガール州、ディ・ナウ

職務内容は以下の通り。巡礼者《ハッジ》アローの敷地の中央に落ちて来て不発に終わったソ連の爆弾を修理したものを運ぶ／共産主義の殺人部隊とソ連空軍を回避する／ロガール川に架かる橋の近くに修理したソ連の爆弾を仕掛け、よく哨戒《しょうかい》に来るソ連兵をターゲットにする／クワの木に隠れて敵が来るのを待つ／戦車が爆弾に近づくのを見つめる／爆発は見ていないが、その音だけは聞こえて、肉が焼けた嫌な臭いがする／家に帰って、様々なもののにおいをかぎ、小麦、花、土、葉、糞、木材、火薬、何でもいい、何か違うにおいをかぎたいと思う／ロシアの戦車と哨戒部隊に銃撃を浴びせる／撃って、外す／撃つが、一人も殺さない／屋敷の屋根の上でワタクとソ連のヘリがいないか空を監視する／空襲がありそうなら家族に警告する／ワタクと母と妹たちと防空壕に身を潜める／爆煙と土煙を吸い込む／肌身離さずライフルを持っておく／近所の住民たちと友人たちと女性と子どもと赤ん坊と従兄と姪と甥と、ホロという名前の腹違いの姉のボロボロになった遺体を埋める／人は母と妹たちのために生きなければならないのだからと、アン＝ナサーイーが著したムハンマド言行録《ハディース》から二十番目の節を引用して、ワタクの聖戦《ジハード》の権利を否定する。

一九八二、麦刈り人、ロガール州、ディ・ナウ

職務内容は以下の通り。夜明け前の闇の中で畑に向かい、ワタクと一緒に小麦を刈って、農作物を収穫し、家族を飢え死にさせないようにしながら、国が占領されるのを待つ／共産主義者の哨戒部隊とソ連のヘリコプターをかわす／穀物の茎やクワの木の枝に身を隠し、次々とやってくる戦車や武装車両のヘッドライトが穀物や葉や陰をサッと照らしていく／サ

ーチライトが徐々に近づいてくる／共産主義者たちを振り切るために、二手に分かれて別々の道から家に帰ろうというワタクの案を聞く／悩む／悩む／悩む／二手に分かれるというワタクの案に同意する／二手に分かれる／家に急ぐ／哨戒部隊に見つかる／百発の銃弾と二発のロケットを避《よ》ける／なんとか家に帰ると、ワタクが哨戒部隊に捕まって、運河の土手にあるクワの木の陰で殺されたと知る／六人の家族も殺されていたとわかる／一晩かけて全員の墓を掘り、バラバラの遺体を集める／血を欲する／死を欲する／独りで挑む銃撃戦を欲する／十二歳と三歳の妹たちが、枯れた庭で植物の根を探しているのを見る／生き続けて、ここを出ていくと決心する／巡礼者《ハッジ》アローにロガールを離れると告げる／巡礼者《ハッジ》アローに、ロガールを見捨てるのかと言われて口論をする／巡礼者《ハッジ》アローのことは諦める／ディ・ナウの村の爆撃された屋敷に彼を残していく／残りの家族とロバと馬を集める／逃げる。

一九八二、難民、パキスタン、ペシャワール

職務内容は以下の通り。馬の背に乗って、ホワイトマウンテンからペシャワールへ移動する／共産主義者たちの哨戒部隊を避けるために茂みやほら穴や運河に隠れる／伯母さんたち、伯父さんたち、従兄妹たち、姪たち、甥たち、母、妹たちの面倒を見る／砂漠の小道を進むうちに、ソ連兵と聖戦の戦士《ムジャヒディン》の銃撃戦に巻き込まれる／妹たちと姪たちとキングの行方がわからなくなる／馬に乗って、妹たちと姪たちとキングを捜す／山から妹たちが助けを呼ぶ声が聞こえ、妹たちはキングから逃げるために山に入っていた／ネズの木が立ち並ぶ石だらけ

の道で、妹たちと姪たちを発見し、馬に乗せて連れて行く／道の向こうからキングがやってくるが、半狂乱で、腹を空かせて、足から血を流し、記憶を失くしかけている／キングも救出する／ペシャワールの難民キャンプに辿り着く／見渡す限り、荒れ果てた平原が広がっている／干上がった運河で眠る／人気《ひとけ》のない区画にテントを設営する／テントの周りに少しずつ土壁を作っていく／仕事を探す。

一九八二、労働者、パキスタン、ペシャワール

職務内容は以下の通り。十二時間ぶっ続けで小麦を刈って運搬し、一日あたり四十ルピーを稼ぐ／ディ・ナウ村を救うすべての望みが絶たれてしまった後、ロバをもう一頭買えるだけの資金を調達し、ロガールに戻って巡礼者《ハッジ》アローを連れて来る準備をする／廃墟と化した家で、第三次アフガン戦争のときにイギリスの侵略者たちを切り倒したという古い剣をいまだに振り回している巡礼者《ハッジ》アローを見つける／親族の女性たちの生活が落ち着いたら、またここに戻ってきてソ連のやつらを撃退しようと老人に約束し、ペシャワールのテントに二人で戻る／巡礼者《ハッジ》アローが、二度とロガールの地を踏むことはないと知りもせず。

一九八三、石割り工、パキスタン、ハッサナブダル

職務内容は以下の通り。石を割り、砕石を運搬する。キラナヒルズではジア゠ウル゠ハク将軍がパキスタンで初めての核実験施設を作るべく、山を消し去る勢いで発破をかけている／二週間単位で仕事を請け、一日十三時間労働、朝食無し、昼食無し、夜に宿舎で一日分まとめて一気に食べる／巨大なトラクターの後ろの台車に、ダイナマイトで崩した山石をできるだけたくさん積む／砂埃と土煙を吸い込む／石とタールを吸い込む／咳は出ない／疲れも、痛みも知らない／山が平坦な道になるまで続ける／キャプテンがアメリカの軍時代に築いたコネから、待ちに待った連絡が来る／飛行機に乗る。

一九八四―一九八九、組立ライン作業員、アラバマ州、モンゴメリー

職務内容は以下の通り。言葉も法律も慣習も知らないまま合衆国にやってくる／モービル社の小さなトレーラーハウスを借りて、キャプテンとキングのトレーラーと隣り合って暮らす／自動車部品工場の仕事を見つけ、腹違いの兄弟たちと甥たち、韓国系、中国系、モン族、ラオス系、カンボジア系、ベトナム系の移民たちと一緒に働く／白人の工場主がどうしても黒人を排除したかったらしく、地元の黒人労働者たちの職をやらせてもらえるようになる／ダッジやクライスラーやボルボの車用に、ワイヤーハーネスを作って時給三・五ドルを稼ぎ、一日十時間働く／今や九十九歳を迎え、ワタクはどこへ行ったと言い続けている巡礼者《ハッジ》アローのために食料品や薬を買う／あいつは今にでも帰ってくるよ、と巡礼者《ハッジ》アローに話す／一番下の妹を小学校に送り迎えする／巡礼者《ハッジ》アローには、一番下の妹を学校に行かせていることを内緒にする／カリフォルニアに、アフガニスタン系の難民コミュニティがあるらしいと

いう話を耳にする／アラバマの亡霊にうんざりする／シボレー・アストロのミニバンを買えるだけの貯金ができる／巡礼者《ハッジ》アローと母と妹たちを連れて、アメリカを横断し、キャプテンとキングにはその後会うことはなかった。

一九八九―一九九一、配管工見習い、ライコル・エンジニアリング、カリフォルニア州、サンフランシスコ

職務内容は以下の通り。カリフォルニアのヘイワードに小さなアパートを借り、道を挟んだところにはアフガニスタン人の一家が住んでいる／時給十二ドルで、サンフランシスコの建物のボイラーを点検して回る／海辺の街の冷たい霧の中を、一九五〇年代のフォードF1に乗って仕事場から仕事場へ移動する／市民権の手続きを始める／ゴールデンゲートブリッジに母と妹たちを連れて行くが、もう寝たきり状態になっている巡礼者《ハッジ》アローは家で留守番をさせる／フリーモントで嫁を探す／市民権のための試験に合格する／フリーモントでの嫁探しに失敗する／配管工見習いの仕事を辞めて、飛行機でパキスタンに戻り、ペシャワールで嫁探しをする／難民キャンプを練り歩く／ロガールから来た昔のご近所さん一家がいて、適齢期の娘さんたちがいるらしいという噂を聞く／二人の伯母とその一家を訪ねる／まずお嬢さんの父君と会い、薬剤師で、かつて聖戦の戦士《ムジャヒディン》たちに治療を施したことが原因で、刑務所で共産主義者たちに拷問された過去がある人だと知る／聖戦《ジハード》に参加したときの話をして、父君に好印象を与える／お嬢さんを頂戴する／結婚式の日、花と鏡がたくさんある部屋で初めて許嫁《フィアンセ》に会う／お嬢さんがまだ十八歳であることを知る／良い生活を送らせてあげるし、イスラム教徒としてのすべての権利を保証すると誓う／結婚の儀を終える／彼女のビザの手続きを始める／父君の家で彼女と数週間暮らす／彼女はほんの六歳の頃にロガールを後にして、アフガニスタンのことをほとんど覚えていないという事実を知る／その方が良かったのだろうかと考える／仕事を求めてアメリカに戻る。

一九九一―一九九二、新聞配達員、『ヘイワード・デイリー・レビュー』、カリフォルニア州、ヘイワード

職務内容は以下の通り。日産のマキシマの後部座席とトランクに『ヘイワード・デイリー・レビュー』を積む／午前三時から午前六時まで新聞を配達する／一晩おきに妻に電話をして、五分通話するごとになぜか七分の度数を消費するふざけたテレホンカードを使って話し、妻の妊娠が発覚する／妊娠の影響でビザの手続きが遅れるであろうことを知る／新聞配達の量を増やす／妻がペシャワールの大使館で面接を終えた後、妻のビザの書類手続きを完了する／パキスタンに妻と子どもを迎えに行くために、新聞配達員の仕事を辞める。

一九九二―一九九四、絨毯《じゅうたん》商人、キャラバン、カリフォルニア州、サンフランシスコ

職務内容は以下の通り。絨毯を展示販売する／二百ポンドの絨毯を持ち上げる／カブール出身の裕福なハザーラ人のサイブ氏のために、料理と掃除をする／サイブ氏の兄であり一番の商売敵《がたき》でもあるサイード・サイブが、一ブロック離れたところで絨毯の店をやっているので、その商売を妨害するバカみたいな計画を考える／店でパーティーを開く／著名な歌手のウスタド・ファリダ・マワシュに給仕する／彼女の生歌を聞く／二番目の息子が誕生し、巡礼者《ハッジ》アローが死ぬ／素手でトラを殺そうとして死んだ遊牧民シャヒーの息子の遊牧民アズマトの息子の遊牧民マダトの息子の遊牧民サイード・アクバルの息子の遊牧民ラホールの長男として、百十年前にペシャワールで生を受けた巡礼者《ハッジ》アローの遺体を、その地に戻すのに付き添う／ペシャワールへの旅に伴って、絨毯商人の職を失う。

一九九五―一九九九、コンビニ店員、セブンイレブン、カリフォルニア州、サンロレンゾ

職務内容は以下の通り。サンフランシスコの鉄道（ＢＡＲＴ）に毎朝乗ってサンロレンゾに行き、地方自治体に属さない非法人地域を訪れる／午前六時から午前十一時まで、レジ打ちの仕事をする／午後からの仕事まで時間があるので、家に戻って一時間の昼寝をして、午後二時から午後十一時まで時給十五ドルの現金払いで働く／三番目の息子が誕生する／上の二人の息子たちが、店の商品をほとんど遠慮もせずに物色するのを見守る／一番下の妹が、サンロレンゾ高校を卒業するのを見守る／妹のためにカリフォルニア大学デービス校の授業料や教科書代を払う／一年で四回も、銃を突きつけられて金を盗られる／州全体でタバコの税金が上がるらしいという情報を得る／五千ドル相当のタバコを買い、六か月後に売りさばいて一万五千ドルの利益を出す／ロガールへ戻れるだけの旅費を貯める／レジ打ちの仕事を辞める／妻と三人の息子を連れてロガールに帰郷する／二十年ぶりにディ・ナウ村の道を歩き、畑を歩き、果樹園を歩く／ワタクやホロや、ホロの小さな子どもたちやその他の殉教者たちの墓を訪れる／この人たちの魂に祈りを捧げなさい、名前を呼んであげなさい、忘れないようにしなさい、と自分の息子たちに言う。

二〇〇一―二〇〇七、庭師、カリフォルニア州、ウェスト・サクラメント

職務内容は以下の通り。一番下の妹が通うカリフォルニア大学デービス校に二十分もあれば行ける、ブロデリックの小さな家に引っ越す／高卒認定試験に合格する／高校卒業資格が必要な仕事に応募する／化学薬品を積んだトラックを運転し、ローズビル、ロックリン、オーバーン、グラスバレー、コルサ、ジョージタウン、ストックトンの家庭に行き、オールスターにも選出されたバスケ選手のクリス・ウェバーの家にも行く／農薬を運搬する／農薬を散布する／農薬を吸い込む／害獣を探したり、庭の草木が枯れていないか目を凝らす／一年目の終わりには、営業成績一位の庭師になる／年間四万平方フィートの土地に農薬を散布する／二〇〇二年度の最優秀従業員賞を獲得する／二〇〇三年度の最優秀従業員賞を獲得する／長女の誕生を見守る／二〇〇四年度の最優秀従業員賞を獲得する／求められた残業はすべてこなす／朝六時に起きて、夕方六時に帰宅する／ブリッジウェイに二階建ての家を購入する／歯と眼鏡までカバーしてくれる一流の健康保険プランに入る／次女の誕生を見守る／二

〇〇五年、二〇〇六年、二〇〇七年と連続して、昇進を見送られる／二〇〇七年の仕事納めも近づいてきた頃、トレーラートラックに追突される／首と肩と脊椎の神経が切れる／数日間は歩くこともできない／一か月分の給料にあたる労災補償を受ける／首と肩が耐えがたいほど痛くて苦しむ／首と肩の耐えがたい痛みを医者に診てもらって、ちょっと大袈裟じゃありませんかと言われる／それ以上の労災補償は出せないと言われる／職を失う／弁護士を雇う。

二〇〇七—現在に至る、無職、カリフォルニア州、ウェスト・サクラメント

職務内容は以下の通り。前職の会社に労災補償を求めて裁判を起こす／トラック運送会社に体の痛みと闘病と医療費についての裁判を起こす／障碍者制度、医療保障制度、食料配給制度《フードスタンプ》、その他の福祉制度に申請する／裁判費用と住宅ローンと電気代とガス代と水道費と車両保険と医療費を払い、貯金を切り崩し、クレジットカードは限度額に達する／二人目の医者に診てもらう／痛みと、片頭痛と、筋肉痛と、極度の痛みと、胃酸の逆流と、血圧と、不眠症と、耐えがたい痛みと、眠気と、めまいと、便秘と、下痢と、腫れと、凝りと、鬱病の薬をもらう／金の足しになればと、礼拝堂《モスク》でヤロウと果物を売る／妻が人生で初めてパンジャーブ地方の伝統刺繍を売るのを見守る／息子たちが高校や大学に行くようになって、アルバイトで稼いだ金を受け取る／首と肩に焼けるような痛みを感じて、長男と緊急治療室に入る／病院のベッドに横たわる／医者に何とかしてほしいと言う／火傷して、ひび割れ、穴が開き、つ

ぶれて、硬くなり、引き裂かれ、使い物にならなくなった手に涙を流す／脊髄に直接注射を打つ／痛みとどうにか付き合っていける治療法と注射がわかってくる／事故から八年かかって、ようやくトラック運送会社との裁判で勝訴を勝ち取る／一括で十万ドルが支払われ、そのうち二十％は弁護士に払い、二十％を古い借金の返済にあて、残りは住宅ローンに消え、この先も妻と子どもたちの住む家がなくならないことを願う／長男が大学を卒業するのを見守る／ロースクールに通ってみたらどうだと長男に言う／長男が物書きになるための勉強をするつもりであることを、徐々に受け入れていく／次男が（よりにもよって）歴史学の学位で大学を卒業するのを見守り、次男は教師になりたいらしいと知る／農作物、車とその部品、服、パシュトー語のレッスンなど、何にでも手を出して毎月の生活費を稼ぐ／ひどい鬱病の症状が一週間続く／ちょっと庭仕事でもやってみようとして、急に動いたもので首と肩に稲妻が走る／絶食月の夜の祈り《タラウィー》の最中に倒れる／複数の専門分野の医者たちの治療が得られるような障碍者制度に登録し直す／一日たりとも本物の労働をしたことがない裕福な白人の審査官の前に立ち、医師の資料によればそれほど大した痛みではないようですなどと言われる／障碍者制度の審査に落ちる／翌月、また申請する／キングが死んだという知らせが入る／葬式に出るためにアラバマ州に戻る／町じゅうに、何百人もの従兄妹たち、姪たち、甥たちがいるのを目にする／キングの一家を訪れ、葬儀《ジャナーザ》の礼拝を行う／キャプテンの家に急いで向かうと、彼は九十歳を過ぎていて、もうロガールの土地には戻れず、昔の記憶はぼやけて意味をなさなくなってきているし、忘却は避けられないのに、まだ怒りに満ちている／アラバマを発ち、その後また一人異母兄弟が死ぬ／息子たちがあの子たちなりのキャリアを歩み始める日を思う／娘たちが大学に入学する日を思う／結婚式や葬式の日を思う／あの子たちが良い成績で卒業する日を思う／睡眠、食事、時間、喜びを思う／いつか痛みが引く日を思う。

予感、を、思い出す

ずっと後になって、母《モール》さんは二人のガンマンの姿を思い出すだろうけど、彼らが母《モール》さんの二人の息子を殺したことではなくて、ガンマンたちが夜に、雪の降る中、道端のクワの木の根元にうずくまって、双子の霊、あるいは双子の魂みたいな二つの丸いヘッドライトが闇と雪の中を漂ってくるのを待ち伏せしている光景を思い浮かべるだろうし、彼らの吐く息が冷たい霧になって、黒い髭の束の先に霜が降りているところとか、カサカサの唇とか、潤んだ優しい目とかを思い浮かべて、どうして脳裏に浮かぶ二人のガンマンは、家に帰って、たぶん彼らがずっと忘れていた母が縫ってくれた古いブランケットの暖かさに身をうずめないんだろうと、少しのあいだ疑問に思うだろうし、彼らの母親はきっと、結婚したときにはまだ子どもで、誘拐されてきて、殴られて、無理やり夫の寝室に連れ込まれて、心からは愛せない二人の子を産まされて、良かれと思って侵攻してきたアメリカが何千回と爆撃を繰り返す中で死んでしまって、残された二人の息子は戦争に育てられ、ロガール中心部の路地の入口に辿り着くのは必然なのだろうし、母《モール》さんの兄のカローラのヘッドライトが土や氷や木陰に揺れるのを見つめるガンマンたちの目を母《モール》さんは見るだろうし、ガンマンたちは木陰から雪の中へ、光の輪の中へと踏み出して、その光は思いもよらない罪状で死を宿命づけられた無実の男たちの顔をぼんやりと映していて、既に霜でかじかんだ指先が、引き金《トリガー》の温かさに向かってじりじりと動いていくところを思い浮かべるだろう。

あの人たちも寒かったろうに、と彼女は一人思うだろう。その他のことはすべて忘れて。

ガルブディンを待ちながら

俺らにとって、戦争とは言えない戦争が始まってから
数年が経ち……

ロガールの田舎道。

クワの木が一本。

昼下がり。

ワタクの墓標、スズカケの木の後ろに、小川。

俺、グウォラ、ミルワイスの三人、ガルブディンを待っている。

俺は弟のグウォラの方に向き直って言う。「いいからやろうぜ。な?」

「オーケイ」と、グウォラは英語で言う。盛り上がった土の上に座った弟は、「ちょっと待ってよ……」と言いながら、破れたサンダルの紐を引っ張って、結び直そうとしている。俺らが英語で話

しているのは、今は俺ら三兄弟しかいないからだ。母さん《モール》の家まで帰る途中で、マランおじさんが俺らをワタクの墓標のところに置いて行ってしまった。残りの道のりは、これからやってくるガルブディン（俺らが二番目に好きな叔父だ）が連れて行ってくれることになっている。

　それにしても、ガルブディンはまだ来ない。俺らは待つことにする。

　数フィート離れたところで、一番下の弟のミルワイスが、地面に落ちたクワの実を拾っている。

「ミルワイス、そんな汚いもの食べんなよ」と、俺は怒鳴る。

　ミルワイスは紫色の液体を口から吐き出し、「うわぁ、ベトベトする」とつぶやく。

「おい、立て、立て、立て。持ち場につけ」と、俺はグウォラに言うものの、弟は座ったままだ。

「待ってよ。まだサンダルが……」と、グウォラは言う。

「じゃあボクがかわりにやってもいい？　見てるだけじゃ、おもしろくないもん」と、ミルワイスが尋ねる。

「いいや、誰かが見てないとダメだ」と、俺は言う。「誰も見てなかったら……」

「できた」と、グウォラが叫び、地面にサンダルを踏み鳴らし、そのつま先は紫に内出血していた。少しのあいだグウォラは勝ち誇ったように足踏みを続けていたが、その度にサンダルの紐が皮膚に強く食い込んでいき、ついには紐が千切れ、「クソッ！」と大きな声で悪態をつき、その声は小道や野原を越えて、遠く離れたブラックマウンテンにまで響き渡った。

「このバカ、三人とも殺されたいってのか？」と、俺は言う。

「誰に殺されるっての？　僕ら子どもじゃんか」と、グウォラは答える。

「これを見てもそう思うか？」と俺は言って、六か月間ひそかに伸ばしてきた口髭を指さす。「アメリカの海軍なら俺をタリバンだと思うだろ」

「海軍は子どもを殺さないよ」と、グウォラは言う。

「海軍は喜んで子どもを殺すだろ。『フルメタル・ジャケット』の映画を忘れちまったのかよ？」

「ねぇねぇ、そんなことよりさ、ガルはどうしてこんなにおそいの？」と、ミルワイスが会話に割り込んできた。

「こういうときって、どうやって時間をつぶせばいいんだろうな？」と、俺は言う。

「ワタクごっこは？」と、グウォラが尋ねる。

「ワタクごっこか」と、俺は言う。

「役はどうしようか？」

「お前がワタクをやれ」と、俺は言う。「俺は共産主義者だ」

＊

昼過《ズ》ぎの礼《フ》拝《ル》の呼びかけ《アザーン》が辺り一帯に響いているのを聞きながら、俺とグウォラはクワの木の下にしゃがんで、ワタクごっこをしている。ミルワイスは、ワタクの墓標のそばに座って俺らを見ている。俺はライフルに見立てた棒切れを持っていて、グウォラを捜している。グウォラは、丸腰で怯えている十六歳のワタクという設定だ。俺らは、エルマー・ファッドがバッグス・バニーを撃とうとしているみたいな感じで、クワの木の周りを回る。ワタクの墓標は、積み上げた石に枝を差し込み、そこに赤い旗をくくりつけただけの簡素なもので、スズカケの木の後ろにある小川に向かっっているのに気づいている。礼拝の呼《アザーン》びかけが終わって、俺らは三人とも、ガルブディンが来ることになっている道の方を向く。

「おいのりしたほうがいい？」と、ミルワイスが尋ねる。

「した方がいいかもね」と、グウォラが言う。

「もちろんするさ」と、俺は言う。「俺らは不信心者《カーフィル》じゃないんだから。休憩の時間をとろう。礼拝をしよう。ただし、ここがどこだかわかってるよな」

俺は木の下の土を蹴り上げ、グウォラは木の反対側の土に同じことをする。

「忘れんなよ」と、俺は二人に言う。

俺らはスカーフを地面に敷いて、家族と友達と殉教者ワタク・シャイードの魂のために祈る。カリフォルニアのウェスト・サクラメントの家では、礼拝用の部屋の壁にワタクの写真が掛かっている。わずか十六歳でありながら、俺らにとってワタクはこの世で一番上の叔父さんだ。

彼の魂にアッラーのご慈悲がありますように。

「だれのたましい？」と、ミルワイスが尋ねる。

「お前のだよ」と、俺は言う。

「でもボク死んでないよ」

「今のところはな」

「あの人、道に迷ったのかもしれないよ」と、グウォラは言って、サンダルの紐をつまむ。

「ガルはここで育ったんだぞ。迷ったりしないさ」と、俺は言う。

「ワタクは迷ったじゃん」

「ワタクは迷ってなんかない。ただ道を間違えただけだ」

「ガルも道をまちがえたらどうするの？」と、ミルワイスが言う。

「もうじき来るよ」と、俺は言う。

「もうじきって、いつ？」

「遊びが終わったらすぐだ」

「わかった」と言って、二人の弟はため息をつき、スカーフを畳んでもう一度ワタクごっこを始める。

＊

俺は棒切れをライフルみたいに抱えるけど、ミルワイスはそれを見ていない。

「ちゃんとフリをしろ。本物かもしれないと思って見るんだ」と、俺は言って、棒切れの端っこをミルワイスの頭に突きつける。「どうだ、怖くなってきたか？」

「ならない。ごめん」と、ミルワイスは言って、肩をすくめる。

問題は、だ。ミルワイスをビビらせることもできないなら、他の誰もビビらせることは不可能ってことだ。

「どうすればいいと思う？」と、俺はグウォラに言うけど、グウォラはまた紐を何とかしようと奮闘している。

「グウォラ、俺のサンダルを使えよ」と、俺は言う。

「アニキのはいらない」

グウォラは紐を結び直そうとしては、それがほどけてこないか見守り、実際に紐がほどけると、また結んだ。

「ねぇマルワンド、ボク、おトイレしたい」と、ミルワイスが俺に言う。

俺は野原を指さした。

「でも、大きいほうなの」と、ミルワイスが言う。

「そっちかよ。しょうがない奴だな、ミルワイス、なんで落ちてるクワの実なんか食ったんだ？」

グウォラがサンダルの紐を強く引っ張っていると、紐が完全にちぎれてしまい、グウォラは後ろに倒れこんだ。

「おなかへってたんだもん。今もへってる。そろそろ父《アガー》さんのおうちにもどらない？」と、ミルワイスが言う。

「チクショウ！」と、グウォラは叫んで、サンダルをスズカケの木の向こうに投げた。

サンダルは川にポチャンと落ちた。

「その棒切れ、貸してみてよ」と、グウォラは言う。

俺は弟に渡してやる。

グウォラはスカーフを外すと、それで棒切れを包んでから、俺に返した。「『ゴッドファーザー』みたいに、隠しとかないと」

俺は自分のスカーフも使って棒切れライフルを包み、ちょっと重くなったそれを脇の下に抱え、ミルワイスの頭に狙いを定める。

「これならどうだ？」と、俺は言う。

「さっきよりよくなったね」と、ミルワイスが言う。

「おう」と、俺は銃身を見ながら言う。「だいぶ良くなった。じゃあお前、始める前にクソしてこいよ。邪魔が入るのはもうごめんだからな！」

＊

ガルブディンを待つ俺らを道端に置き去りにしてから四十五分後、父《アガー》さんの従兄弟のマランおじさんが歩いて戻ってくる。もう一人、誰かを連れている。その痩せこけた男がかぶったパコル帽から、赤いモジャモジャの髪がはみ出してカツラみたいになっている。男の肌は浅黒く、斑点がある。といっても、泥や粘土のような黒さではなく、夜更かしするうちに、夜更かしした夜が多すぎて見てはいけないものを見てしまったがゆえにそうなってしまったような黒さだ。それに病的なまでに痩せている。その男が後ろに立っていると、マランおじさんのポッコリお腹はいつもより余計に突き出て見える。おじさんたちは、目をパチパチしながら、ベストのポケットに手を突っ込んで俺らのところまでやってくる。

俺らは墓標のそばに立っている。

ミルワイスがおじさんたちに一番近いところにいる。

次にグウォラ。

最後に俺。

「こーんにーちはー」と、マランおじさんは間延びした発音で言う。

「こんにちは、マランおじさん《カカー》」と、俺たちは言う。

「君らの従兄弟はどうしてまだ……来てないの？」と、おじさんは頬をポリポリかきながら言う。

「従兄弟じゃなくて叔父さんです」と、俺は言う。

「遅れてるんです」と、グウォラが付け足す。

おじさんは、一本につながった眉をひそめ、帽子《クフィ》を脱いで、頭をさする。

マランおじさんは、連れの方に向き直る。痩せた男の唇は動かないけど、おじさんは何かの合意に達したみたいにうなずく。

「じゃあ、また戻ってくるから」と、おじさんは言って、道沿いにふらふらと歩いていく。

＊

グウォラは、丸腰で、クワの木の幹にもたれて立ち、神の二番目の名（アッラーには九十九の名前があると言われており、アッラーは一番目の名前で、神を意味する。二番目の名前はアッラフマーンで、最も慈悲深き者を意味する）を何度も繰り返して唱える。俺は棒切れのライフルを弟の胸に突きつけ、ロシア語ってこんな感じだよなというロシア語もどきで、目の前の男と、その男が信仰する神をバカにする酷いセリフを言ってやる。

グウォラは死を覚悟しているように見える。

「やっぱ違う、違う、違う」と、俺は言う。

「何が？」と、グウォラが言う。

「すっごいよかったよ」と言うミルワイスの頬には、涙がつたっている。

「いや、なんか違う、そうじゃない」と、俺は言い、クワの木の皮に触れる。手触りはなめらかで、傷ひとつない。

「お前、父《アガー》さんの木を見たろ？」と、俺はグウォラに言う。「あんだけびっしり弾丸が詰まってたじゃないか、木の皮の奥までめり込んで」

グウォラは、ワタクの木のなめらかな木目に沿って指を走らせる。「ホントだ、傷がない」と、弟は言う。

「あぁ、一つもない。たぶん、ここで殺されたんじゃないのかも」と、俺は言う。

「じゃあどこで？」と、グウォラが言う。

俺らはその場から動かず、辺りを見回す。道には誰もいない。空は晴れている（戦闘機もドローンもドラゴンも飛んでない）。日が暮れていくにつれて、スズカケの木の影が伸びていく。ワタクの墓標は、積み上げた石に枝を差し込み、そこに赤い旗をくくりつけただけの簡素なもので、スズカケの木の後ろにある小川に向かってはためいている。

「水だ」と、俺は言う。「間違いない、水に落ちたんだよ」

＊

俺らがワタクの死んだ小川に下りていくよりも前に、マランおじさんが戻ってきた。今度はロバを連れている。ロープでロバを引っ張りながら、おじさんは俺らのところに歩いてきて、ワタクごっこの邪魔をする。

「マランおじさん《カカー》、さっきのお友達はどうしたの？」と、グウォラが尋ねる。

マランおじさんはニヤリと笑う。「これが友達さ」と言って、ロバの頭をポンと叩く。

「それ、ロバだよ」と、ミルワイスが言う。

「おう、そうとも、甥っ子ちゃん。おじさんの代わりにちょっとこいつを見といてもらいたい」

おじさんは、ロバのロープをワタクのクワの木にくくりつけ、俺らの後ろにあるスズカケの並木に向かって微笑むと、今来た道をよろよろと引き返していく。

「待ってよ！　ガルが来たらどうすんの？」と、俺は叫ぶ。

「すぐ戻るよ」と、おじさんは言い、姿が見えなくなる。

マランおじさんの連れてきたロバは、ワタクの木の根元の草をムシャムシャ食べている。ミルワイスは歩いて近づいていく。指を伸ばし、ロバの毛を押さえつけるように撫でながら、「この子、いい子だよ」と、ミルワイスがささやく。弟は、まるでペガサスかユニコーンでも相手にしているみたいにロバを優しく撫で、その毛皮をクワの実のベトベトの汁でよごした。ロバはダークグレーの毛皮に白いお腹をしていて、その大きくて悲しげな目はじっと俺を見ている。俺がライフルをひょいと拾い上げて小川の方に行くときも、ロバの目は俺を追ってくる。俺がスズカケの木を越えて川岸にすべり下りていくと、ロバは小走りをして、木の向こう側から俺のことを見ている。その目は、俺のささいな動きも見逃さず、右へ左へ、上へ下へと動き、まばたきもほとんどしない。「ミルワイス！」と、俺は川岸から大声で呼びかける。「お前もワタクごっこに入っていいぞ！」

「ほんとに《ワラー》？」と、弟は聞き返す。

「見る係は、もうお前じゃなくても良くなった」と、俺は言って、棒切れのライフルを急いでもう一丁つくり始める。

＊

スズカケの木と野原のあいだにある川岸で、俺とミルワイスは、ライフルをグウォラに向けて構える。ロバがそれを見ている。

「お前の兄弟はどこだ？　ヤツらは何を盗んだ？　聖戦の戦士《ムジャヒディン》を支援してるな？」と、俺は言う。

俺はロシア語ってこんな感じだよなというロシア語もどきで喋り、ミルワイスは俺の言うことを全部パシュトー語もどきに翻訳する。グウォラは小川の真ん中に黙って立って、水を見下ろしている。スズカケの木の長い影がグウォラの顔と胸にかかる。グウォラの向こうでは、野原が風にそよいでいる。

もうすぐ午後の礼拝《アスル》の時間だ。

俺は目の前の男にもう一度、機密情報について、兄弟について、負傷した聖戦の戦士《ムジャヒディン》について質問するわけだが、ヤツは家族を裏切ろうとはしないので、俺はミルワイスの方を向いてうなずき、二人でライフルを構える。鳥たちが木々に集まり、コオロギとトカゲが岩のあいだを素早く動き回り、アリたちでさえ頭を出して覗こうとしている。でも、俺らが発砲しようかというまさにそのとき、グウォラが水から視線を上げて、俺らのライフルとか頭よりも向こうの方を見て、まるで自分を救う時間稼ぎをするかのように、ワタクの墓標を指さす。そこではなんと、ロバがワタクの旗をムシャムシャと食べているところだった。俺はくるりと向きを変えると、特にこれといった理由もなくロバの目にライフルの狙いを定め（ヤツは一度もまばたきをしない）、立て続けに六発撃つ。

バン

バン

バン

バン

バン

バン

＊

銃声の残響がすべて消えると、俺らは道に向かってとぼとぼと歩く。そこには、ロバが横たわっていて、毛皮には五個の穴が開いている。

五発命中だ。

五個の穴。

閉じるべき口が五つ。

ミルワイスが隣に行って、指を伸ばしてロバの傷口に手をあてがう。手にはまだクワの実の汁がついている。ロバの血がミルワイスの手や服にべっとりついて、「どうやったの？　なんで？　兄ちゃんがやったの？」とミルワイスは俺に尋ねる。

俺は答えない。

喋らないどころか、俺はほとんど身動きもせずにいて、グウォラが俺の棒切れのライフルを貸してほしいと言うので貸してやると、あいつはライフルをボキボキに折って、スズカケの木の向こうの小川に投げ込む。

こうして、グウォラと俺は罪悪感を覚える。そうなんだと思う。

赤く染まった土の上で、あえぎ、身震いし、大きく息を吐くロバの口のかたわらに、ワタクの旗がある。俺はそれを拾い上げて土を払い、それからワタクのクワの木のてっぺんの枝を見上げると、六発目の弾痕がそこにある。銃弾は、樹皮にめり込む途中で一枚の葉を貫通していて、その穴を通して日の光がまるで後光のようにロバの顔に差している。

俺は心の中で思う。なんてこった、ワタクごっこはもうおしまいだ。

ヤギの寓話

ブラックマウンテンの麓《ふもと》に近いその小さな村では、幼いサラディンが生まれてからずっと、父親からソビエト相手の聖戦《ジハード》の話を、随分誇張したバージョンで聞かされていて、「いいか、お前たちは激戦の中で死ぬんだ、まさに一人前の男になろうかってときに、ほろ苦い初恋の蜜の味も知らないで」などと嫌なことを言われてきて、同じく幼少期から似たようなことを吹き込まれ続けて鬱々とした戦闘員から成る小隊に入ることにしたのを知っていた)が屈辱的な拷問を受け、切断され、殺され、許しがたい冒瀆《ぼうとく》が行われたらしいという話が、人々の口から出て耳に入って魂に届き、やがて、その噂は大きな体をしたサラディンの父マーザグルの、毛むくじゃらの耳にも届いた。マーザグルは、その体格の大きさのわりに心臓が小さいことで知られており、特に、彼の胸部のとてつもない分厚さを考えれば心臓はあまりにもちっぽけで、この男が呼吸できているのは医学的には小さな奇跡と言って差し支えないと国じゅうの様々な街の医師たちは口をそろえ、喩えて言うなら、戦略爆撃機B - 52を小型のトラクターエンジンで動かしているのに近いとのことだった。そういう具合だったので、マーザグルが一人息子の死を知らされたとき、ちっぽけな心臓は異常に速く脈打ち、気づけば彼は、父が遺した伝説の半月刀《シミター》の鋲飾《びょうかざ》りのついた柄を握っていた。なんでも、キップリングやフォースターのような作家たちがいた慈悲深き時代、つまり白人たちが命を懸けて地上戦を戦っていた時代に、イギリスからやってきた植民者たちを三百人ほどバッサバッサと切り倒した刀剣とのことだ。今どきの白人たちときたら（昔とは大違いで）、何千マイルもの上空、まさに天国そのものとでも呼べそうな高みから、光と鋼鉄の野獣《ベヒモス》に腰を下ろしつつ、眼下の標的を監視し、夜の闇の中でさえ、何時間でも偵察し、記録し、耳を傾け、やがて運命の日あるいは夜が来ると、指をヒョイと動かし、目をピクつかせ、尻の穴もヒクつかせ、雲間から火の雨を降らせ、村全体が結婚式で生を祝福するのかそれとも葬式で死を悼《いた》むのか、その運命を決めるのだ。

　怒りの冷めやらぬままに、マーザグルは父の伝説の半月刀《シミター》を手にして、奪われてしまった屋敷の外の道まで出ていき、村の全員に向けて、命も、愛も、父としての役割も、戦争も、暴力も、血も、菜食主義も、極めつけにイスラムそのものも、もうたくさんだと宣言してみせた後、刀剣を空へ向かって放り投げた。心の底から、アッラー（ああ神に称えあれ）自身を殺してやろうと思って。

　そうしてマーザグルは敷地の中に戻り、羊たちを呼び集め始めた。

　ところが、アッラー（ああ神に称えあれ）の御意志によって、天使が刀剣の行く手を阻んだ。マーザグルが父の伝説の刀剣を放り投げた地点から二五九五八メートル上空で、ビリー・カスティール少尉はマクドネルダグラス社の戦闘機Ｆ／Ａ－18（ツインエンジン装備、超音速飛行可、全天候対応、空母への直接発着可の多目的軍用機で、「銀色の天使《シルバーエンジェル》」の愛称で親しまれる）を操縦していた。カスティールはその年の二十回目の爆撃任務を終え、反乱軍兵士を四十六名と、その若き妻を二十八名、その子どもたちを百五十六名、その姉妹を四十八名、その弟を七十三名、その母親を十九名、その父親を十名、その鶏を二十二羽、その雌牛を八頭、その雄牛を三頭、その果樹園を一つ、そのミツバチを三千匹ほど、見事に壊滅させたばかりだった。もしミツバチが絶滅してしまったら、人類も絶滅するだろうという仮説が提唱されているというのに。カスティール少尉は本拠地に戻る途中であり、そこには彼が最も仲良くしていた、「ネズミ軍団《ラットパック》」の愛称で親しまれる小規模の白人集団（海兵のクリントンとか、海軍特殊部隊《ネイビーシールズ》のロジャーとか、他にもいろいろ）が、カスティールの二十回目の爆撃任務達成のお祝いに、サプライズでキャロットケーキを作り、ビール樽を用意して待っていた。しかし、マーザグルの父の刀剣が猛スピードで飛んでいく進路の先で機体を操縦しているビリー・カスティール少尉は、何かを祝うような気分ではなかった。

　話はその数分前に遡る。目標地点の上空を旋回しながら、ビリー・カスティール少尉は下を覗き込み、どう見ても六歳にも満たない小さな子ども二人が子ヤギの群れを率いているところを目にするというミスを犯した。簡単に言うと、ビリー・カスティール少尉はカリフォルニア州デービスのヤギ牧場で過ごした幼少期を思い出してしまったのだ。かつて彼は、兄のデイヴィッドと一緒に父が所有するヤギたちの面倒を見ていて、その兄はある闇夜に牧場近くの森で乗馬していた際に落馬して命を落としたのだが、夜の森は暗いし寒いしおまけに兄は心臓が弱いと知っていながら乗馬に誘ったのは、誰あろうカスティールだった。兄が死んでからの数年間というもの、ビリーは父のヤギの面倒を見ることをやめ、代わりにCGポルノを見たり、オンラインの社会シミュレーションサイトに入り浸ったり、Instagramでなりすましアカウントに釣られたり、ジャン・ボードリヤールの哲学書やフィリップ・K・ディックの小説を読んだり、『コール オブデューティ：モダン・ウォーフェア』のゲームシリーズをプレイしたりすることに心の逃げ場を求め、『モダン・ウォーフェア』では、仮想世界のレーダースクリーンに映るアフガニスタン人の敵影に向かって初めてドローン爆撃をやってのけた。そうか、今殺した敵兵はもしかしたら自分やデイヴィッドでもありえたのかもしれない、とビリー・カスティール少尉は密かに思ったが、ゲームを続けるうちにそういう感覚は麻痺していき、彼はレーダーに映る敵影の群れに向かって閃光の花を咲かせた。ところが、過去を思い出す中でカスティールは胸に激痛を感じ、なるほど、やっぱり罪悪感は消えないみたいだと考えた。

物理的な側面からも言っておくと、胸の痛みの原因は刀剣だった。

天国を飛んでいたはずの機体から転げ落ち、ビリー・カスティール少尉はどうにか両腕と両脚を伸ばし、まるで地球そのものを抱きしめようとしているかのような体勢を作ると、予備減速を行ってからパラシュートを展開し、いまだ爆撃を免れていた、どうということもない小さな村へと向かってふわりと漂っていった。そうしてクワの木の枝の中へと降りていったカスティールだったが、まるでアッラーのお導きでもあったかのように（ああ神に称えあれ）、枝に頭を打ちつけ、彼は気を失ってしまった。

＊

ブブグルは、昼過ぎの礼拝《ズフル》のために巡礼者《ハッジ》アローの礼拝堂《モスク》に向かう道中で、ワタクのクワの木に兵士が引っかかっているのを見つけた。落ちたら大ケガをするような高さだ。ブブグルにとって、毎日祈りを捧げているときだけが人生で本当に心が安らぐ時間だったけれど、今は礼拝《サラー》を諦めてでも兵士を下におろしてやることが神のお望みでもあるはずだと、彼女は心を決めた。百二十三歳になったブブグルは、半世紀以上にもわたってそろそろ死にたいと密かに思い続けており、もし死を司る天使アズラエルが五十三年前に彼女の生を終わらせようと地球を訪れていた事実を知ったら悲しむのだろうけど、彼女は生のすべてに関して、すなわち、人間だろうが獣だろうが、植物だろうが昆虫だろうが、菌類だろうがバクテリアだろうが、お構いなしにその尊厳を守ってやる才覚があったので、地球そのものが彼女を手放すことに耐えられなかったのだ。幾度となく、天使アズラエルはブブグルの寿命について問い質《ただ》そうと地球に飛んできてはいたが、その度に、地球は何かしらの言い訳をして彼女を生かし続けたのだった。

「もう百二十二年にもなるのだぞ」と、その年の始めにアズラエルは改めて言った。

地球は答える。「アズラエルよ、我はアッラーが創りたもうた者たちのために、若さも、美しさも、健康も、おそらくはこの命そのものでさえも捧げてきた。しかれども、まさに神のみぞ知るというところではあろうが、アッラーは生も後半に差し掛かったこの我の世話役を務める者たちを年々減らしていきなさる」

地球の言うことにも一理あった。

この広大な宇宙に何十億となく存在する全惑星のうちで、地球だけが人類を住まわせるという重責を果たすべく選ばれたのだ。昨年は、アズラエルは自分自身に嘘をつき、天界に手ぶらで帰還した。

ブブグルは兵士の真下にあたる位置に葉っぱのベッドを作ると、隣の村に軍事通訳者を探しに行った。そのとき、図らずも息子の遺体を探そうとして、愛する羊たちを引きつれてブラックマウンテンへと向かっていたマーザグルは、カスティールに出くわしたのだった。その巨大な体の巨大な指を震わせながら、マーザグルはまだ熟していないクワの実を摘むかのように、カスティールを木から引きずり下ろすと、肩に背負った。そばに従えた羊たちがマーザグルの背中に向かってピョンピョン飛び跳ね、肩に背負われた兵士の金髪をくわえようとする中、マーザグルは家に引き返し、その道中で村人たちに向かって、あんたら全員を屋敷に招待して宴を開くことにすると告げて歩いた。

＊

マーザグルとその妻のタルワサは、凄腕の料理人として知られていたのだが、それが「後世に語り継ぐべき怒りの持ち主」という評判に変わったのは、ヤギたちが庭に押し寄せてからのことだった。順を追って話すことにしよう。彼が一番可愛がっていた一番下の娘が、街から来た金持ちのパシュトゥーン人に嫁いで家を出て行ってから数日が経ったある晩、マーザグルはひどく気が落ち込んだ。以前の屋敷は家族で賑わっていたのに、次から次へとやってくる求婚者たちが七人の娘たちを連れ去ってしまった今は、もぬけの殻といった様子だった。最初に求婚者が来たとき、彼は大喜びした。相手の男性は好青年で身なりもきれいで体格も良く、二つ隣の町の名家の出身で、教師として信頼に足る地位を築いていた。二番目の娘がその後すぐに嫁いでいったかと思えば、三番目の娘も続き、四番目の娘の結婚式からは彼は求婚者を煩わしく思うようになった。今後三年のあいだは、残りの娘たちを誰一人として結婚させるつもりはないと彼が宣言すると、求婚者たちの心にはよりいっそうの火がついたようだった。彼らはパクティヤー州やジャララバードのような遠方からはるばるやってきて、立派な贈り物を持参し、評判も申し分なく、さすがのマーザグルにも良心というものがあったので、娘たちが楽しく愉快に暮らす邪魔をしてはいけないと最後には認めざるをえなくなった。そうして、一番下の娘を街の青年のもとへ送り出した後、マーザグルは悲嘆に暮れ、食べることをやめてしまった。マーザグルは三日三晩断食し、好物にも手をつけず（チャプリケバブ、シークケバブ、シャミケバブ、干し肉《ランディ》、肉団子《コフタ》、仔羊のロースト、ヤギの腸など）、四日目の朝を迎えた彼は、ブラックマウンテンから来た子ヤギたちが庭にわんさかいるのを目にした。その前の晩、アメリカの軍隊がブラックマウンテンを爆撃し、ヤギたちはかろうじて殺戮の地から逃げ延びて、谷を下りてマーザグルの家に避難してきたのだった。申し訳なさなど微塵も感じることなく、巨漢のマーザグルは子ヤギたちを一頭ずつ摘《つま》みあげては、外の道に放り出していった。ところが、幾度となく、どれだけ遠くまでぶん投げてみても、子ヤギたちはきまって、どうにかこうにか彼の庭まで戻ってきた。やがて彼は子ヤギたちとの勝負に降参すると、絶食と沈黙の日々に戻った。人間はそれでも良いが、ヤギたちの方は黙って絶食しますというわけにはいかない。昼も夜もずっと、二日二晩ぶっ通しで、ヤギたちは食料を求めてメーメー鳴き続けた。何とかヤギをなだめられないものかと、タルワサは喉を掻っ切る以外のあらゆる方法を試したが、夫妻は戦争で数々のトラウマを経験してきたので、かわいそうにも思った。そうこうするうちに、絶食生活も七日目の朝を迎えたが、こんなにやかましい朝が続くことにマーザグルはもう我慢ができなくなった。彼は家にある肉切り包丁のうちで最も大きな一本を手にして、決然と中庭に出ていった。そこでマーザグルは、黒々としたヤギたちが途方に暮れて怯えて鳴いている様子を見ているうちに、あることにふと気がついた。彼のちっぽけな心臓が、マンモス並みに巨大な怒りにも持ち堪えていたのである。ヤギを静かにさせてやるという気持ちに変わりはなかったが、彼はヤギにエサをやるという妻の仕事を引き継いだ。そんなこんなで、ある昼下がりに、タルワサは夫が四つん這いになって干し草の山にかじりつくところに出くわした。最初のうちは食べるふりをしているだけだったが、腹ペコ状態の舌に干し草が触れた瞬間、彼はその生命力あふれる香りに自制心を失った。彼は干し草を味わって食べた。ヤギたちもその食事に参加した。それからというもの、マーザグルと、彼の愛するヤギたちは毎食を共にするようになった。新たに始めた菜食主義《ベジタリアン》な食生活のおかげで、彼は元気を取り戻したようだった。九か月後、彼の妻は一人息子のサラディンを出産した。

＊

宴の客人たちにとって幸いなことに、マーザグルが菜食主義者《ベジタリアン》に転向した後も彼の料理の腕が落ちたなどということはなく、逆にキッチンでの魔術師ぶりをさらに発揮するようになっていた。彼は来客の食事をすべて一人で準備し、薪《まき》を割って火を起こして汗だくになって土釜《タンドール》料理を作り、中庭に鍋を並べて、走って鍋を行ったり来たりしながらシチューを数種類作った。彼はサラディンの好物の二十四品を一斉に作っていたのだ。彼の妻タルワサは、サラディンが生前に使っていた寝室に閉じこもって、息子が生前に着ていた服のにおいを嗅ぐようになっていた。やがては、ムスクの残り香もこの世から消えていってしまうから。午後の礼拝《アスル》の時間が近づくと、マーザグル夫妻だけで村人全員分の料理を作るなんて到底不可能だろうと思った客人たちが、それぞれに手料理を持ってやってきたのだが、目の前には何とも見事な料理の数々が並んでいて、マーザグルの汗が生地に練り込まれたり、シチューに滴り落ちたりして隠し味になっていたとしても、誰の食欲を削ぐこともなかった。果樹園のそばの小さなエサ箱に人間と同じ料理が入れられ、ヤギたちも同じ料理を食べていたが、村人たちはみな、マーザグルがそこにアメリカ人を隠しているのだろうと思っていた。

果樹園へ続く扉を抜け、リンゴの木々と庭を抜け、花の茂みや十六年前に一人息子のために作ってやったブランコを通り過ぎたところに、マーザグルは穴を掘った。直径二メートル、深さ三メートルの穴は、苗木やスズカケの木で作った間に合わせのバリケードで隠した。果樹園の一番奥の角の近辺に位置するこの穴の中では、ビリー・カスティール少尉が土壁に背をもたせて座っていて、下着の他には何も身につけていなかった。マーザグルとその客人たちはその穴に集まり、縁《ふち》に近寄って覗き込む者たちもいれば、周りの木によじ登って枝にぶら下がって覗く者たちもいた。土の檻の強度は十分だと思っていたマーザグルは、客人たちを下がらせるような真似はせず、彼らが一人残らず果樹園に入ってきて兵士の姿を見たのを確認すると、ついに提案を持ちかけた。

マーザグルは、隣人と友人たち（友好的な関係とは呼べない者たちも何人か交ざっていたが）に向けて宣言した。「死は誰にも等しく訪れなければならない。今ここに、神が授けてくださった権利《ファジュル》をみなに与えよう。明日の朝、早朝の礼拝が終わり次第、ここにいる全員に、一番年上の女性から一番年下の男児に至るまで、順番にこの兵士と過ごせる時間を提供する。自分の番が回ってきたら、どう過ごしてもらってもかまわない。ただし、精神的な拷問と呪術だけはだめだ。いいな？」

客人たちの反応は分かれた。すぐさま提案に乗っかった者もいれば、こんなことと関わりあいになるのはごめんだという者もいたが、誰一人として兵士と過ごす順番を放棄できるほど心が決まっている者もいなかった。戦争が長引き、家族も体も心もバラバラにされ、それをやった張本人たちの姿はずっと見えないままで、まるでこの災いが人間の仕業というよりも、永遠に続く竜巻のような自然現象になってしまったみたいだったのに、今ここに、戦争そのものが、小柄で金髪の、薄汚い下着姿の男の姿をして捕えられているのだ。

＊

翌朝、早朝の礼拝《ファジュル》が終わると、ただの野次馬で来たのか、例の兵士に自らの手で罰を与えたくて来たのかはわからないものの、とにかくマーザグルの客人たちは一人残らず果樹園に戻ってきた。棒や石、ナイフや肉切り包丁を手にした者たちがいたかと思えば、アイロンやハンマー、煮えたぎる油やタールやお湯の入った鍋を持ってきた者たちもいた。スタンガンや胡椒やレモンジュースを持った者たちもいた。うまいもので、マーザグルが食事をやらないという最初の罰を既に与えており、お手本を見せてくれたと感じる村人たちがいた。ビリー・カスティール少尉は前日から何も食べておらず、昨日の大量のご馳走から食欲をそそる香りが漂っていたこと自体がある種の拷問だったに違いないと信じる者たちもいたのだ。残念なことに、彼らが期待したような効果はなかったというのが実際のところだった。ビリー・カスティール少尉は穴の中央に座り、胡坐《あぐら》をかき、昔好きだった一人称シューティングゲーム《FPS》で流れていたゴシック音楽を口ずさみながら、穏やかに土を捏《こ》ねてエイリアンの街を作っているところだった。昨晩の寒さが堪えたようで、兵士は泥にまみれながら全身をさすっていた。彼は穴の中に座り、鼻歌を歌いながら、虐殺を生業《なりわい》とした戦士階級の古代エイリアンたちのための墓を作っていて、顔を上げて自分を捕えた者たちの姿を見ようともしなかった。当然のなりゆきと言うべきか、マーザグルの客人たちは年齢が上の者から順番に列に並び始めたのだが、誰かが兵士に罰を与える順番を享受するよりも前に、聖人ブブグルが果樹園に入ってきた。迷子のクモや彷徨える虫たちを踏みつぶさないように、少しずつ慎重な足取りで、彼女はカスティールのいる穴の縁までやってきた。

人々はマーザグルに通じる道を空けた。

「あなたはこの兵士に罰をお与えになるのですか？」と、ブブグルは尋ね、泥の中で遊んでいる汚れた生物を見下ろした。

「我々全員でこの兵士に罰を与えるつもりです」と、マーザグルは答えた。

「それでは、こうしましょうか」

「と、おっしゃいますと？」

「まずは私がやってみましょう」

「もちろん、構いません」と、マーザグルは答えた。「あなた様は我々の母でございますから」

人々は同意の声を上げた。ブブグルは大いに愛され、大いに畏《おそ》れられていたのだが、それというのも、ブブグルを愛し、畏れるようになる前の時代のことなど村人たちは誰も知らなかったからだ。ゆうに百年以上もこの村でずっと生き続け、異界に通じる霊的な雰囲気をまとった彼女は、村人たちにこれまでもこれからもとり憑いて離れることのない慈悲深き幽霊のようだった。

「十五分ほどお待ちくださいな」と、ブブグルは言ってそのままどこかへ行き、ちょうど十四分が経つと、彼女は若くて凜々しいヤギを一頭連れて果樹園に戻ってきて、マーザグルの許可をとってから、ヤギを兵士のいる穴の中へ下ろした。

「本当にごめんなさいね」と、ブブグルはつぶやいたものの、その言葉が兵士に向けられたものなのか、村人たちに向けられたものなのか、ヤギに向けられたものなのか、誰にもわからなかった。

＊

少尉はまずこう考えた。ヤギを殺して、その肉を食べ、毛皮を着て暖をとろうと。彼はカリフォルニアの実家の牧場で何百頭ものヤギを殺してきたし、動物の首に歯を突き立てて皮を剝いでいくイメージもできていた。しかし、今の彼には武器が何もなかった。凜々しく立派な体格をしたヤギには、コルク抜きのような二つの螺旋状の角と、途轍《とてつ》もなく俊敏な四肢があったというのに、少尉の方は腹が減って衰弱していた。そういう状況では、ヤギに突進して押さえつけ、窒息させられるかはわからなかった。

生き延びたいなら、賢くやらなければ。その夜、果樹園のリンゴが少尉のいる穴にいくつか転がり落ちてきたが、彼は腹が減って仕方がなかったというのに、兵士としての直感に従って、果物を食べずに土に埋めて朝を待つことにした。日が昇ると、彼は目の前に佇むヤギに向かって「ビリー」と呼びかけ、木漏れ日のもとでリンゴを差し出した。おそるおそる近づいてくるヤギは、首をかしげていて、目は虚ろだった。少尉は、時間つぶしのために泥で作ったミニチュアタワーの屋根の上にリンゴを置くと、腕を伸ばせばまだ届くぐらいの距離まで下がった。ヤギはそれまでとは反対の方向に首をかしげ、目玉をキョロキョロさせながら、前かがみになった。ヤギがあと一インチの距離までリンゴに顔を近づけたそのとき、少尉は今がチャンスとばかりにヤギの首に手を伸ばしたのだが、ヤギは顔の向きを変えて、伸びてきた手に噛みつき、そのあまりの力強さに、少尉は自分が負傷したことに気づくまで数秒かかった。おびただしい量の出血で、彼は気を失ってしまった。

　数時間後、夜の礼拝の呼びかけ《イシャーアザーン》の音で少尉が目を覚ますと、辺りは暗すぎて、ヤギがまだ近くにいるのかどうかわからなかった。臭いはまだ残っているようだった。ハァハァという息遣いや、蹄《ひづめ》の音も聞こえているように思えた。手からの流血は止まっていたが、真っ暗な中で手探りで傷の箇所を触ってみると、何かしらの毛か毛皮のようなもので止血されているらしかった。それを取り外す勇気は彼にはなかった。少尉は足を引きずりながら穴の端まで行き、壁に背をもたせて座ると、軍で受けたサバイバル訓練を思い出した。まずは心の守りを固めなくては。用心深く、警戒を怠るな。しかし、一晩じゅう、ヤギが呼吸し、蹄を鳴らし、咀嚼し、排泄し、身をくねらせ、壁をよじ登ろうとし、放屁し、唾を吐き、メーメー鳴く声が聞こえてきて、大いに心を乱された。やがて、彼はまた気を失ってしまった。

　翌朝、ヤギは二頭になっていた。

　どこをとってもまったく同じ、二頭のヤギが穴の反対側に座っていて、兵士の目を見つめているように思われた。まるでヤギが夜中に自分をコピーしたか、あるいは一頭のヤギが二頭に分裂でもしたみたいだった。兵士はできるかぎり二頭の視線をかわそうとしてみたものの、ヤギの顔を見ていると、自分の置かれた状況を忘れてしまえることに気がついた。その皺《しわ》、角、歯、髭を見ているあいだは、なぜか気が安らぐのだ。不思議なほど人間に似た目をしている。兵士が間に合わせの包帯をふと触ってみると、傷口付近から毛がモサモサと生えてきていた。また夜になって、兵士は穴の反対側で誰かが喋っている声が聞こえたように思った。初めのうちは、この喋り声は彼を捕えた村人たちのイタズラで、これも拷問の一環として彼を弱らせようとしているのだと疑わなかったが、夜が更けるにつれて、声は静まり、兵士は傷口から生えた毛を触りながら眠りに落ちた。

翌朝、ヤギは四頭になっていた。

まただ、どこをとってもまったく同じだ。

こうして、ヤギたちは日に日に増殖し、二頭から四頭、四頭から八頭、八頭から十六頭に分裂していき、男の傷口から生えていた毛やら毛皮は、指や手首に広がっていった。そうこうするうちに、穴の中はヤギで溢れかえり、常にヤギが彼の肌に触れているほどになった。男はヤギのお喋りを聞き、ヤギのにおいを嗅いだが、それが自分自身のにおいでもあると気がついた。もはや恐れることは何もない。男は穴の真ん中でくつろぐことにした。男はサバイバル術を思い出せず、軍事訓練の基礎も忘れ、上官の名前も、幼少期に実家の牧場のヤギのにおいで毎朝目を覚ましていたことも思い出せなくなっていた。とある心臓の弱い少年を愛していたこと、浅い川に身を沈めようとしたこと、身の毛もよだつ暴力シーンを見ながら自慰をしてみたこと、レーダーに映った多くの敵影を消し去ったこと、かつて名前や階級や天職があったこと、男はこうした記憶をすべて失い、さらに忘却が進むにつれて、ヤギたちのお喋りの内容がどんどんわかるようになっていった。

ヤギたちは、この穴って絶対狭すぎるよなと文句を言い合っていて、居住スペースを広げるために、横方向の穴掘り作戦を開始した。初めのうちは、その人間は周りに協力しようとしなかった。人間は穴の中央にどっかと座り、傷口と記憶の両方を回復させようとしつつ、ヤギたちがやりたい放題しているのを見ながら、ヤギの目もはばからずに泣いていた。ヤギたちは、穴を掘り進め、トンネルを作り、カップルがそれぞれの空間とプライバシーを持てるように個別の穴を用意したのだが、この思いやりに溢れた行動に深く感動した人間は、穴掘り作戦に加わることにした。人間は四つん這いになって、ヤギと共に穴を掘り、ヤギの歌や物語や詩やジョークに耳を傾けた。人間は肘と膝を使って土を掻いた。人間は泥を飲み込んでは、朝一番に糞をして小石をひり出した。人間は硬くて黒い粘土の壁に額をこすりつけ、壁に割れ目ができて、家ができていくのを感じた。やがて、その生き物はメーと鳴いた。

＊

一頭の奇特なヤギが、仕事の遅れを取り戻そうと執念を燃やした結果、群れはトンネルを掘り進めた先に、澄んだ山水と苔むした石でいっぱいの地下空洞を発見した。ヤギたちはその水を飲み、石を舐め回し、しばらくのあいだはそうしてトンネルを掘り続け、地下空洞を抜けた先の窪地に辿り着くと、そこは金やダイヤモンドや途方もなく貴重な工芸品で溢れた古代の広間になっていた。そうしたお宝には目もくれず、ヤギたちは洞窟の外に向かって歩き続け、ついにブラックマウンテンの頂上から地上に出ることに成功した。崖の上から、ヤギたちは谷へと降りて行って、とある小さな村に入り、かすかに見覚えのある屋敷の外扉の前に辿り着いた。ヤギたちのうちの一頭が（他のヤギたちとは違って金色の毛がふさふさしていた）、新しく生えてきた角の先で大きな扉をノックした。中から出てきたのは大きな体をした人間で、この大男がブラックマウンテンから逃げてきた不思議なヤギの群れを見たのは人生で二度目であり、群れを敷地に招き入れると、彼の人生が終わりを迎えるその日まで、ヤギたちを愛情をもって世話しようと心に誓ったのだが、その日はすぐに訪れた。「ネズミ軍団《ラットパック》」の悪名で知られる、ならず者の奇襲部隊が屋敷になだれ込み、大男とその妻、そしてヤギたちを皆殺しにしたのだった。その常軌を逸した作戦の目的はただ一つ。かつてビリー・カスティール少尉という名で呼ばれていた愛すべき仲間の行方を突きとめることであった。

＊

死者たちの魂を処理するために村へやってきた死の天使アズラエルが、ブブグルのもとを訪れると、彼女は薄手の礼拝用マットの上で体を震わせながら悲しみに沈んでいた。彼女は、お願いですから私も死なせてくださいと言って泣き続け、そのまま疲れ果てて眠りに落ちた。慈悲の念を抑えられなくなった死の天使は、彼女の夢の中に入ると、彼女のそばに座って昔話をたくさんしてやった。やがて、彼女は一点の曇りもない確信に辿り着いた。ようやく死が訪れたのだと。

サルになったダリーの話

1

シャカコ・ジャニは、殉教した二人の兄弟、ファヒームとカディームのために間に合わせで作った祭壇の下で早朝の礼拝《ファジュル》の祈りを捧げていて、もうすぐ午前六時四十五分になろうかというときに、彼女の次男のダリー・アブドゥル・カリームが彼女の礼拝用マットの前を横切ったその瞬間、彼は小さなサルに変身してしまった。そして、後にシャカコは振り返ることになるのだが、彼女はダリーの変身の瞬間を目撃していなかったとはいえ（目線はマットに固定されていたので）、ブラックマウンテンの奥の方から七発のイギリス製ライフルの銃声が確かに聞こえていて、そのブラックマウンテンはカリフォルニアから八千マイルも離れたロガールにあることや、ナウェ・カレーの村にあったイギリス製ライフルの最後の一丁は、一九八二年に虐殺と飢餓が最もひどかったとき、コーンブレッド百個と引き換えに売られたことも知っていたので、彼女が聞いたのは死をもたらす銃声ではなく、何か別の音だったのだろうと気がついた。こうして朝の礼拝は終わりを迎え、シャカコは前屈《かが》みになり、息子が落とした革の肩掛け鞄や、ストライプのカーディガン、ロックのかかっていない携帯電話を拾い上げると（書きかけのメールが画面に残ったままだった）、まんまるでコロコロした七粒の大便をして眠っているダリーを見つけたのだった。シャカコは息子をどうにか抱えると、導師《イマーム》に電話をしようと急いだ。

「あの人は、今は命を狙われていて身を隠しております」と、導師《イマーム》の二番目の妻にして最も正直者のグラパが、電話口でシャカコに教えてくれた。噂によると、二〇〇一年にアメリカが侵攻してきて間もない時期に、導師《イマーム》が戦争犯罪に関わっていたとかで、地元のタリバン部隊が彼を処刑しようとしているらしかった。夜の礼拝《イシャー》までには事態は丸く収まるはずだという話が、別のタリバン部隊から導師《イマーム》に伝わり、導師《イマーム》からグラパに伝わり、グラパからシャカコに伝わった。

「神の御心のままに《インシャーラー》」とシャカコは言って、カチャリと音を立てて電話を切り、その音でダリーは目を覚ました。

＊

サルに変身する直前、ダリーはある学生に必死にメールを返そうとしていて、その学生は彼のことを「マスラン教授」と間違ってメールを送ってきており、それもそのはず、一九九〇年代からミシェル・マスラン教授が入門講座を教えている実態がないにもかかわらず、その名前で授業が登録されていたからだった。ダリーは最初のメールで間違いを訂正するのを忘れてしまい、何度かやりとりをしてから訂正するのではもう手遅れかと思った末に、マスラン教授のお決まりの文句でメールを終えるようになっていた。「頓首再拝　マスラン」。その学生は、ダリーの与える課題が多すぎるのではないかと指摘していた。学生は何もわかっていなかった。山のように課題を出していたその「イスラム入門」のクラスを教える資格などダリーにはなかったし、それでも学生たちをイスラムに「入門」させないといけなくて、もはや自分が信じているかどうかさえわからない一四〇〇年の歴史を持つ宗教の、政治的、神学的、哲学的、歴史的なニュアンスをすべて説明しなければならないというプレッシャーに彼は押し潰されそうになっていたのだ。学生たちは動揺していたし——彼らが送ってくるメールからは抑えきれない攻撃性がにじみ出ていた——バカげた量の課題図書を与えられても彼らが教務部に報告しない理由はたった一つしかなく、ダリーのことを、恐るべき伝説の教員、マスラン教授だと思い込んでいるからなのであって、そのマスラン女史は随分とお年を召して終身在職権持ちでフランス人だったので、おそらく授業中に学生たちを水責めの拷問にかけたとしても、彼女の教員としてのキャリアにほぼ傷はつかなかっただろう。

マスラン教授になりすます作業の他に、ダリーは博士論文の指導教官であるラバニ教授を騙すのにも忙しかった。アフガニスタン元大統領ブルハヌッディーン・ラバニの、遠い親戚でありながら公然たる批判者でもあったラバニ教授（アメリカ人）は、カブールで、死せるアフマド・シャー・マスード司令官の熱烈な支持者たちにあやうく暗殺されかけて以来、神話的といってもよい存在になっていた。彼は今、サンフランシスコで亡命生活を送っていた。三年前に、ダリーが初めてラバニ教授のオフィスに足を踏み入れたとき、二人ともアフガニスタンにルーツがあり、軍部に対して同じく嫌悪感を抱いていたので、友情の絆が芽生えたり、互いを尊重しあえるのではないかと彼は希望を抱いていた。ダリーは、アドバイスをくれる人、恩師《メンター》が欲しかったのだ。しかし、残念ながらラバニが欲しがっていたのは召使いだった。彼はすぐにダリーに命令を下し、ソ連侵攻時代にアフガン政府が制作した無数のプロパガンダの中から共産主義者と聖戦の戦士《ムジャヒディン》の双方が描かれている風刺画を徹底的にリサーチさせ、アフガニスタン現代史において「軍司令官」が果たした役割をまとめた自著を執筆するための資料にしようとした。ダリーが服従を拒む方法は一つしかなかった。すなわち、相手が不安になるくらいグズグズして、作業を遅らせることである。そうして作業は約四か月の遅れをとっていたが、遅れるほどにダリーの嘘はますます巧みになっていき、カブールのある情報筋（現実には存在しない）が未発表のプロパガンダ資料をどっさり見つけたものの、カブールで悪名高い、やたらと煩雑で時間のかかるお役所仕事の手にかかってしまったせいで、資料の入手が遅れておりますなどと堂々と言うものだから、ラバニも打つ手がなかった。やがてダリーは、自分が数週間以内にカブール大学まで赴いて、直接問題を解決してくるつもりでおりますと言い出した。指導教官と学生たちの両方を騙す生活も、少々やりすぎのところまで来ていることはダリーにもわかっていたが、イスラム入門の最初の授業が始まるほんの数時間前まで、彼はマスラン教授に変身でもしたかのようにメールを返し続けており、奇しくもそんな折に、彼はうっかり母親の礼拝用マットの前を横切ってしまい、小さなサルに変身したのだった。

＊

カリフォルニア州ウェスト・サクラメントの手狭なキッチンに降り注ぐ日差しの中で、母親の腕に抱かれたダリーは優しげな目をしばたかせ、彼女のあごから一本だけチョロリと飛び出た毛を見上げた。長年にわたって、ダリーの母はその特別な毛を抜かないようにしており、それは神から授かった神聖なもので、小さな天使たちが皮膚からぶら下がっているようなものと考えていた。そして、ごく最近まで学問に没頭していたおかげか、ダリーの自意識からは肉体への虚栄心が消え去っており（少なくともそう見えた）、以前母親の毛を密かに「ヤギ髭」と呼んでいたことを深く恥じた。小学校の頃の同級生たちは、よくダリーの母親の見た目を英語でバカにしたのだが（英語なら彼女には理解できないとわかっていたわけだ）、彼はただの一度たりとも母親を守ろうとしなかったことを、今でも情けなく思っているのだった。

腕に抱いた息子が、朝日に照らされて目を潤ませているのを見たシャカコは、身にまとったチャドルで本能的に息子の顔を覆ってやったのだが、裾にクミンの粉がついているのをうっかり忘れていたもので、ダリーは猛烈なくしゃみをしつつ、キッチンの床に転げ落ちる羽目になった。

幸い、ダリーは上手く着地を決めた。

ダリーはめいっぱい体を伸ばして立ち上がると、牙をむき出しにして、腕と脚を一本ずつ、試すかのように上にあげてみた。朝日が彼に降り注ぎ、ただでさえ明るいブロンドの毛並みをさらに明るく照らした。彼の胸の内では心臓があまりのスピードで脈打っていて、心室から静脈へ、そして血管の隅々まで血液が流れ込んでいくのを感じて、初めは怖かったものの、すぐにその脈動のペースと力にも慣れてきて、不思議な感覚ではあるが、自分は健康であると感じ始めた。飛躍的に健康になったと言ってもいい。ここ数年で感じたことがないほどに。実際、カリフォルニア州立大学サクラメント校で革命史について博士課程で研究を始めてからというもの、ダリーは精神を重視する生活にどっぷりと浸かっていた。読書、執筆、調査、分析、論証、参照、注釈、補足、メール、翻訳、一次資料、二次資料、教員についての噂などなど。そんな生活が長く続いたせいで、体のことなどどうでもよくなっていた。髪は抜け、体重は減り、筋肉は落ち、機敏さもなくなっていた。わけもなくいつも骨が痛んだ。血色が悪くなり、げっそりと痩せて、スキニーサイズの服しか似合わなくなった。それが今、サルになってみて、心臓は力強く脈打ち、彼は穏やかで、満ち足りているようにさえ見えた。

しかしそれも、言葉を使おうとするまでの話だった。

「僕の携帯はどこ?」と、ダリーは言った。あるいは、そう言ったつもりだった。というのは、彼の口から出るのはキーキーという鳴き声でしかなかったからだ。「授業の時間だ」と、言っているつもりで彼はキーキー鳴き続けた。「授業に行かなきゃ。授業に……」そこで彼は、これまでの人生で培ってきた雄弁なる英語が話せなくなっていることに気づいて怖くなった。小学校、ミドルスクール、ハイスクール、大学、博士課程が始まってからの三年、言語に磨きをかけてきたというのに。ダリーは金切声を上げ、その声を自分で聞き、自分に怯え、慌ててリビングに駆け込むと、そこには祖母のビビ・ハリマと父のグラン・ホルザングがベージュのソファに座っていて、今ロガールで起こっている戦闘の情報を確認するために、テレビのチャンネルはTOLOを観るべきか、はたまたLemarを観るべきかと、パシュトー語とペルシャ語を混ぜて議論していた。タリバンと政府軍の銃撃戦は激しさを増しているようで、ビビとグランは二人とも、彼らが昔住んでいた村が戦地とどの程度近いのかを知りたがっていた。ところが、その議論の真っ最中に、一匹の小さくて美しいサルがコーヒーテーブルに飛び乗って、深く物思いに沈んだような声で鳴いたもので、二人は議論を中断してそのサルの方を見た。グランとビビはほぼ同時に、それぞれに後生大事に持っていたテレビのリモコンをお気に入りの剣のように構えたものの、サルを打ち据えるより前にシャカコが部屋に走ってきて、アッラーが持つ九十九の美名のうちの二番目を三つのバリエーションで叫び（アッラーには九十九の名があり、それぞれに神としての性質があてがわれている。アッラーの美名の二番は、「アッラフマーン」で、慈悲を司る）、今そこにいるのはただのサルではなく彼女の息子だと告げた。

最初に尋ねたのはビビだった。「この子はあんたの礼拝用マットの前を横切ったのかい？」

次にグランが尋ねた。「導師《イマーム》には電話したか？」

「はい」と、シャカコは息を切らしながらも、両者に返事をした。

「あんたはお祈りの時間が遅すぎるんだよ」と、ビビはペルシャ語でシャカコを叱った後、シャカコのお祈りが遅れたりダリーがサルに変身したりするのは、審判の日が近づいていることを示す兆候なのだと予言をしてみせた。

「導師《イマーム》は何て言ってた？」と、グランはパシュトー語で尋ねた。

「電話に出たのは奥さんで、カディルは逃亡中なんですって」

「奥さんって、どの奥さん？」

「二番目の」

「あぁ、正直者だったよな」

「そうだったらいいけど」

「いつ帰って来るって？」

「数時間以内、って」

「なら二日ぐらいかかるかもな。少なく見積もって」と、グランは言った。

＊

数時間後、家の電話がちょうど二回鳴ったタイミングでグランが受話器をとった。

「私だ」と、導師《イマーム》の声が受話器越しに聞こえて、切れた。

グランは使い捨て電話を使って折り返した。サウジアラビアの反体制派の富豪が二棟のビルの破壊に成功した日以来（グランは『ザ・シンプソンズ』の例の面白いエピソードの中でしかそれらのビルを見たことがなかった）、グランは連邦捜査官に監視されていたのだが、彼はその裏をかき、店を変え、曜日を変え、少なくとも月に一度のペースで使い捨て電話を買い集めてきたのだった。

「導師《イマーム》サヒブ、タリバンに追われているそうですね？」と、グランは使い捨て電話に呼びかけた。

グランと導師《イマーム》カディルのあいだには、ある種の敵意があったものの――二人はソビエト侵攻時代に敵対し合う聖戦《ムジャヒディン》の戦士の勢力に属していて、そのうえ、時期は違えど二人ともシャカコにアプローチをかけていたのだった――それでもグランは、これまで数々の奇跡を起こしてきた導師《イマーム》に敬意を抱いていた。ロガールにはこんな言い伝えがある。導師《イマーム》カディルは、ソビエト侵攻、聖戦《ムジャヒディン》の戦士どうしの内戦、アメリカによる占領時代を経験する中で、撃たれたり、切断されたり、吊るされたり、首を絞められたり、電気ショックを受けたり、榴散弾《りゅうさんだん》を浴びたり、爆破されたり、食事を抜かれたり、毒を盛られたり、水に溺れさせられたり、またまた撃たれたり、とにかくどういう目に遭わされても死なず、その体は今クルアーンの精神によって突き動かされており、最後の審判のその日まで、村から村へとクルアーンの言葉を届けて回るのだろう、と。

「アッラーに感謝を《アルハムドゥリラー》」と、導師《イマーム》は返事をした。「ただの人違いだったわい。昔聖戦の戦士《ムジャヒディン》をやっていた導師《イマーム》カビルという男を捜していたところ、間違って私を狙ってしまったそうな。まぁ、仕方なかろう。カディルとカビル、確かに似とる。私が誰だかわかった途端に謝罪してきおってな。彼らにアッラーの御加護を。かわいい子らじゃった、そう、君の息子とさほど変わらん。彼は元気にしとるかな？」

「アクマルは元気ですよ。エジプトでクルアーンの研究をしています。今ではあの子も父親でして」

「なんと素晴らしい《マーシャラー》！　君がおじいちゃんになっていたのを忘れていた。次男坊のダリーは？」

ダリーはビビのベージュ色のソファの端に座り、タブレットを操作するような感覚で、両手を使ってスマートフォンに文字を打ち込むのに夢中になっていた。母親に毛を梳かしてもらい、服も着せてもらったダリーは、ノートパソコンと携帯電話の他には何とも関わろうとしない以前の習慣にすぐに戻ってしまった。赤ちゃん用のカミーズの袖を肘までまくり上げ、ダリーはマスラン教授宛てのメールの第二稿を編集していた。毎年、教務の決定権を握っているのは彼女だった。博士課程に入ってから年を重ねるたびに、マスランの授業評価はますます辛辣で、容赦のないものになった。そこには功利的な意図が隠されていた。彼女は絶望的なまでに冷え込んだアカデミアの就職市場を少しでも改善しようと、弱き者たちを篩《ふるい》にかけていたのだ。そして、彼女の御法度リストの一位を占めていたのが、教員による授業の無断欠席である。

　ダリーのメールの書き出しはこうだ。「マスラン教授、何かの悪い病気にかかってしまったようでして……」

「で、そんな奇跡が一体どうやって起こったというのかね？」と、導師《イマーム》がグランに尋ねると、グランはシャカコの方に向き直り、シャカコはダリーが変身したときの状況を説明し、グランが導師《イマーム》に話を復唱して聞かせるための時間をちょこちょこ挟み、話がもうじき終わりそうになったそのとき、シャカコの話を復唱していたグランを遮った導師《イマーム》が、ダリーは日頃から礼拝を欠かさずにやっていたのかと質問した。

スマホの文字読み上げアプリを使って、ダリーから母親へ、母親から夫へ、夫から導師《イマーム》へと、ダリーが随分長らく礼拝をなおざりにしてきた事実が伝わった。

「期間は？」と、導師《イマーム》が尋ねた。

二年と、四か月と、十二日と、七時間。最後にダリーが心からの祈りを捧げたのは、ラマダン月の二十七日目の夜の礼拝《イシャー》だった。ダリーは礼拝を終えてすぐ、人権ＮＧＯ《ヒューマン・ライツ・ウォッチ》団体の報告を読み始めた。「血塗られた手――カブールで起きた残虐行為とアフガニスタンによる刑事免責の歴史」と題されたその報告には、以下の文章が載っていた。虐待に関与した司令官たちについて、あるドスタム派の党員は語った。シャー・アラブ、イスマイル・ディワネ（狂人イスマイル）、アブドゥル・チェリク［109］は、当初から市場にて広く略奪を行っていた。略奪の際には殺人も辞さなかった。一三七一年の終わりから一三七二年の初頭（西暦一九九三年の一月から五月に相当）にかけて、彼らはポルゼフォルーシ・バザールで略奪を行った……イスマイル・ディワネはバラ・ヒサール（カブールの南東端）を拠点にしていた。彼は、カブールに向かう道中で立ち寄ったパクティヤー州出身のパシュトゥーン人たちを狙って、殺人と強盗を繰り返した。［110］また、北部監督評議会《シューラーイナザール》の元幹部は、一九九二年から一九九三年にかけて、イスラム協会の構成員たちも常習的に略奪を行っていたと証言した。司令官の中でも特に悪質な「カンフー使い」ラヒームは、「強盗であり、人殺しであり、泥棒であり、一言で言えば犯罪者」であったと彼は述べた。[111] 元幹部がさらにヒューマン・ライツ・ウォッチに語ったところによれば（ラヒームについてのインタビューが始まると、彼は泣き始めた）、ラヒームは、一九九二年にタイマニ地区に配備されたイスラム統一党の戦闘部隊に対処する作戦に参加した際、ハザーラ人の民間人や子どもたちの虐殺に関与していた。「レイプが横行していて、女も男も大勢殺されました。彼はハザーラ人を大勢殺しました。子どもたちも。すみません、これ以上はお話しできません」。[112] 後に、その元幹部に再びインタビューを行うと、タイマニ作戦時に関与した数々の犯罪について、ラヒームが自慢話をしているのを聞いたと話してくれた。「ハザーラ人をポチャグ（殺害する、喉を掻き切る）してやったと言っていました。『俺たちは、合計で三百人か三百五十人は殺した。家に入ってさ。赤ん坊がいたんだよ。口に銃剣の先っぽを入れてみた。乳首と勘違いして吸いついてきたから、奥までねじ込んでやったよ』」。[113] この報告を読んだダリーは、そこからさらに、拷問に用いられた具体的手法の説明を読み始め、ソビエト侵攻、アフガン内戦、アメリカ侵攻といった時期ごとに調べ上げ、そこからさらに、インターネット上で検索結果と文書と動画が織りなすワームホールへと吸い込まれ、気がつくと、ロシアの怪しげな掲示板サイトで、アサド軍によって拷問されるシリア人の動画を観ていたのだが、その拷問の手法はアフガニスタンの秘密警察ＫＨＡＤが行っていたものと不気味なほど似通っていた。彼は、人々が大きなハンマーで骨を折られるところを目にした。子どもたちが生きながらにしてたいまつで燃やされるのを目にした。粒子は粗かったが、性器切除の拡大映像を目にした。彼は、組織的に行われるレイプ、身体の損壊、殺人の映像を次から次へと視聴し、そのあいだずっと、こうした残虐行為をしっかりと観て、記録して、分析することが彼の責務なのだと自分に言い聞かせ続けた。学者として、歴史家として、他の責任だってあるはずだと……。しかし、そうした映像や写真、あるいは文書に触れるうちに、自分自身の体に対する認識がどこか決定的に変わってしまった。ときどき、彼は両手を見つめ、肌をさわり、肉体になされうる残虐行為を理解しようと努め、そうしてじっくり考えると夜も眠れなくなり、気が滅入って、恐怖を感じた。なぜ神は、人間をこれほど柔らかく、変形しやすい素材で創られたのだろうかとダリーは思った。そんなふうに柔らかくするから、ハイウェイで引き裂かれたり、組織の愛すべき男たちの手によって暗い小部屋や秘密軍事施設《ブラックサイト》で切り刻まれたりして、もはや心が肉体の痛みを理解できなくなって自壊するまで拷問が続くのではないか。

　こうしてダリーは、神に祈るのをやめたのだった。

「そうか。ならば問題ははっきりしておるようじゃ」と、導師《イマーム》は言った。「ダリーの心に不信仰《クフル》が入り込み、静脈や筋肉やＤＮＡにまで行きわたって悪さをしておったのが、母親の礼拝用マットの前を横切った瞬間、ついに体をのっとってしまったのじゃ。これから私の言うとおりにしなさい。ダリーを不信仰《クフル》から解放せねばならんし、それには急を要する。まずはロガールの私のところまで来なさい。ロガールに着いたら、一緒にブラックマウンテンの巡礼者《ハッジ》ホタク寺院に行こう。そして寺院の暗がりで三日三晩の断食を達成できれば、恐怖と空腹によってアッラーへの信仰が復活し、あるべき状態に体が戻るはずじゃ。神の御心のままに《インシャーラー》」

「神の御心のままに《インシャーラー》」と、グランは賛意を示すかのように復唱したが、電話を切ると、家族の方に向き直って言った。「やれやれ、カディルは気が狂ってるな。何度も殺された人間でもなけりゃ、巡礼者《ハッジ》ホタク寺院への参拝なんぞ勧めるわけがない」

「巡礼者《ハッジ》ホタクは一番気高い殉教者だったんだよ」と、ビビが力強く言った。

「いいや、巡礼者《ハッジ》ホタクは、根性なしの裏切り者だ」と、グランは言い返した。「イギリス軍がナウェ・カレーの村で虐殺をはたらいているときに、あいつには五人の妻と二十七人の子どもがいたのに、放ったらかしで逃げ出して、全員見殺しにしたじゃないか。あんなやつの寺院なんぞありがたくも何ともない。ナジーブッラーの墓と一緒だ。（ムハンマド・ナジーブッラーは、ソ連によるアフガン侵攻の最中に、ソ連を含む共産主義勢力の支援を受けて力をつけ、秘密警察の長官を務めてアフガン市民を苦しめた果てに大統領にまで上り詰めた人物）」

「虐殺っていつの話？」と、ダリーがスマホの読み上げ機能で尋ねた。マスラン教授へのメールはもう諦めていた。

「一三一五年の冬の虐殺だ」と、グランが答えた。

ダリーがGoogleで調べたところ、イスラム暦の一三一五年は西暦一八九七年に対応していた。

「でも一八九七年には戦争はなかったはず。それなのに、どうしてイギリス軍がロガールで虐殺を行ったんだろう？」と、ダリーは尋ねたものの、スマホの穏やかな機械音声はビビにかき消された。

「わかってないね。巡礼者《ハッジ》ホタクには、妻や子はいなかった。あの人は体の不自由な老人で、気が狂ってるんじゃないかと思われてて、むしろ家族に見捨てられたのはあの人の方さ。ゆっくり移動するようにって家族を山に留めておいたのはあの人で、ロガールの住人で最初に殺されたのはホタクだったんだよ」と、ビビは言った。

「それじゃ、ホタクはどうやって亡くなったの？」と、シャカコが尋ねた。

「銃殺刑だ」と、グランが答えた。

「そういえば、ちょうどダリーが変身した瞬間にブラックマウンテンの方から七発の銃声が聞こえたの」と、シャカコは言った。

「ほれ、これでわかったね？　お告げが来たんだよ！」と、ビビが叫んだ。

グランにはわからなかった。彼は片頭痛を抑えようと目をつぶり、静かに宣言した。自分が許可を出すか、あるいは同行しない限り、ロガールだろうとどこだろうと家族の誰も行かせないと。その後椅子から立ち上がると、もう治ることのない損傷を負った首と肩の神経を刺激しないように注意しつつ、グランは暗い寝室へと引き上げていった。

「大した女優じゃないか」と、ビビは息子が部屋に消えていった途端につぶやいた。ビビはチッと舌打ちし、ダリーはスマホをタップし、シャカコはというと、イギリス製ライフルの銃声について考え込んでいたが、彼女の幼い二人の娘たち、シリーンとシャーマの声が玄関の方から響いてきて現実に引き戻された。

シャカコは、ダリーに肩掛けをさっと羽織らせた。

シリーンとシャーマは、それぞれ十歳と十二歳で、ケンカがおさまるのを待ってからリビングを通ってキッチンに入った。

「あれま、挨拶《サラーム》もないのかい？」と、ビビが呼びかけた。

「忙しいから挨拶《サラーム》の暇もないの」と、シリーンは冗談めかして返事をすると、オリンピックフィギュアスケート選手がTumblrのブログに載せていたレシピを参考に、野菜スムージーを作り始めた。二人の娘たちは野菜を洗って切ってミキサーにかけ、そうしてキッチンを動き回っている娘たちを、まるでスクリーンの映画みたいだと思いながらシャカコがリビングから見つめ、愛する娘たちにそのあふれる愛を伝えたくてたまらない衝動にかられつつ、とはいえ実際に口にはせず、やがて娘たちはカバンを持ち、ヒジャブを身につけて登校し、ダリーをどうするかという問題はシャカコに託されたのだった。

＊

殉教者である二人の弟、ファヒームとカディームのための祭壇の下で、シャカコはクルアーンを朗誦し、時折ダリーの方を向いて祈り《ドゥア》を捧げた。ダリーは数フィート離れたところにしゃがみこみ、その周りには教科書や回想録や歴史学関係の資料が小高く積まれていた。受信ボックスには学生や指導教官から送られてきた未読メールが二十件ほどあり、研究助成金申請書の締切も迫っていて、ラバニ教授のためのリサーチもまだ残っており、教えたくもないイスラム入門講座のリーディング課題も未採点のままだったが、ダリーはこれまでに記録されていない、イギリス軍によるロガールでの虐殺事件の手がかりを求めて本を読みあさっていて、もし何か良い資料が見つかれば、「アフガニスタンのロガール州における国家の暴力と歴史の抹消」という仮題で進めている博士論文に大きな広がり（そして深み）をもたらす可能性があった。

シャカコはクルアーンの朗誦をやめた。

彼女が九十九の祈り《ドゥア》を捧げてみたところで、息子の見た目には何の変化もなく、ダリーが救われる祈りというのもなさそうだと気づいてしまうと、彼女の心には邪念が広がり、その邪念は広がり続けて他の思考やアイデアを侵食していき、やがて、そうしたアイデアを全部ひっくるめて一つのバカげた計画が誕生し、どうしてもそれを口にせずにはいられなくなった……。「ダリー、一緒に行こうか」と、シャカコは言った。

ダリーは数時間ぶりに、本から視線を上げた。

母親の頭上には、額縁に入ったファヒームとカディームの写真の数々が見えていて、それらはよく磨かれ、香水を振られ、ユリの花で飾りつけしてあった。

その光景を見た瞬間、ダリーは完璧なメールの文面を思いついた。

教授

この度は、母が葬儀のためにアフガニスタンに帰省することと相成り、私も付き添いをする運びとなりました。誠に残念ながら、母の二人の弟たちが殺害されてしまったのです。数週間のうちに戻れればと思っております。しばらくは連絡が取りづらくなることをご容赦ください。よろしくお願いします。

アブドゥル
博士候補生
革命史学
カリフォルニア州立大学サクラメント校

2

シャカコもダリーも、機内ではあまり眠れなかった。シャカコの場合、これまでずっと付き合ってきた膝の痛みのせいもあったが、自分が結婚したときに夫から贈られた持参金を「盗んだ」罪悪感に苛まれていた。いつかシリーンとシャーマが結婚する日が来たら渡してあげようと思っていたのに、リノ・タホ国際空港でチケットを買うために使ってしまったのだ。機内の椅子はどうしようもないほど小さく、アームが彼女の脇腹に食い込み、足もむくんでいたが、通路を挟んで座っていたドイツ人の乗客がいやらしい目つきで彼女の方をずっと見ていたので、スリッパを脱いで肌を出す気にはなれなかった。シャカコは背が高く、凛とした女性で、身の安全のためにヒジャブを身につけていたのだが、そのせいで視線をかわすどころか逆に注目されるケースがあるのを体感でわかっていた。トルコ人はなんて恥知らずなんだろう、と彼女は思った。このご立派な航空会社、イスラム教に即した食事《ハラール》、イスラム主義者の大統領を擁していながら、この信心深い一人の女性に、変態男の視線から自分を守る術《すべ》を提供する礼儀すら持ち合わせていないとは。

ダリーはというと、シャカコの数フィート下の機内貨物室で、特大サイズのペット用カバンの中でくつろいでおり、スマホ画面の薄明かりでウィンストン・チャーチルの『マラカンド野戦軍物語』を読んでいた。そこには次のような報告が含まれていた。十六日の朝、ビンドン・ブラッド卿の命を受けたジェフリーズ准将は、イナヤト・キラにある塹壕をめぐらせた野営地を出発し、モーマンド渓谷へと入った。その目的は、こちらの部隊の手が届きうる範囲において、防御軍備のある村をすべて燃やし、爆破し尽くして、現地の部族に思い知らせてやることであった……九時頃に左側の部隊から銃撃が開始され、その十五分後に中央付近でも銃撃が始まった。ガイド隊とバフ隊は今や左右の尾根を登っていた。敵は例のごとく後退し、「狙撃」態勢に移った。そして第三十八隊は、前進して村を占領した後に工兵部隊に持ち場を引き継ぎ、破壊作業を任せた。工兵部隊は徹底的に村を破壊し、十一時になると家々や積み藁《わら》から、白い煙がもうもうと立ち上った……敵方に甚大なる損害を与えたが、その詳細について信頼に足る情報は得られなかった……。チャーチルのマラカンド野戦軍は、公式な記録では、ハイバル・パフトゥンハー州のコーダ・ヘルまでしか北上しておらず、そこに至るまでの村を燃やしていったことになっているが、ならずものの連隊や、帝国の正義にもとづく活動がさらに北に及び、アフガニスタンの渓谷や村にまで達していた例について、簡単にでも言及されている箇所が見つけられればとダリーは期待していて、おそらく、人一倍武功を欲しがった将官が国境線を越えて、そこでもパシュトゥーン人を虐殺し始めたはずなのだ。もちろん、そうした記述が見つかる望みは薄いのだが、前にダリーの両親が忘れられた虐殺事件についての話してくれたことで、彼は大いに助けられていた。これこそが、行き詰まっていた彼の博士論文の肝となる箇所であった。この数か月というもの、論文のリサーチは遅れに遅れていて、この調子でいけば進学から十年という期限内に博士論文を間に合わせるのはほぼ不可能だと思われた。でも今は違う。カブールへ向かう飛行機の貨物室の中で、歴史的な虐殺事件について読んだり書いたり考えたりしているはずなのに、気づけば彼はほくそ笑み、嬉々として作業に取り組んでおり、そんな自分の精神状態が心配になるほどだった。

＊

妻が自分を残して、許可もなくロガールへ飛び立ったことに気づいた朝、グランの胸には猛烈な怒りが込み上げ、首と肩に稲妻が走ろうがお構いなしに、悪態をつき、叫び、怒りを爆発させ続け、そうして稲妻が途絶えることなく走り、激痛を伴う怒りの先で、やがてグランは満身創痍の体の痛みの核心に到達し、そこには彼がずっと恐れていた奈落が広がっていた。しかし彼がそこで発見したものは、死というよりも新たなる存在の次元であり、体の痛みは怒りを膨らませては萎《しぼ》ませ、萎ませては膨らませ、という具合になった。こうして出来上がった、怒りと苦痛を動力とした恐ろしいエンジンの勢いを利用して、グランは椅子から立ち上がり、フリーモントへと車を飛ばし、妹のところに母親と娘二人を預けてからサンフランシスコ国際空港に向かい、エジプト行きの飛行機チケットを買った。エジプトでは長男のアクマルと合流する予定だった。息子と一緒なら、シャカコを助けに行くつもりなのに逆に殺してしまいかねない彼を止めてくれるかもしれない。

＊

ひときわ命知らずのタクシー運転手（カブールからロガールに行くなどという危険に身をさらそうとする運転手はほとんどいなかった）に、ワグ・ジャンの市場の近くまで乗せてもらってからほどなくして、シャカコは地元の民兵の検問所を通過したのだが、メッシュのかかった目元しか露出のないブルカを着て全身を覆い、民兵たちの視線を気にもせず堂々としていたので、特に何の問題も起きなかった。ダリーは母親のブルカの内側に隠れ、足首にしがみついており、そのままシャカコは市場を歩き、埃を巻き上げ、店からの排水を蹴り上げ、肉屋や大工や商人たちの前を通り過ぎ、市場の男たちはみな、ヴェールに包まれたこの背の高い女性は昔の知り合いか、恋人ではなかったかと考えているようだった。ロガール川に架かる橋は近年修復されたばかりで、ナウェ・カレーの村への入口でもあるその橋にシャカコとダリーは辿り着き、そこまで来れば導師《イマーム》カディルの家まではあとほんの数キロだった。

シャカコは嬉しくなった。橋を前にして、傍らには息子がいて、故郷の空気を大きく吸い込み、薪の煙と穀物の香りを味わい、過ぎ去った若き日々のように肺が若返り、ソビエトの爆弾で内臓が傷物になる前に戻ったような感覚だった。シャカコとダリーは横に並んで、橋を通ってナウェ・カレーに入り、小道と砂利道を通り、穀物畑とスズカケの並木道を抜け、一人だけ物珍しそうにこちらを見る村人とすれ違った（ダリーは帽子《パコル》とスカーフと胴着《ワスカット》とサンダルとパイロットサングラスを身に着けていて、見た目は人間とほぼ変わらなかった）。小道と畑はやがて、路地と家々からなる迷路に変わり、右にも左にも屋敷が連なり、その背の高い土壁のあいだを二人は歩いた。そうして迷路を抜け出した先で、二人はついにシャカコの父が以前所有していたナウェ・カレーの屋敷までやってくると、その前には墓標があり（石を小高く積み上げたところに二本の旗が突き立てられていた）、ということは、ちょうどその場所で、ファヒームとカディームが九年半前に正体不明のガンマンたちに待ち伏せされたのだった。

その謎に包まれた殺人をきっかけに、シャカコの親族は住み慣れたロガールの家を出て、家賃の高すぎるカブールのアパートを借りざるをえなくなった。殺人の理由はわからずじまいだった。ファヒームとカディームは村じゅうから愛されていたし、殺しをやりそうな民兵グループも、アメリカ海軍も、タリバンも、自分たちがやったとは言わなかった。ファヒームは、寝たきりの村人に無料で予防接種を受けさせてやる薬剤師だった。カディームは、村人全員が使える共同井戸を建設する技師だった。二人について悪く言う人間は一人もいなかった。

二人の魂にアッラーのご慈悲がありますように。

二人が殺されたのをシャカコが知った晩、訃報を告げる電話を受けて母親に知らせたのはダリーで、ダリーのパシュトー語はその晩の会話に必要なレベルには達していなかったから、「兄弟」とか「殺された」とか「二人とも」とかいう語句を聞き取るのには手間取った。グランはここ数年見せたことのない素早さで椅子から立ち上がると、胸が痛むのも構わず妻を抱き寄せ、「私たちはアッラーのもの。アッラーの御許《みもと》に私たちは帰ります」と、自分たちのあり方を繰り返し言い聞かせたものの、想像だにしない知らせを受けたばかりのシャカコにとって、その恐怖が少したりとも和らぐことはなかった。彼女は「二人はどうやって死んだの？」と、一晩じゅう訊き続けた。殺されたんだよ、と何度言われてもやめなかった。「でもどうやって？」とか、「おぞましい魔法でもなけりゃ、あの二人の体に宿った魂が鉄と火ごときに負けるわけがないでしょ？」とか、「そもそもこんなことってありえる？」などと、ひっきりなしに尋ね続けた。

ダリーはただ黙っていることしかできなかった。彼にとって、死は両親が経験してきたほど身近なものではなかったのだ。ソ連侵攻時代の両親は、爆散した親族の四肢を集め、家族を埋葬し、子どもたちがこんな人生は嫌だと言い残してから沈黙に移行していくのを見とり、神の御業とその意味を知っていた。ファヒームとカディームの死を知らせる電話の後、ダリーはその知らせが伝播《でんぱ》していく勢いに衝撃を受けた。口から耳へ、耳から電話へ、ひそひそと伝えられたり、祈りを捧げられたりして、広まって、語られ、語り直され、やがてウェスト・サクラメントに住むアフガン人全員が、シャカコの愛する兄弟の死にざまを、つまり雪の日に、家から数ヤードの地点で、無実にもかかわらず殺されたというその物語を諳《そら》んじることができるまでになった。

シャカコは、ファヒームとカディームの墓標の前に跪いて、祈《ドゥア》りをささやき、身にまとったブルカの網目に向かってそっと涙した。ダリーは母親の横に跪き、同じく祈りを唱えるかのように両手を上げたものの、神や二人の叔父に向けて言葉を発することはなく、彼にしてみればその三者ともよく知らないわけで、母親の悲しみを通して追悼しているに過ぎなかった。そのとき、渓谷のどこか遠くの方で爆弾が炸裂し、その余震でダリーの足元の小石がカタカタと揺れた。彼は自分がいかに無防備な状態であるかに気づくと、叔父たちが待ち伏せに遭った路地の入口ということもあって、急に怖くてたまらなくなり、母親の膝の上によじ登ってブルカに皺をつくり、祈り続けた。シャカコは、そんなダリーの恐怖を愛情と勘違いした。ダリーの帽子《パコル》の下にある毛皮を指で撫でつつ、彼女は一瞬、たとえこの子を元の姿に戻してやれなかったとしても、それがそんなに悪いことだろうかと考えた。シャカコの経験からいって、子どもたち、特に息子たちは親の手を離れて成長していくのだとわかってはいたものの、ダリーが周りを寄せつけずに研究に没頭する様子には驚かざるをえなかった。一学期に数回会うチャンスがあり、喋ったり話を聞いたりできたけれど、その度にダリーは別人になっていくように感じられた。痩せ細り、髪は薄くなり、弱々しく、悲しげに。ますます孤独に。ますます読書家に。学者ダリー、哲学者ダリー、歴史家ダリーに。ところが、今膝に乗っているダリーは、とても小さくてかよわくて、そういえば昔、クルアーンとかムハンマド言行録《ハディース》とかムッラー・ナスレッディン物語（イスラム文化圏に伝わる、頓知をきかせた笑い話）なんかを一対一でダリーに教えてあげたのはシャカコだった。その頃のダリーにとって、母親の他には誰も知らず、何も知らず、世界そのものが謎だった。

「さあ、ここで止まってはいられないよ」と、シャカコは言ったものの、実際には動かなかった。

ダリーは自分の役目を理解した。彼は母親の膝から飛び降りると、祖父の屋敷の敷地の外壁を急いで駆け上がり、内側から門を開けた。そこまでやれば、シャカコが昔に失った実家にまた足を踏み入れるのを邪魔するものはもう何もなかった。彼女は息子を連れて果樹園を通り、リンゴの木々を抜け、もぬけの殻になった牛の囲い場を抜け、中庭に入っていき、枯れた花畑や長らく放置された寝室の様子を窺った。かつてダリーが祖父の屋敷を訪れたのはもう随分前で、そこからの荒廃ぶりには驚くばかりだった。彼は、昔この屋敷で自分がかわいがってもらって、大勢の愛情たっぷりの母方の家族と過ごしたことをまだ覚えていた。ところが、今のこの屋敷ときたら、大学生活を送っていた自分と同じくらい荒《すさ》んでいるではないか。遠縁の従兄弟が庭師として雇われていたはずだが、シャカコの父のユリの花は放ったらかしで、花びらが腐って酔っぱらいそうな臭いを発しており、シャカコは眠くなってきた。二人は中庭のベランダで一緒に横になると、シャカコはロガールから最初に逃げ出すことになった一九八二年から順を追って、ダリーに話をしてやった。思えば、当時のファヒームとカディームはほんの子どもで、シャカコのことを二人目の母親のように思っていた。いくつもの峠を越え、戦場を越え、国境を越え、野営地を越えて、彼女は弟たちを戦争から遠ざけたのだった。

そして今、彼女はダリーを導師《イマーム》の家へと連れてきた。

＊

「あの人は誘拐されたのよ」と、導師《イマーム》の三番目の妻にして、最も図々しい性格のグライが、屋敷の鉄製の扉を開けて教えてくれた。彼女は戸口に立ったまま、シャカコを中に招き入れようとはしなかった。「早朝《ファジュル》の礼拝が終わってすぐ、馬に乗ったガンマンの一団が礼拝堂《モスク》にやってきて、あの人を連れてったの。ラヒームボーイズの……仕業よ」と、グライは続けた。

「ラヒームがロガールに戻ってきてるの？」とシャカコは尋ねつつ、まるでロガールで灰を吸い込んで肺を悪くした女性が自分だけであるかのようなグライの息遣いに早くもうんざりしていた。

「数か月前に戻ってきて……シェカ・カラに基地を作って……馬に乗せた部下を暴れさせて……あちこち襲撃して……導師《イマーム》を誘拐して……。もしカディルがこれまで山ほどの死を乗り越えた奇跡の人じゃなかったら、心配でどうにかなってた……」

「ラヒームはよくその基地にいるの？」

「めったにそこから出てこない……何人かのお供がついてて……。ここから歩いて行ける距離だけど、あのさ、もしそこまで行くんだったら……あたしの旦那がまた殺されてないか確かめてよ……」

「チャイの一杯でも出してくれるかもね」と、シャカコは言った。

「あなたにだったら、もっといいものを出してくれるはず」

「これを見て。この口。この目を。あなたの姉妹はどこ?」

「ここよ」と、彼女が言って、門を押し広げると、中にある壁の後ろからこちらを窺っている二人の女性の姿が見えた。導師《イマーム》カディルの一番目と二番目の妻はすぐに隠れたが、シャカコは既にはっきりと彼女らの姿を目撃していた。

それ以上何を言うこともなく、シャカコは歩き去った。

「なんて邪悪な目、邪悪そのものだわ!」と、導師《イマーム》カディルの二番目の妻にして最も正直者のグラパが、シャカコの後頭部に向かって叫んだ。

シャカコは聞こえないふりをした。

＊

スズカケの並木と背の高いトウモロコシ畑に挟まれた、人目につかない細い運河のほとりで、シャカコがヒジャブをまくってせっせと顔を洗って髪を整えているところに、ダリーは、政治犯を解放してくれただなんて、面識もない軍司令官を相手にどうやって説得するつもりなのかと母親に尋ねた。

幸いなことに、今回に限って言えば、面識がないわけではなかった。

戦争によって心も体もズタズタに引き裂かれる前、「カンフー使い」の異名をとる前、シャカコの求婚者の一人になるよりも前、「カンフー使い」ラヒーム・カリームは、彼女の敵の一人だった。

何が起こったのかというと、ある朝、シャカコのお気に入りの従姉妹のラジアがロガール川に水を汲みに行ったとき、当時十三歳になったばかりだったラヒームの兄がラジアのスカーフをひったくり、結婚してくれ、と伝えてから走り去った。ラジアは結婚についてはあまり考えず、川岸の大きめの石を拾い上げ、なんとなくラヒームの兄の方向に投げると、石は彼の脳天を直撃した。ラヒームの兄は地に倒れ、ラジアは逃げた。

その後、ラヒームが怪我をさせられた兄の復讐をしたがっているらしいという噂がすぐに広まったので、シャカコは武器を持った従姉妹たちをラジアの護衛につけることにして、ラジアがまたロガール川に水を汲みに行くときには少し離れた位置から見守らせた。案の定、ラヒームが不意打ちを仕掛けてきたけれど、すんでのところでシャカコと護衛の従姉妹たちが木から降って来てラヒームに襲い掛かった。流血し、傷を負い、完膚なきまでに打ちのめされつつ、ラヒームはただ見つめていた。リンゴの木から降りて来たシャカコが、そのまま彼の胸の中にまで降りて来るところを。

それからの数週間というもの、ラヒームは次から次へとシャカコに贈り物をするようになった。ベリーやキャンディ、盗んできた仔羊までプレゼントした。結局、シャカコはひときわなめらかな石を好意の証として受けとったのだった。二人は男女でいるところを見られてはいけない年齢にはまだなっておらず、ひと夏の友人として過ごしたのだが、それは偶然にも、シャカコの家に求婚者たちがひっきりなしに押し寄せた夏でもあった。求婚者たちは四六時中やってきて、シャカコの生活を邪魔しては、馬の査定でもするように彼女を品定めした。彼らの母親連中は、「色黒だね。でも、そのぶんお尻と目はいい感じだよ」などと言っていた。

ほどなくして、大勢やってくる求婚者たちにうんざりしたシャカコは、氷や牛の糞の入ったバケツを駆使して、手荒に出迎えるようになった。あの女のところへ行くと酷い目にあわされるぞ、という話が村じゅうを駆け巡ったのだが、かえって覚悟の決まった男どもを引き寄せる結果になり、ご多分に漏れずにやってきたラヒームに対して、シャカコはヤギの糞を入れたスープでもてなし、お断りした。ところが、スープに入れたコロコロした塊を隠そうと思えばもっとうまく隠せたはずなのにそうしなかったということは、やはり俺の愛は脈アリらしい、とラヒームは解釈した。

不運にも、戦争が本格化していく頃には、求婚者たちにも死者が出始め、シャカコの父はこれ以上自分の娘を未婚のままにはしておけないと感じた。立派な戦士に家族の面倒を見てもらわなければ、と。こうして、戦闘が始まってから数か月が経ったある日、シャカコはグランという名の聖戦《ムジャヒディン》の戦士に嫁いだ。彼は体格が良く、黒々としたあご髭を生やしてむさくるしかったが、そのむさくるしさ（それとショットガンの見事な腕前）が、戦時の雰囲気によく合っているように思えた。結婚式の日でさえ、彼は馬に乗ってマシンガンを携えてやって来て、胸には弾薬帯を装着したままだった。当然のことながら、ラヒームは式には出席しなかった。

若きラヒームはロガールの家から逃げ出して、一九八〇年代初頭にグルブッディーン・ヘクマティヤール（ソ連によるアフガニスタン侵攻時代に、イスラム主義を掲げて反ソ連の戦いを指揮した人物の一人。ヒズベ・イスラーミー（イスラーム党）と呼ばれる軍を組織していた）の軍に入隊し、「カンフー使い」の異名をとり、その後すぐに裏切り者の烙印を押されたと言われている。数年後に、ヘクマティヤールが率いるヒズベ・イスラーミーが勢いを失うと、彼はヒズベからイスラム協会、イスラム協会からイスラム民族運動、さらにそこからイスラム同盟へと、戦争の最終的な勝者を予想しながら鞍替えを続けたのだが、戦争にはっきりとした終わりは訪れなかった。結局、彼はカブールにできたアメリカの傀儡政権に忠誠を誓い、多額の手当をもらい、百戦錬磨の民兵部隊を与えられ、挙句には新設の基地まで手に入れた。

＊

ロガールにあるラヒームの基地から数メートルの距離で、ダリーはクワの木陰に隠れ、せせらぐ川の岸辺に沿って植えられたスズカケの並木に飛び乗りたいという強い衝動を抑えようとしていた。彼の尻尾はカミーズの粗い布地にこすれて痛み、毛むくじゃらのつま先は安物の黒いサンダルのせいでヒリヒリしたが、それでもダリーは裸にはなりたくなかった。スマホがあれば、と彼は思った。幸いにも、手もとには小さなノートと鉛筆があった。気を紛らわせようと、ダリーは書き始めた。

ロガールでの軍事作戦がもたらした影響については、ボーエ・アルムクヴィストとマイク・バリーの二人が、一九八二年の晩夏から初秋にかけて同地に滞在した経験に照らして説明してきたとおりだ。スウェーデン人ジャーナリストのアルムクヴィストは以下のように書いている。「戦争が始まってから、すべての村が少なくとも一度は爆撃を受けている。そういう国に私はやってきた……多くの村が廃村になっていて、どこもかしこもさらなる爆撃で殺されるかもしれないという恐怖に満ちており、村人たちはみなパキスタンの難民キャンプへ逃げ出したのだった。このような地域はヘリコプターの攻撃範囲にある。足を踏み入れてヘリの音が聞こえたら、六十秒以内に逃げないと終わりだ。こうした地域は石器時代以前に逆戻りしてしまった。文明が退化したのだ。遥か昔、アフガニスタンに人類がやってくる前の状態だ」バリーのコメントはこれよりも衝撃的だ。「我々はロガール州に向かう途中で……ドバンディを含む十二の村落を通り過ぎたのだが、そのうち、これまたドバンディを含む八の村落には、ただの一人も村人がいなかった。ある村などは、我々の目の前で破壊された。我々はアルタモルという村に行くように指示されており、霧が立ち込める中、遠くの方に大きな閃光を見た……そしてその晩から翌早朝にかけて、アルタモルから逃げ延びた負傷者が我々のいる場所までやってきて教えてくれたのだった。アルタモルはもう存在しない、と……」

ダリーはそこで中断し、大声で読み上げるような感覚で、「アルタモルはもう存在しない」と頭の中で繰り返してみたが、モハメド・ハッサン・カカールの著作『アフガニスタン――ソビエト侵攻とアフガン人の抵抗、1979-1982』の重要な一節の続きを思い出すことはできなかった。ダリーはその本を何度も繰り返して読み、文章が脳に刻み込まれていたはずなのに。ダリーはノートの次のページに「アルタモルはもう存在しない」と、もう一度書いてみたが、またしても続きを思い出せなかった。彼は虐殺を忘れ……アルタモルをもう一度壊滅させ……アルタモルを祝福し……村がまるごと地球から消え……ダリーの記憶から消え去り……そうだ、それで思い出したぞ……。ダリーはクワの木のてっぺんまで登ると、伸びた枝に尻尾を巻きつけ、広がった葉から上体をそらして距離をとり、畑や屋敷や墓地や、谷間に散らばった殉教者たちの墓標を眺め、ブラックマウンテンの山肌に目を凝らして、巡礼者《ハッジ》ホタクとその伝説の寺院につながる手がかりが見つからないかと探した。

＊

ダリー（それとさっきまで着ていたブルカ）を近くのクワの木の枝に残し、シャカコは新しくできたばかりのラヒームの軍事基地に赴いた。かつての求婚者がわずかばかりでも胸に愛情を残してくれているかもしれない。それが頼みの綱だった。ラヒームのオフィスは大麻と乾いた血のにおいに包まれており、シャカコは席に着くと、導師《イマーム》カディルの解放を求め、あの御老体は、あなたはもちろん、他の誰の脅威にもなりえないでしょうと伝えた。ラヒームが蓄えた黒いあご髭は頬まで広がり、帽子の下から出た髪の毛がどっさりと額に垂れかかっていたので、彼の顔の大部分はシャカコには見えないままだった。戦いを重ねてくたびれた彼の肌の中に、シャカコは昔知っていた少年の面影を探した。すると、彼は笑って——あぁ、ラヒームの笑顔だ——あの聖戦の戦士《ムジャヒディン》はまだ生きてるのか、とシャカコに尋ねた。

「アッラーの御加護《アルハムドゥリラー》によって、夫は元気にしてるわ」と、彼女は嘘をついた。

「あいつは太ったか?」

「体重は増えたかな」

「お前も太ったな」と、彼は言った。

「年をとって醜くなった、みんなそうなんじゃない?」

「いや、そうでもないぞ。俺にしてみりゃ、お前は年をとってますますきれいになっていく」とラヒームは言い、まるで野生の馬か新兵でも見るようにシャカコを見つめた。

　そこでラヒームは、ある提案を持ちかけた。

「キスしろって言った?　正気?」と、シャカコは胸の内で叫んだ。

「一回でいい。キスしてくれたら、導師《イマーム》を返してやるよ」

「あら、せっかくの戦争捕虜をキス一回で引き渡しちゃっていいの?」

「ご婦人、ベッドまで来てくれたら、この基地ごとくれてやろう」と、彼は言った。

「上等じゃないの」と、シャカコは捨て台詞を残してラヒームのオフィスを出たが、それまでの会話をすべてダリーのスマホで録音していた。シャカコとダリーは合流してカブールに戻り、軍にはびこる腐敗を告発するための作業に取り掛かった。

＊

政府の汚職を報告しようとする人々の列は、公正取引部署の二階のオフィスから中庭に延び、六つの検問所を越えて、さらに角を曲がって二ブロック先まで延びていた。その最後尾のあたりで、シャカコの前にガリガリに痩せた老人が並んでおり――その顔は黒いスカーフで半分隠れている――その男がシャカコの小さな息子について質問をしてきたのは、何かしらの奇形の病を患っているに違いないと思ったからだったのだが、彼女が嘘でその場をとりつくろうより前に、男は自分が列に並んでいる理由を説明し始め、なんでも、彼の子どもたちのうちで一番幼くて一番美しかった息子が、アフガン人の司令官にレイプされて殺されたとのことだった。男はその長い悲しみの物語を、最後まで一息に語ってみせた。少年は仕事をあげるからと言われて基地に誘い込まれたのだが、それは罠だった。「あいつらは数か月も息子の体をいいように使ってから、うちの家の近くのどぶに遺体を捨てよった。葦《あし》みたいに細くなって。腹が減って仕方なかったろうに」と、その老人は記憶を辿った。その男の前に並んでいた女性（埃まみれのブルカを着ていた）もまた、一番下の息子が誘拐され、性奴隷として扱われた後、アメリカの部隊との銃撃戦で殺された事件を報告しようとしていた。その母親によれば、息子の美しさに目をつけたサルワル・ジャン司令官が、直々に命令して拉致させたそうだ。「あの子の目はアーモンドみたいで、まつ毛は長くて落ち葉を掃けそうなくらいでした」と、彼女は言った。その女性の息子はベッドに鎖でつながれていて、見るからに数か月は経っており、彼女が何人かの下っ端連中に賄賂をつかませてようやく解放してやったのだった。ところが、助けたときにはもう遅かった。少年は自分を許せなくなっていたのだ。彼はタリバンに入り、以前自分が捕まっていた基地への攻撃に参加し、命を落とした。その後、アメリカ人ジャーナリストたちがこの惨事に興味を持ち、何本かの記事が誌面に載り、母親はインタビューを受け、その息子の墓の写真が撮られ、サルワル・ジャン司令官はカブール郊外の新しい基地に配置転換された。彼は真に責任を問われることはなかった（二〇一二年、アフガニスタンにある米海軍基地にて、三人の海兵が十七歳の少年に殺害される事件が実際に起こった。その少年は、タリバンと結びついた現地のアフガニスタン警察のサルワル・ジャン司令官に性的関係を強いられていたとされる）。実際、列に並んでいる父親や母親たちのほとんどがシャカコに話してくれたところによると、彼らはもう既に何千回も、自分たちの子どもがレイプされて殺されたことを、政府の役人やニュース記者やＮＧＯ活動家たちに訴えてきたのだが、アフガニスタンの司令官たちはアメリカの海軍に守られていて、解雇されることもなければ、収監されることも、司法に引き渡されることもないとのことだった。今こうして、毎週のように親たちが列に並んでいて、その収穫といえば、同じく息子を誘拐されて殺された他の親たちと出会って、写真や話や衣服を交換するくらいのものなのだが、そのあいだずっと親たちは、人生を破滅に追いやってしまうくらい、うちの息子は美しかったのだと言い合っていた。彼らは顔を隠し、名前を明かそうともしなかった。カンダハールからはるばるやってきた親たちもいれば、カブール市民もいた。彼らはパシュトー語とペルシャ語で話し、聞いてくれる者があれば何度でも子どもの話を繰り返し、とはいえ同情や正義を期待しているわけではなく、大声で話しているあいだは悲しみがバカげたものに思えるからそうするのだった。

「わたしたちの声は届くからね」と、シャカコは息子に言い聞かせた。ダリーが何か気落ちさせるようなことを言ったわけではなかったけれど。「わたしたちはアメリカ人だし、この街はアメリカの手にあるんだから。わたしたちの声は届くの」

＊

公正取引部署の二階のオフィスに入ると、二インチの厚さの防弾ガラスの向こうのブースにカブールの役人が座っていて、彼がシャカコを見上げたところ、あごから一本だけチョロリと飛び出た毛に小さな天使たちが戯れているのが見えるように感じた。シャカコは、ダリーがアカデミックな英語で書いた文章を提出して申し立てを試みたものの、役人は彼のオフィスの奥の方で静かに座っているサルの入室許可はとったのかと尋ねただけだった。

「サルじゃありません。わたしの息子です」と、彼女は言った。

役人は、また頭のおかしなやつが来たとかなんとかブツブツ言うと、一番近くにいた警備員を呼んだ。一方、ダリーは突破口を開きかけていた。彼は気づいてしまったのだ。もし、ロガールにホタクの大虐殺事件の公的記録が存在しないことをめぐって博士論文を構成しなおすとして、役人が記録をもみ消している素ぶりがあれば、彼の論文における中心的主張はよりいっそう補強され、ロガールの村人たちの口述歴史《オーラル・ヒストリー》と、旧大英帝国や近代国民国家アフガニスタンの公式の歴史資料との食い違いが明確になるだろう。そうして彼の博論プロジェクトは、政府軍の司令官たちによって子どもをレイプされ、殺害された親たちの証言を通して最初の議論へと立ち戻ることになる。人々が行列をなしている光景は――お役所は説明責任を果たすためのシステムのふりをしているが、その真の目的は、国家が拷問とレイプと殺人を永続的に行えるようにするために、集めては隠し、収集しては誤魔化すことである――彼の議論の展開にこれ以上ないほどぴったりで（テーマ的にも歴史的にも！）、ダリーは、さてさて、どの出版社が僕の画期的著作に最もふさわしいかな、などと考え始めた。「記録を抹消するという暴力は、まさにその行為を否定するたびに、永久に抹消しえないものへと転じる逆説を孕《はら》んでいるのだ」と、ダリーはスマホに入力し、読み、また読み返してみたその瞬間、なんてキレッキレの文章なんだろうと誇らしくなったものだが、警備員の一団がオフィスになだれ込んできたのには気づかず、彼が成し遂げるはずだった学問の夢は永久に失われてしまった。

3

あわれなダリーは服を脱がされ、スマホや、他にも人間だった頃の痕跡をすべて没収されてしまった。彼は何もない檻に入れられ、遠くのジャングルやサバンナから連れてこられて種もサイズもバラバラの四十四のサルたちと一緒に暮らすことになった。カブール動物園の動物たちはみな――不潔な狼、病気のアヒル、ガリガリの馬、孤独なクマなど――目に見えて栄養不足で元気がなかったが、サルの状態は特にひどかった。サルの檻の床には枯草が敷かれただけで、柵は安っぽいプラスチックで加工されていて触るとかぶれるので、よじ登れるようなものも何もなかった。サルたちは腹を空かせ、寂し気で、毛は抜け落ち、涙を流し、ときに理由もなしに互いに攻撃し合うこともあった。シャカコがダリーに面会できる機会があると、柵の隙間から新しく買ったスマホを滑り込ませるのだが、ダリーの指は傷つき、かぶれていて、文字の入力に随分と手こずった。

「Oo」という文字列。それだけしか打てなかった。

彼はスマホを持ちながらも、素っ裸であり、もはや何を隠そうともしなかった。

シャカコは自分の皮膚を破いてでも、我が子にかぶせてやりたかった。

「ここから出してあげるからね」と、彼女は最も慈悲深く公正なるアッラーの名にかけて誓いを立てると、動物園の飼育員や政府の役人たちに執拗な嫌がらせを続け、彼らとその家族に脅迫をかけ、彼女自身も二度逮捕された。彼女は、誰かダリーを動物園から出してやれるようなコネを持っている人がいないかと、遠方に住む自分と夫の親族を訪ねてまわった。彼女はタリバンとつながりのある従兄弟たちにまで電話を掛け、爆撃していただくことはできますでしょうかと交渉してみたが、資金不足にあえぐ動物園を攻撃する戦術的メリットがあるはずもなく、説得は失敗に終わった。

毎日夕方に動物園が閉まると、シャカコはカルテ・ナウにある父親のアパートで夜を過ごすことが多く、そこでは家族全員（母、父、妹が二人、義理の姉妹が二人、甥と姪が合わせて六人）が三つの寝室を共同で使っていて、それぞれの部屋にはファヒームとカディームのための祭壇があった。シャカコは一番小さな部屋で両親と一緒に眠った。シャカコの父のバーバは、息子たちを失ってからというもの、出かける必要のある用事はすべて自分がやることにしていた。七十五歳にして、彼は若い頃の力強さを奮い起こせるような気がしてはいたが、街で振動が起こるたびに体じゅうの骨が痛んだ。シャカコの母のアボは、アパートからほとんど出ず、体調が悪いのが当たり前になっており、それもこれもこの街のせいだと思っていた。シャカコは毎朝、その日の予定について両親に新しい嘘を重ねては――土地の件で、ローンの件で、花嫁候補の件で、云々《うんぬん》――カブール動物園へと舞い戻り、様々に身分を偽って（入園客、関係者、リポーター、従業員）密かに出入りしていたところ、飼育員たちがその手口に気づいて女性の守衛を新たに増員し、園内の檻や壁の至るところに彼女の人相を貼り出したものだから、シャカコが檻に囚われた息子の様子を見ることは事実上不可能になってしまった。

＊

ダリーは衰弱していた。

月日は彼に重くのしかかり、急速に老化が進んでいるようだった。背中と肩まわりの毛は塊となって抜け落ち、小さな腹はふくれて柔らかくなり、瞼《まぶた》さえ重くて開けていられなかった。眠ることもままならなかった。午後になると飼育員が来て、檻の柵の隙間から果物やら昆虫やら小枝の入ったバケツを投げるのだが、ダリーは生きていくために他のサルたちと争う気にはなれなかった。獰猛なヒヒや力強いチンパンジー、さらにはもっと小柄で気性の荒いサルたちが、くたくたになったバナナの皮や、たった一匹のコオロギをめぐって互いに攻撃し合っており、一方ダリーはというと、檻の端から動かず――仮設トイレの近くに位置し、カブールの炎天下で一日じゅう身を焦がすはめになる残念な場所だ――そこで彼は、檻からの、あるいは今の自分の肉体からの脱出方法はないものかと考えをめぐらせていた。他のサルたちは、食事の時間を除けば往々にして「抑うつ性昏迷」

（うつの最もひどい症候で、身動きができず、周りのものに反応を示さなくなる）に陥り、ゾンビになりかけていたのだが、暴力的な衝動に駆られて殴り合うこともよくあった。ダリーにとって一番の心配は、サルたちがこうして無差別に攻撃を繰り出すことだった。ときには手を出されずに数日間過ごせることもあり、そうして周囲との関係を断ち切った状態で、飼育員や入園客や檻に入れられた他の動物たちがお決まりのパターンで動き回るのを観察していると、ダリーは彼らの次の一挙手一投足を予測できそうな気がしてくるのだった。かと思えば、同じ日に三匹の別々のサルから一発ずつぶん殴られることもあった。ダリーはなんとか攻撃を免れようと、小枝の先やら、辺りに散らばっている棒きれやらをかじり、小さな槍を作って檻の中の地面の至るところに埋めていった。何より、武器を隠してあると思うだけでダリーの心は楽になり、武器を埋めてある小山の上で夜中に眠っていると、たくさんの槍が成長して、木々になり、果樹園になり、砦になり、今は存在しなくてもいつか現れるかもしれない国の礎となっていく、という夢を見るのだった。

　時間が経つにつれて、ダリーはサルの姿のままでいるのがどうしても嫌になり、神に祈ることにした。彼は一日五回、檻の中の土で礼拝《サラー》前の清め《ウドゥ》を行ってからメッカの方を向いて立ち、仮設トイレからできるだけ距離をとって、礼拝をした。飼育員たちは、この奇跡とも呼べるダリーの習慣に気づくと、祈りを捧げるサルという新しい展示企画をつくって、野菜や新鮮な果物の入った専用の食事をごほうびとして与えるようになったのだが、ダリーはすぐにそれを周りのサルたちに分け与えた。飼育員たちは、冗談のつもりで礼拝用マットと数珠《タスビーフ》を与えてみた途端、ダリーがまるで神への思念《ズィクル》をしているかのように数珠《タスビーフ》の玉を数え始めたので、大いに驚いた。しかし、ダリーが礼拝の実践（及びその商業性）と、それによって得られる充足感のあいだには開きがある、と感じ始めるまでにはそう時間はかからなかった。数年前、兄のアクマルから聞いたところによると、神秘主義者《スーフィー》の修行で集中して神への思念《ズィクル》と詠唱を行えば、物質界から少しのあいだ離脱できるとのことだった。このときのダリーは兄の考えを忘れていたものの、永遠に動物の体で生きることのつらさに耐えられず、この世への執着をすべて捨て去ろうと試みたのだった。ところが、ダリーが神への思念《ズィクル》をしてみても、現世からの離脱どころか自分自身の内側に根を張ることになる一方に思われた。彼は自分の体に何が起こっているのか、ますます敏感に察知できるようになっていった。心臓の鼓動。腸の蠕動《ぜんどう》。皮膚の痛み。指先の受容体が腕に向かって信号を送り、信号が脳まで行って折り返すことによって、火傷してるとか血が出てるとか壊死《えし》してるとか死にかけてるとか、そういうことがわかる。聴覚も敏感になった。視界も冴えてきた。呼吸は平静。自分より体の大きいサルを見て手足が震えることも、もうなくなった。周りのサルたちもそうした変化に気がついた。サルたちは、攻撃をやめるどころの話ではなく、ダリーが礼拝を行っているあいだは敬意を払って距離をとるまでになった。

完全なる静寂の中、ダリーは、自分は檻に囚われているというよりもゲームの内側にいるのであって、十分に注意力を発揮できれば勝利の法則が見えてくるはずだということがわかってきた。飼育員たちからすれば、ダリーは信心深いサルの役割をこなしていて——一日五回、時間通りに祈りを捧げるものだから、飼育員たちは毎回の礼拝《サラー》が始まる前に園内放送で告知ができた——ごほうびに食べ物とか装飾品とかおもちゃをもらっては、仲間のサルたちに戦利品を平等に分け与え、利益も尊敬も互いに与えあおうという暗黙の絆を育んでいたのだが、やがて、彼は囚われの仲間たちと身振り手振りでコミュニケーションをとるようになり、キーキーとかクークーとかグーグーという鳴き声が「バカ」とか「兄弟」とか「戦争」という語に対応しているのだと理解していった。ダリーはさらに多くの武器を地面に埋め、その成長を夢見るようになった。彼は祈りを捧げ、ごほうびをもらい、分け与え、耳を傾け、話し、計画を練った。彼の見たところ、動物園のセキュリティには多くの欠陥があった。主人たちは間抜けだった。

あいつらを出し抜けるかもしれない。

たかが人間じゃないか。

＊

ダリーが捕えられてから三週間が経った頃、シャカコの父の携帯に知らない番号から電話がかかってきた。シャカコが電話に出てみても相手は何も言わなかったが、特徴のある鼻息を聞いた彼女は、それが夫のグランであると察した。グランは、長男のアクマルとエジプト人妻のファティマ、そしてその幼い子ども二人を連れて、カブール国際空港に着いたところだった。

「夫の存在を忘れちゃいないだろうな？」と、グランは少し間を置いてから言った。

「忘れるもんですか」と、シャカコは答えた。本当のことを言えば忘れていたのだが、彼女が嗚咽しては話し、話しては嗚咽しつつ、これまでの経緯を夫に打ち明けたところ、グランはサクラメントからサンフランシスコ、ベルリン、カイロ、タンタ、ドバイを経由したカブールまでのつらく苦しい旅のあいだに首と肩に溜めこんだ千の呪いを解き放つ気分ではなくなってしまった。

バーバのアパートにやってきたグランは、このところ続いた苦難のせいで妻が憔悴《しょうすい》しているのに気がついた。シャカコは痩せて、顔色も悪くなっていた。ふっくらとしたスカートも、腰まわりに余裕ができていた。髪は薄くなり、何があったわけでもないタイミングでよく笑った。今や萎《しお》れた花と化した妻を見て、グランは怒りを燃やした。そうして燃え上がった怒りに、彼は無上の喜びを見出した。よし、今日のうちにダリーを檻から出してやろうじゃないか。彼は勇ましく（そう自分では思っていた）、妻と神に誓いを立てた。かくして、グランはシャカコとアクマルを引き連れてアパートを出発し、タクシーに乗り、従兄弟から拳銃を借り、カブール動物園に乗り込んでいったわけだが、到着したときにはダリーは既に脱走した後だった。

　医務室では飼育員が倒れていて（死にかけてはいるものの意識はあり、両手両足を骨折し、脇の下から腰にかけて十二インチに及ぶ切り傷が走っていた）、彼の話によると、四十四のかわいいサルたちがダリーの統率のもとに団結し、クルアーンを冒瀆し、三度にわたって自殺による陽動を計りつつ、仲間が何匹死のうとも戦い続けるという狂気じみた作戦を決行し、ダリー率いる反乱軍は動物園を脱出すると、最近になって再建されたカブール地下の下水道に逃げ込んだらしい。

「もし息子が死ぬようなことがあれば、お前も命はないと思え」と、グランはその飼育員を脅した。

「神の御心《インシャーラー》のままに」と、飼育員はつぶやき、傷の痛みに耐えきれずに気を失った。

＊

　それからの数週間、バーバのアパートでは、テレビのＴＯＬＯチャンネルをつけっぱなしだった。ニュースではダリーについて報道され、シャカコとグランは、その偉業が瞬く間にカブールじゅうに広がっていくところを見ていた。報道はこういう具合に始まった。ワズィール・アクバル・ハーン（カブール北部の地区。タリバンに占拠される前は各国の大使館が置かれ、カブールでも最も裕福な地区として知られていた）内部のバリケードをめぐらされた安全地帯《グリーンゾーン》にて、「下水の盗賊」が裕福な外国人たちを相手に強盗をはたらいている、というのだ。そうこうするうちに、外交官が強盗の被害に遭い、見かねたラシッド・ドスタム副大統領は、バットや棍棒を持ったチンピラ連中を下水道に向かわせた。チンピラたちが消息不明になると、ドスタムはライフルと拳銃を持った警察部隊を派遣した。警察部隊もまた消えてしまうと、ドスタムはマシンガンと防護服を装備したアフガニスタン政府軍の派遣に踏み切った。しかし、銃を持った兵士をどれだけ下水道に送り込んでみても、当然聞こえてくるはずの銃声は一発も響いてこなかった。兵たちは、ただ忽然《こつぜん》と消えていったのだ。

誰ひとり、ダリーの居場所を突きとめられそうな気配がなかった。

両親でさえ。

グランとシャカコは、来る日も来る日もマンホールの中に向かって叫び、瓶にメッセージを入れて投げ込み、ラジオのインタビューで息子に語りかけたが、呼びかければ呼びかけるほどダリーは沈黙を貫くだけのように思えた。シャカコはときどき、カブールの街のつくりそのものに問題があると思わざるをえなかった。昔は下水道に蓋もなくむき出しで、街の生活と同じくらい汚物も丸見えだったというのに、何十億ドルも費やしてこんな秘密の地下迷宮なんか建設するから、息子がそこに飛び込んで行方不明になるのだ。彼女は下水道と息子をつなげて考えるあまり、父親のアパートのトイレを使うのをやめて、二ブロック先のサロンまで歩いていって、そこの屋外トイレで用を足すようになった。

数週間が経ち、数か月が経ち、連絡もよこさないままの反抗期の息子に対して、シャカコはますます腹が立ってきた。

キッチンの流しに向かって悪態をつく母親を見かねたアクマルが、「あいつは表向きには国家の敵なわけだから。俺たちを危険な目にあわせたくないんだよ」と言って、慰めようとした。

「わたしの息子だってことも、表向きじゃないの。危険かどうかなんてあの子の知ったこっちゃない」と、シャカコは答えた。

シャカコはアクマルとうまくいっていなかった。その家族とも、と言うべきか。アクマル一家はバーバのアパートの寝室の一つを借りて寝泊まりしていたのだが、シャカコはすぐに気がついた。アクマルは身も心もすっかりアラブ人に変身していたのだ。その妻と子は、パシュトー語もペルシャ語も話したがらない。アクマルは礼拝中にだらしなく足を広げるようになったし、英語の発音も少しエジプト訛りになっていた。それに、家ではアラビアの白い民族衣装《トーブ》を着ていた。アクマルは、自分の母親はなぜ、つんとすまして負けん気の強い妻の魅力に夢中にならずにいられるのだろうと心底戸惑っているようだったが、それでも女性たちは何時間でも一緒にＴＯＬＯのニュース番組を見続けていた。テレビでは記者会見が中継されており、アシュラフ・ガニ大統領がカブール全域に都市封鎖《ロックダウン》を発令していた。このところ行方不明になった兵士たちの家族が下水道への立ち入りを要求しており、相次ぐ抗議デモを受けて発令に踏み切ったのだった。大統領は、ダリーの捕獲にあたってアメリカの特殊部隊に支援を要請したのだが、その前週には空軍の対地攻撃機ＡＣ‐１３０Ｕが、とある結婚パーティーの出席者を皆殺しにする事件が起きていたし、噂によればジョン・ニコルソン陸軍大将は、カブールの下水道で珍妙なサルの群れを攻撃することで、アメリカの動物愛護団体から反感を買うことを懸念していた。

「カイロでも状況は同じです。大パニック」と、ファティマは英語を使ってシャカコに話した。

シャカコは否定しなかったが、ファティマのことは信用していなかった。

＊

一方その頃、フリーモントのザキアおばさんの家にいるシリーンとシャーマは、兄の活躍について何も知らずにいた。

二人が荷ほどきをして一息ついていると、ザキアおばさんは「好きなようにしなさいな」と声を掛けた。二人はその指示通り、好きにすることにした。シャーマは様々な料理をつくり始め、キッチンなんかで時間を無駄にするな、という父親の禁を破った。数学の宿題はやりかけのままでリュックの中に放置した。シリーンはというと、シャーマがつくった料理をすべて平らげ、野菜スムージーには見向きもしなくなった。これもまた、ザキアおばさんの指示に従った結果であった。

「果物なんて食べるもんじゃない」と、おばさんは言い切った。

「でも、これ野菜だよ」

「じゃあもっとダメだ！」

ビビがシリーンにあれこれ命令しようとすると（あんたのお母さんに電話しな、宿題を終わらせな、礼拝を欠かしちゃいけないよ、といった具合に）、おばさんはきまって気をそらせようとして、リトル・カブールに連れて行ったり、多くの友人たちを呼んで豪勢なディナーパーティーを開いたりした。夫に先立たれたり、離婚したり、主にそういう女性たちがザキアおばさんの家に集まって、派手な宝石類を身に着け、ブランドもののハンドバッグを手にしていたわけだが、そういった高価な品物は、交代で軍の通訳をしに行った息子たちからのプレゼントで、その当時フリーモントにいたアフガン人の若者なら、行ったこともない祖国の文化的あるいは言語的な複雑性について兵士たちに講釈を垂れてみせると、ひと夏でボロ儲けすることができたのだった。シャーマが料理を振る舞い、シリーンはお茶を注いだ。シリーンは、カップの中のチャイの量を観察し、あと一口でなくなりそうになると素早く駆け寄って、女性たちに気づかれないうちに注ぎ足した。キッチンからは、焼けたシナモンの香りが漂ってきた。シャーマは新しい料理に挑戦していたのだ。

その場の全員がいったんその匂いに神経を集中し、ため息をついた。

ビビがカマラおばさんに愚痴をこぼした。「うちの息子がかわいそうだよ。嫁さんがやりたい放題で。だからあれだけ言ったのに。嫁さんは親族の中から選べって。あのバカ息子、昔は自分のショットガンの先っちょぐらいしか見えてなかったから。それでこのザマさ。一族の恥さらしだよ」

「でも、嫁さんはなんで出て行ったのさ？」と、カマラが尋ねた。

「さぁ、どうだろね。あんたの口の軽さを知ってるからね、カマラ。教えないよ」

「カブールって今危険なんでしょ」と、ミーナおばさんが割り込んできた。「タリバンが下水道を占拠してから、うちの息子も都市封鎖《ロックダウン》で閉じ込められてるもん」

「いや、タリバンじゃないよ」と、ビビはうっかり口をすべらせた。

「ＴＯＬＯのニュース見てたら、新たな反政府集団だってさ」と、カマラが言った。

「そりゃあ、そう言うでしょうよ。タリバンが戦争に勝ちそうだなんて、認めるわけにいかないんだから。潮目が変わりつつあるって、うちの息子が言ってるの」

「あんたんとこの息子さんが？」と、ビビは尋ねた。

「そう、うちの息子、大臣の」と、ミーナが言った。

「うちの息子が何て言ってるか教えてあげようか？」と、カマラが言った。

「今度はこっちの息子さんだとさ」

「うちの息子に何か問題でも？」

「あのスパイだかドラッグ中毒だかの息子さんだろ？」

「アジズはスパイじゃなくて、通訳をやってんだよ」と、カマラが続けた。

「で、あんたの息子さんは何て言ってんの？」とミーナが尋ねた。

「アジズはね、サルの仕業だって」

「サル!?」と、ビビは叫んだ。もう自分の胸のうちに留めてはおけなくなった。「そう！　そうなんだよ！　サル！　多分これから、サルの連中とタリバンは手を組むんじゃないかね？　まったくもう、カマラ、こんなバカみたいな話、信じられるかい？」

＊

結局、サルたちとタリバンは手を組むことになった。

ダリーと政府軍が対峙している隙に、タリバンが自動車爆弾やマシンガンを駆使してカブールの郊外に攻勢をかけ、警官を五十人以上、兵士を二十数名ほど殺害した。戦闘は長く激しいものになり、「カンフー使い」ラヒーム・カリームの部隊を含む民兵たちが、ロガールから招集される羽目になった。ところが、民兵たちがカブールに着くやいなや、突如として攻撃は止み、なんとタリバンはロガールに出現、モハマド・アガ地区の村々をいとも簡単に制圧していった。ナウェ・カレーもまた彼らの手中に落ちたことは、言うまでもない。

その翌日、アフガニスタン政府はカブールから反乱分子を一掃することに成功したとして、即座に無条件の軍事的勝利を宣言した。

「それって、ダリーが殺されたってこと？」と、シャカコは、グランやバーバ、それにアクマルにまで尋ねてまわったものの、誰もはっきりとした答えは持っておらず、そうこうするうちにダリー本人の口から話を聞くことになった。彼は、非通知の番号からシャカコに電話を寄こしたのだ。その声は聞き取りづらく、唸るようで、別の生き物のようだった。

「母さん、元気かい？」と、電話口からパシュトー語が聞こえた。

「あぁ、ダリー、いったいどこにいるの？」と、シャカコが応えた。

「他に行くところなんてないよ」と彼は言って、母親を招待したのだった。ロガールへ。

4

ダリーはもはや二本足で立つことをやめていた。履いていたサンダルに永久の別れを告げた彼は、バーバの屋敷の中庭を、他のサル仲間と同じように四足歩行でうろうろし、スリムフィットのカミーズはまだ着ていたものの尻尾を隠そうともせず、それどころか、手足に五本目が出来たかのように尻尾を使いこなすようになっていた。彼は右手でものを食べながら、右足を使ってチャイをすすり、左手で火力の指示を出しつつ、左足でメモをとり、尻尾でサルに命じて土釜《タンドール》料理の様子を見させた。他のサルたちは果樹園で生活していた。彼らは古い牛小屋を根城にして、リンゴの木にぶら下がってゆらゆらとして過ごし、果樹園の果物を収穫しては平等に分配し、熱狂的なまでに愛と忠誠を捧げるダリーからの招集を待っており、そのカリスマ性には地元のタリバン兵も嫉妬するほどだった。サルたちは、敵の手足を切り裂き、肉を引き裂くことができ、マシンガン部隊にも臆さず突撃し、司令官には極めて従順という完璧な兵士であり、ダリーはその忠誠心に報いようと、食事を与え、暖かくしてやり、不満をなくし、自由にさせた。

　屋敷に到着すると、シャカコ、グラン、バーバ、アクマルの四人は、元政府軍でありながら反乱軍に寝返った兵士の指示でベランダへと向かった。その兵士は、律儀にもチャイとキシュミシュで、もてなしてくれた。ダリーはその数分後に中庭に姿を現すと、タリバンの一員と思しきあご髭の大男と何やら小声で話した。噂によると、地元のタリバン部隊はダリーと秘密裏に盟約を交わし、彼の祖父の屋敷を使わせてもらう代わりにサルたちの支援を行っているらしかった。バーバはそれを快く思わなかった。「自分の家に帰ってきた人間にチャイなんぞ出しおって、客人扱いもいいとこだ」と、彼は言った。シャカコは父親に声を落とすように言い、ダリーに聞かれないようにと思ったのだが、息子は山ほどある作業を一挙にこなすのに集中するあまり、半径五フィートを越えた物事には一切関知しなかった。彼は家族の前に座って、命令し、喋り、食べ、飲み、書き、メモをとり、計画し、軍事作戦の手筈を確認し、その後、仕事をいったん中断し、じっと押し黙ったままの時間を経て、ようやく両親に声を掛けた。ダリーは親に向かって実にかしこまった態度で挨拶をしたので、シャカコには耐え難いものがあった。立ち上がってダリーを抱きしめ、窒息させてしまいたいほどの気持ちがあったけれど、中庭に立っている見知らぬ男や、果樹園を走り回っている霊長類の集団がいては何が起こるかわからなかったし、ダリー本人も原始状態の自分に心から満足しているように思えて、それもまた不安だった。

「まともな人間の感覚なら、誰かの家を好き勝手使う前に許可をとるもんだと思うがね」と、バーバが切り出した。

「それなら、ちょうどよかった。僕はもう人間をやめてしまったので」と、ダリーは聞き取りづらく、唸るような声で言った。

「この村は長くは持たん」と、バーバは言った。「近所の人らによると――」

「バーバ、あなたの息子さんたちが死んだ場所は、この家からどれくらい離れていましたか?」と、ダリーが話を遮って言った。

バーバはしばらく何も言わなかった。まるでダリーの質問への答えが記憶のどこか外側にあって、思い出せずにいるようだった。やがて、見かねたシャカコが代わりに答えた。「家を出てすぐのところよ。あなただって知ってるじゃないの。路地で待ち伏せされてたって」

ダリーはバーバに向かって話し続けた。「でも、誰が殺したかは不明なんですよね? 近所の人たち全員、誰にもわからないのですか?」と、彼は尋ねた。

バーバは、持ってこられてから一口も飲んでいないチャイに視線を落とした。

「小さい村じゃありませんか」と、ダリーは言った。

「あぁ」

「それなのに、証言は一つもなし」

「ダリー」と言って、シャカコが割り込もうとした。

「ありえますかね？」と、ダリーは続けた。「ある日の夕方、村人全員揃いも揃って、目も見えず耳も聞こえなくなるなんて。質問を変えてみましょうか。僕がそいつらの首を持ってきたら、殺したやつらのですよ、それってこの屋敷を使わせてもらっているぶんのお返しになりますか？」

　バーバは、チャイを両手で持ち上げて口にあてがい、カップを支えるようにした。しかし、飲むことはなかった。彼は茶葉に彼自身の姿を見ているようだった。「見つけられるのか？　本当に本当か？」と、彼は尋ねた。

「秩序あらば正義あり、です。わかりますか？　アッラーの御名において正義が為されるでしょう」と、ダリーは言った。

　バーバは冷めたチャイをたっぷりとすすり、わかったと言った。グランは賛意を示して頷き、アクマルもそれに倣った。しかし、シャカコの心中はいつになく複雑で、訊きたいことが増えてもつれて形を変えていき、ダリーが出発する前にようやく一言だけ絞り出すことができた。「ねえ、導師《イマーム》のことはどうするの？」

＊

　家を出て行こうとする途中で、ダリーは母親の方に向き直り、ほとんど諭すような調子で言った。

「ロガールが解放されれば、導師《イマーム》も解放されるでしょう」

ダリーの反乱の話がインターネット上で広まると、ハッカーやトロール（ネット上で注目を集めるために迷惑行為をする者）や陰謀論者たちがダリーの運動をネット現象にしていった。その運動は「ハランベの逆襲」（「ハランベ」は、シンシナティ動植物園で飼育されていたゴリラの名前。二〇一六年五月、ハランベの柵の中に三歳の幼児が落ちてしまい、職員はハランベを射殺して幼児を救出した）と呼ばれ、Reddit や 4chan、8chan、Twitter のようなサイトでは一連のミームが使用され、その認知度を増していった。ダリーの存在について、数百万の匿名ユーザーたちが数千の掲示板で議論を交わした。彼の支持者たちは、アフガニスタンの報道や、ダリーと彼が率いる部隊が戦闘中の姿をその目で見たという兵士や警官の目撃証言に言及したが、ダリーの批判者たちは、彼の存在を証明する写真がただの一枚さえないという事実を指摘した。しかしそれも、『デア・シュピーゲル』誌のアフガニスタン系ドイツ人の特派員が、カメラクルーを連れてダリーに初のインタビューを行うためにロガールを訪れるまでの話だった。

彼らは果樹園で場を設けた。

リンゴの木々と木漏れ日を背景に特派員の質問に答えるダリーは、過ぎ去りしアフマド・シャー・マスードの日々以来、アフガニスタンの反乱軍に見られなかった堂々たる風格を備えていた。インタビューは円滑に進んだ。ダリーはタリバンからは距離をとっていた。彼の組織が掲げる政治的イデオロギーがどのようなものであるのかは、依然としてはっきりしなかった。彼は自らの過去について、歴史と暴力の研究者であったと述べた。彼は民間人の殺害と政府の腐敗を嘆いた。彼は外国の軍隊がアフガンの地から完全に撤退するように要求した。彼は主権国家たるアフガニスタンの完全なる自治を主張した。彼は、「民族」、「不正」、「革命」、「搾取」、「慈悲」、「聖戦《ジハード》」といった言葉を用いた。彼は一度、「ハランベの逆襲」に言及することさえあった。インタビュー動画はネット上で拡散された。その映像はディープフェイクで、ダリーは存在しないと主張する者たちが現れた。ダリーの体は生物の動きを模倣する特殊撮影技術で動いていると言う者たちもいた。ハリウッドの「やらせ」ではないか。そうした陰謀論が後を絶たなかった。それでも、ロシアと中国のハッカーたちが、ビットコインやダークウェブを使ってダリーの軍事作戦を支援し始めた。ダリーのオンライン口座には世界じゅうから金が流れ込み、こうして国際的な資金援助が盛り上がった結果、ダリーは祖父の屋敷を改造し、武器訓練場と鋼の外壁を備えた要塞へと作りかえた。ダリーの従兄弟や隣人たちは、彼が掲げる大義のもとに馳せ参じた。運動は大きくなっていった。新たな武器と報酬を手にしたダリーの忠実なる兵たち（人間とサルの混成部隊）は、ロガールにおける支配域を拡大し、ついにシェカ・カラの近くにある「カンフー使い」ラヒームの基地まで到達し、ラヒーム自身がたまらず伝令を出して、軍隊を守るために導師《イマーム》カディルを引き渡すと宣言するに至った。

　ダリーは会議を開いた。

　その頃には、彼のアドバイザーは多種多様な顔ぶれになっており、反乱軍、イスラム学者《ムッラー》、遠縁の親戚、元警官、元兵士、反徒に扮した元警官に扮した現役警官、サル、ヒヒ、元マルクス主義者、拷問官、コソ泥、暗殺者、野盗、十七歳になったばかりの少年などがいた。一人や二人はタリバンも紛れ込んでいたかもしれないが、そう言われたところで誰も確認のしようがなかった。彼らはアドバイスを提示し、ムハンマド言行録《ハディース》を唱え、クルアーンの解釈を行い、導師《イマーム》は奇跡を起こす天性の資質について話し、まさに百家争鳴といった様相であったが、最終的に全員の決断はある一つの歴史的瞬間へと行きついた。「ラヒームに勝ち目はない。逃げ出して厄介ごとを増やすくらいが関の山だ」と、十五歳の少年が言った。

　男たちはみな賛意を示してつぶやき、ダリーの方を見た。

＊

残念なことではあるが、シャカコは、ラヒームに奇襲をかけるというその決断について、翌朝に夫がベッドで何気なく口を開くまで知らなかった。シャカコとグランはこの一か月のあいだ、かつて新婚時代に使っていた部屋を二人で使っており、土の上にただ薄い礼拝用マットが二枚敷かれていた。戦争、田舎、そして戦争と田舎の記憶が、グランの心臓の老いて動かぬままだった動脈を目覚めさせたようだった。というのも、シャカコが知る限りで彼はこの数年で一番元気だったからだ。彼は夜明けと同時に起床し、戦士たちと共に祈った。彼は途轍もない量のスープと米を平らげたが、永遠の内臓は既に失っていた。彼は持てる時間のほとんどを使ってダリーの相談役を務め、新たなる戦争の策謀へ深くのめり込んでいったのだが、それは勿論、古い戦争の延長に過ぎなかった。グランの戦争、すなわち、彼がまだ若くて不滅だった頃の。シャカコはこうしたすべてを少し離れたところから見守っていた。グランとダリーが戦略論や軍事会議で忙しくしていると、シャカコはその輪に加わらないようにした。どんな情報であれ、料理や洗濯や中庭に散った花びらの掃き掃除中にこっそり手に入れた。しかし、ときには、夫から情報を引き出すこともあった。

「ラヒームが導師《イマーム》を差し出したって？」とシャカコは尋ねた。

「ああ、そうだ。でも受け入れを拒否するようにダリーを説得できた」と、グランは言った。

「なんだってそんなことを？」と、シャカコは叫ぶような勢いで言った。

「そんな言い方はやめてくれ」と、グランが注意した。

「どうしてダリーが受け入れを拒否したのか説明してちょうだい」

「あのな、ラヒームはお前と一緒に寝たがってただろう。誰でも知ってるさ。それでダリーは……」

「ダメよ。グラン。ラヒームに奇襲をかけるなんて」

「別にそういうつもりは……」

しかし、夫が嘘をつき終えるより前にシャカコはベッドを抜け、ブルカをまとい、息子を探しに出て行った。

ダリーは中庭でバーバと花を摘んでおらず、応接間でアクマルとアラビア語を勉強しておらず、武器庫で武器を点検しておらず、屋根の上でロボットや神を探しておらず、屋敷の一番高い場所にある寝室でロガールの地図に修正を加えておらず、果樹園でサルやヒヒたちと訓練しておらず、移動図書館でマルクス主義の有名な戦士たちのゲリラ作戦に関する資料を読んでおらず、ベランダで地元のイスラム学者《ムッラー》たちとイスラム法の微細な表現に関する議論をしてもいなかったが、それでもシャカコは挫けなかった。彼女はダリーがいそうな場所を次から次へと回った。ダリーははっきりと見えない何かを探すかのように屋敷をふらふら歩き回る習性があり、どんな場所にも長居しないことを彼女は知っていた。彼はあまり眠らず、いつ見てもひどく疲れているようだった。重要な会議や評議会のあいだも彼はただ土を見つめていたり、誰かに戦術や戦略についてのアドバイスをされるまで放心状態だったりして、話すと痛みがあるものだから、イエスかノーかを首を振って示すようにしていた。それまで生きてきたいつの時期にも増して、研究に身を捧げていた期間さえ上回るほどに、ダリーは寂しく、孤独で、近寄りがたく、彼が歩いた跡には悲しみのにおいがするのだった。

やっとのことで、彼女は屋敷の外でダリーを見つけた。彼はジャガイモ畑に生えている古いクワの木の葉に隠れていた。彼はファヒームとカディームの墓標の方向を見ながら、ひときわ長く伸びた枝の上にうつ伏せで寝そべっており、まっすぐ前を見つめ、身につけた黒のカミーズは埃と木くずだらけで、時折、手にした日誌に素早くメモを取っていた。取り組み中の仕事に入り込みすぎているからなのか、彼女に関わりたくないからなのか、ダリーは母親が声を掛けても気がつかなかった。

シャカコはそれでも声を掛け続けた。

「ファヒームが若かった頃にね、まったく同じその枝によく寝そべってモグラ狩りをしてたの。夜通し枝の上で見張りをして。畑のイモを守ってくれたの」と、彼女はダリーに語った。

「だとしたら、皮肉でもあるよね」と、ダリーは母親というよりは自分に向けてそう言った。「ファヒームがまさにこの枝から撃たれた、ってのは」

少しのあいだ、シャカコにはわからなくなった。ダリーは自分の発言の暴力性を理解する能力を失ってしまったのか、あるいは、意図的に彼女を傷つけようとしているのか。どちらにせよ、シャカコはブルカを脱ぎ、スカートを膝までたくし上げ、ファヒームのクワの木を登り始め、ダリーのいる枝まで何とか辿り着いた。そうして彼女は両脚を枝の片側からぶらりと投げ出し、木の幹に身をもたせかけ、田舎の空気を深く、音を立てて吸い込んだ。彼女の左側では、畑と果樹園が谷から転がりながら広がっていき、その先のブラックマウンテンの縁までいって止まっているようだった。彼女の右側はというと、シャカコはダリーと一緒にファヒームの墓標と、その先の路地を見ていて、息子は正しかったのだと気がついた。ここがその場所だ。暗殺者は彼女の兄弟が近づいてくるのを見ることができただろう……射程距離に入るまで。完璧な位置だ。

「雪の降る晩だったってことを考慮しないと。おそらく、暗殺者はターゲットの顔まではわからなくて、車のヘッドライトが見えただけだと思う」と、ダリーは言った。

「何人いたと思う？」

「少なくとも二人。見張り役が一人、それと狙撃役が一人。あとは、凍える寒さだった」

「お互いに温め合った、ってことかしら」

「身を寄せ合っていたかもしれないね、暗殺者たちは、射撃の直前に」

「それから？」

「ヘッドライトが路地から来るのを待って、狙撃者がこの枝から発砲、それが終わると下の畑に逃げ込んだんだろう」

「確かなの？」

ダリーは振り返って頷いたが、そこに確信はなかった。

「ファヒームとカディームは至近距離から撃たれたのよ。あなたの考えだと、暗殺者はまさにこの枝の上で待ち伏せをして、この枝で互いを温め合ったかもしれないわけだけど、最後の射撃のためにわざわざ近くまで行ったってことになるわね」と、シャカコは言った。

ダリーはノートを閉じると、立ち上がって母親の方を向いた。

「ダリー、これまで奇襲は何回やってきたの？　十？　それとも二十かしら？　そのうちで歩兵に対する奇襲は何回やったの？　兵士《ボーイズ》への奇襲は」

「何の話？」

「そんなことしたって意味がないわ」

「意味がないからこそ、ラヒームも予測できない」

「誰に言われたの？」

「いや、誰にも……」と、ダリーは言いかけてやめた。それは真実ではなかった。「意味がないからこそ」というまさにその言い回しは、アドバイスをくれた者たちのうちの誰かが使ったものだった。誰の発言であったのか、彼ははっきりと覚えてさえいなかった。部下の忠誠心を疑うわけでも、自分の権威を疑うわけでもなかったが、このところ、彼は命令したり支配したりすればするほど、誰かに助言や後押しをもらわなければならなくなり、あらゆるものに対する支配力は減っていくという感覚に襲われていた。本当のことを言えば、彼の部下たちがロガール川に架かる橋の近くで兵士《ボーイズ》を殺害したという話は聞いたことがあった。復讐に燃える六人のティーン・エイジャーが――二丁のライフルと数本のナイフしか持っておらず、それらを六人で分けていた――ダリーのパトロール隊の一つにばったり出くわしたのだ。ダリーの部下には兵士《ボーイズ》の殺害命令は出ていなかったが、彼らは処罰されることもなかった。兵士《ボーイズ》は地上から消されてしまった。彼らの遺族は多額の賠償金を受け取り、その虐殺の話は村の外にはほとんど漏れなかった。新たに墓標が作られることさえなかった。ダリーは兵士《ボーイズ》のための慰霊碑を建てることも検討した。彼らの死を記録する文書を残すことも考えた。彼は多くの時間を割いて、死者のために動き、とり憑かれて過ごす心づもりでいたが、戦闘と奇襲は続き、幽霊たちは累積していく一方で、彼らの呪いや嘆願はコーラスとなり、優しく唸る一つの声になり、まるでパラパラと降る雨音やホワイトノイズのようだった。やるべきことがたくさんあり、殺すべき者たちや赦《ゆる》すべき者たちがたくさんいた。もちろん、ラヒームがその筆頭だ。

「ラヒームのことなら、わたしが知ってる。前にあいつをやっつけてやったんだから、もう一度同じ目に遭わせてやるわよ。でもあなたの計画はね。そういうことをしちゃダメ」と、シャカコは言った。

「だったらどうしろって言うの？」と、ダリーは言った。

＊

でも聞いてほしい——
あの虐殺の報告がポツリポツリと届くより前に、彼らが武器に弾を込めて磨いてキスをして祝福を捧げるより前に、午前三時の孤独のうちにグランがやつら全員を破滅させるようにダリーをもう一度説得するより前に、シャカコがもう少しのところで息子の命を救えるところだったその前に、彼女は既に知っていたのだ。彼女の宿敵でありかつての盟友でもあるラヒームは、いかなる奇襲をも予測し、自前の奇襲でその先手を打つだろうと。かくして、「カンフー使い」ラヒーム・カリームは、ロガール川の近くでダリーとその部下たちに襲い掛かったのだが、それは三十年近く前にシャカコがラヒームを襲ったときと全く同じだった。アクマルは銃撃の嵐でバラバラにされて即死し、超越的な方法でアッラーに身を捧げることになった。彼が身に着けていた数珠《タスビーフ》は、傷ひとつなく地に落ちた。グランは首や肩を九度撃ち抜かれ、痛みを感じることなく死んでクワの木の根元に倒れた。その数分前、彼は自分の村の道を歩き、手にはショットガンを持ち、聖戦《ジハード》時代の輝かしい日々の感覚を、すなわち、殉教があらゆる峠から手招きしていて稲妻が彼の一挙手一投足を後押しする感覚を再び胸に抱いていた。ダリーは胴を七度撃たれ、道に倒れて死にかけていたところを、二匹のヒヒが家に連れ帰り、シャカコの父の屋敷の果樹園の端で、彼女が最後にもう一度、息子を抱きしめるのに何とか間に合った。

母親の腕に抱かれて、ダリーは自らの肌と傷をさわり、出血している事実に戸惑い、もはや自分がサルと人間のどちらの形をしているのか、果たしてそれに何の意味があるのかさえわからず、体を起こして母親の顔に触れようと試みたのだが、いまだにあごから一本だけチョロリと飛び出た毛に小さな天使たちが戯れていることに気づき、動きを止めて、理解した。ダリーの毛皮は乾いた血や泥であちこち固まっており、シャカコは彼の毛皮が千切れないように慎重に血と泥を引っ張って取り除いたが、それでも息子は痛みの中で激しく脈打っていた。やがて、リンゴの木の下で、風にそよぐ葉が織り成すまだらな木陰で、ダリーは母親に聞こえないくらい静かに、優しい鳴き声で祈りを捧げ、母親の膝の上に七粒の小さなフンをして、口を開いたまま死んでいった。

息子の体を揺すりながら、シャカコは乾いた泥と血を取り除いていた。それまでと変わらぬ優しさで、彼を傷つけないようにしながら、毛から剝がしたものは脚の近くで一箇所にまとめておいた。彼女は何時間も——早朝のあいだずっと——そうして過ごし、息子の遺体が人間の姿に戻ることを願っていたのだが、ダリーはそのままだった。ズタズタになるまで撃たれて、ボロボロで孤独でぞっとするほど脆弱な、小さなサル。シャカコは他の誰にも息子を触らせなかった。

そんな彼女のところへ、その到来を予期していたともそうでないとも言える客人がやってきた。またしても奇跡的に生還した導師《イマーム》カディルが、シャカコの家の玄関口に立っており、一方の肩には彼女の夫の遺体を、もう一方の肩には彼女の長男の遺体を担いでいた。

遺体は果樹園に寝かせられた。

緑と金の美しい絹麻の布で包まれたグランとアクマルの遺体は、遠目には大きな繭《まゆ》に似ており、かたやダリーの遺体は小さく、布に包まれた幼児といった感じで、子どものおとぎ話に出てきそうな森に置き去りにされたようだった。ライラック特有の香りが殉教者たちの遺体から漂っており、腐乱する心配がなかったので、シャカコはバーバに頼んで、彼女の母親と姉妹と叔母たちと従兄弟たちと娘たちと義理の娘を呼び寄せてもらった。シャカコが言うには、彼らなしで葬儀《ジャナーザ》を行うわけにはいかないとのことだった。そのあいだにも、導師《イマーム》カディルは果樹園で、遺体からほんの数ヤードのところにいるシャカコのそばに座って彼女を慰めようと、殉教と慈悲の物語や、奇跡と夢の物語をしてあげた。やがて、そのうちの一つの話が彼女の注意を惹いた。

「ナウェ・カレーの町はずれでイギリス軍が殺戮を始めたときのこと。巡礼者《ハッジ》ホタクはブラックマウンテンへと逃げていく村人たちの殿《しんがり》を務めたんじゃが、イギリスの連隊にすぐに捕まって処刑されてしもうた。これは真実じゃ。ただし、この話でみなが忘れておることがある。巡礼者《ハッジ》ホタクは母親がいなければ捕まらんかったであろうということじゃ。齢《よわい》百十にもなる巡礼者《ハッジ》ホタクの母、ビビ・ホタクは、自分を家に残して他の村人たちと逃げるよう息子に懇願した。イギリス軍も彼女ほど年老いた女を傷つけることはないはず、と言うてな。しかし巡礼者《ハッジ》ホタクはイギリス人の慈悲を信用せんかった。侵略者たちはベッドに横たわる母を斬り捨てるに違いないと思ったあやつは、老いた母を背にくくりつけ、ふらふらした足どりでブラックマウンテンへと向かった。さてはて、結果は先に言うたとおり、イギリスの略奪者たちはすぐに巡礼者《ハッジ》ホタクに追いついた。やつらは巡礼者《ハッジ》とその母を引き離し、巡礼者《ハッジ》をほら穴の入口に立たせ、銃殺隊に処刑の用意をさせた。ビビ・ホタクは、ほんの数ヤード離れたところで膝をついておった。ビビは七度の銃声を聞き、七発の小さな銃弾が息子の胸を直撃するところを目撃し、息子はドサリと音を立てて崩れ落ち、口を開いたまま死んでいった。イギリスの連中は、ビビが山で野垂れ死にすればええと思うて山に置き去りにしたんじゃが、やつらが姿を消した途端、ビビは息子のために素早く祈りを捧げると、砂利や石ころをかき集め、息子を埋葬する場所をこしらえ始めた。時が経ち、数日、数週間、数年と経った頃、ビビは巡礼者《ハッジ》ホタク寺院を完成させ、それが今日に至るまで建っておるわけじゃが、ここからがわしの言いたいことでな、巡礼者《ハッジ》の死はみなが記憶しておるのに、ビビの哀悼の奇跡については誰も思い出す者がおらんかったということじゃ」と、導師《イマーム》は思い出を語った。

話し終えた導師《イマーム》が、優しさと不滅の愛を湛えた目でシャカコを見つめたところ、彼女はそれに激怒した。

「いいかげんにして」と、彼女は言った。

「なんじゃと？」と尋ねた導師《イマーム》は、その目が彼の物語にそぐわぬものであったことなど知る由もなかった。

「奥さんのところに帰りなさいよ、このバカ」と彼女は言い、導師《イマーム》を家から追い出し、彼は他の兵士たちやサルたちと共にブラックマウンテンへと逃げ出したのだが、彼らはみな、「カンフー使い」ラヒーム・カリームが指揮する政府軍によって一人（一匹）ずつ狩られていき、シャカコの家族はというと、空に住む殺人ロボットを恐れるあまり誰も一つところに長居できなかったので、シャカコの哀悼の屋敷に婦人たちが流れ込んで溢れんばかりになり、そこには彼女の若き娘たちであるシリーンとシャーマもいて、彼女たちは数時間前にビビと共にカブールに到着していたのだった。哀悼の靄《もや》（あるいは明晰さ）に包まれたシャカコは、義理の母を完全に無視し、困惑している娘たちに謝った。

「あんたたちの大切なもの《ゴールド》をぜんぶ失ってしまったの。お願いだから赦してちょうだい」と、シャカコは泣きながら娘たちに言った。

娘たちはその願いを聞き入れた。

ベランダへと続く階段で、ビビは他の年配の女性たちを呼び集めて祈り《ドゥア》をささやいたりクルアーンを朗誦したりしていて、シリーンは自分の丸々としたお腹（赤ん坊の頃の脂肪がまだたっぷり残っていた）に向かってシャカコを抱き寄せ、子どもの頃に日曜学校で教わった天国《ジャンナト》の歌を歌い、シャーマは土釜料理《タンドール・カーナ》の温かさのうちに座って最高にふわふわした食感の平たいパンを焼き、そのパンでもって母の涙を吸収しながらその空腹も満たせるようにという心遣いをしたのだが、その母の腹こそ、神に形を与えられる以前に彼女ら全員がかつていた場所、あるいはそのように言われる場所なのだった。

巡礼者《ハッジ》ホタクの呪い

あなたがどうして、カリフォルニア州サクラメントの、この家の、この家族の担当者になったのかは、まったくわからない。疑問を抱くのはあなたの仕事ではない。それでも何日か経つと、この任務の一番の謎は、巡礼者《ハッジ》というコードネームで呼ばれる、一家の父親だと考え始める。この男が本当にメッカへの巡礼を済ませたのかどうか、信じるに足る情報は何もない。その目で観察する限り、巡礼者《ハッジ》は出かけることすらほとんどない。彼が家の周りや庭を散歩するときには、数時間をかけて修理できそうなものを探して回る。朽ちた板材、欠けた屋根板、切れた電球、故障した芝刈り機、割れた窓、開かなくなった扉、そういったものがないか点検して回るうちに、古傷がうずき始めて、作業中にその場で横にならざるをえなくなり、それが屋根裏部屋とか地下室とか、その他にも、家の中で彼の母や妻や四人の子どもたちがあまり寄りつかない場所であった日には、彼はただ静かにクルアーンの一節をつぶやき、アッラーに祈りを捧げ、痛みが和らいで作業に戻れそうになるまでそうしているのだった。

巡礼者《ハッジ》は疲れ果ててしまうと、リビングに引きこもって殺人ミステリードラマを観たり、イスラム諸国の紛争に関する外国語放送を観たりする。彼の妻（コードネームはハビビ）がキッチンにいて、多くの友人たちのうちの誰かとのお喋りで彼女の手がふさがっていないタイミングであれば

（そういった妻の友人たちの多くを巡礼者《ハッジ》は軽蔑している）、彼はお茶を入れてくれないかと頼み、母さんの体の調子はどうだと尋ね、巡礼者《ハッジ》の母の体の調子が良かったことなどないわけだが、妻はそうとは言わず、というのも義母（コードネームはビビ）がほんの数フィートのところに座っているからであって、ビビは息子の存在を認識していなくても、常に聞き耳を立てている。

明け方にお祈りのために起床してから、夜遅くに途切れ途切れの浅い眠りにつくまで、ビビはリビングの角に陣取って、ソファの一番奥に座って、あらゆる音に耳を澄ましている。ほぼ何も聞こえないほど音量を下げたテレビ、キッチンで話している息子とその嫁、四人の孫たちの電話、四十年前にアフガニスタンから持ってきた古いラジオから流れるクルアーン、トイレを流す音、窓のそばに息子が植えた木が風にそよぐ音、酸素ボンベの優しい音、家が定期的に軋む音、そうして聞いた音のすべてを、ただ一人アフガニスタンで生き残っている兄に報告する。ビビの優れた聴覚はどんな些細な物音も聞き逃さず、彼女は電話で徹底的に、余すところなく家の状況を報告する。彼女は、孫たちが便秘であればそれとわかる。息子とその嫁がわからないようにケンカをしていてもわかる。誰のおしっこの音がうるさいか、誰が試験でカンニングしているか、誰が礼拝をサボっているかもわかる。ビビが兄に向けて大量の報告をしているのを聞くうちに、あなたは巡礼者《ハッジ》の人生を断片的に知っていく。かつてアフガニスタンで聖戦の戦士《ムジャヒディン》をしていたこと、ロガールを出てからペシャワールやカラチを経てカリフォルニアに辿り着いたこと、結婚式のこと、それぞれの子どもが生まれたときのこと、子どもたちが徐々にパシュトー語を忘れていったこと、子どもたちが自分勝手になっていったこと、交通事故で巡礼者《ハッジ》の首と肩の神経がダメになってしまったこと、裁判をしてもどうにもならなかったこと、彼の次男（コードネームはカール、大学近くに下宿中）がカリフォルニア大学バークレー校で学ぶうちにマルクス主義者になると決めて裏切られた気持ちになったこと、鬱病になったこと、アメリカの司法制度に完全に失望したこと、人生に腹を立て、憤り、ふつふつと怒りが湧き立っていること。

世が世なら、ビビはスパイをしていたかもしれないと、あなたは思う。

巡礼者《ハッジ》の長男（コードネームはモー）は、夕方に肉屋の仕事から帰ってくる。仕事着にしているアラビアの民族衣装《トーブ》は返り血に染まっていて、あごにはたっぷりと髭をたくわえている。モーの母が、家畜を殺してきた臭いがするから仕事着を洗いなさいと毎晩叱りつけ、巡礼者《ハッジ》が、いいや、これが一人前の男のにおいなんだと毎晩かばう。モーは笑いながら、まあ母さんそう怒らないでよと言って、父のそばに座る。モーは、最近のウンマはどんな感じなのと、英語で巡礼者《ハッジ》に尋ねる。ウンマというのは、大まかに言えば「共同体」を意味する語なのだが、実際の用法においては、国を超えたイスラム教徒たちの結びつきを指す。

「ヤツらはわしらのウンマを壊そうとしとる」と、巡礼者《ハッジ》が英語で話し始めると、あなたは録音を開始する。彼は、二十四時間以内に発生した爆撃、殺戮、戦争犯罪、デモ、銃撃戦、拉致、暗殺について話す。モーは静かに聞きながら、ほんの時折、質問をしたり、復讐心を抱いて祈りの言葉を唱えたりする。

夕食の時間になり、巡礼者《ハッジ》の他の子どもたちもやってくる。

一番下の娘（コードネームはリリー）は、キッチンにこそこそと入ってきて、肉が入ってない料理はどれと母に尋ねる。

リリーは最近、皆の前でそうとは言わないものの、菜食主義者《ベジタリアン》になったのだ。二週間前、子ガモたちと一列になって道を渡っている母ガモが車に轢かれるところを目撃したリリーは、家に帰ると母親に泣きついた。リリーは死の間際にある母ガモを腕に抱き、その周りを子ガモたちが囲んでいた。あの子たちは母ガモを思って泣いてたんだよと、リリーは言い張った。ハビビとリリーは一緒になって、親に先立たれた子ガモたちを思ってしばらく泣いた。その日の夕食の時間が近づくと、リリーは母親に打ち明けた。せっかく作ってくれたチキンの煮込み《コルマ》だけど、どうしても食べる気になれないの、と彼女が言うと、ハビビの方も、娘を叱らないことにした（後になってこの決断を後悔することになるのだが）。最初は鶏肉だけだったのが、やっぱり牛と羊の肉も食べる気になれない、とリリーは追加で告白し、鶏肉・牛肉・羊肉で構成される巡礼者《ハッジ》一家の食の三位一体をすべて拒否するようになった。ハビビは、菜食主義なんてのはね、フェミニズムやらマルクス主義、共産主義、無神論、快楽主義、果ては食人主義《カニバリズム》へ段々と堕落していくんだから、と一生懸命に説明した。

「動物は動物だし、人間は人間なの。この二つを一緒くたにしちゃったら、ニワトリにキスをして、子どもを食べるようになっちゃうんだよ」と、母親は言葉巧みに諭した。

　倫理的な問題じゃなくて、生理的に受けつけないんだもん、とリリーは言い張った。きっと時間が経ったら、アッラーの思し召しのとおりに、また大好きな料理を何でも食べられるようになるからと。ハビビは態度を和らげ、数日のあいだはこの秘密を二人だけのものにして過ごした。ところが、ある日の午後、巡礼者《ハッジ》の長女（コードネームはメアリー）が、幼少期から二人で寝起きしてきた部屋でリリーの方に向き直り、あんた体重何キロ減ったの、と尋ねた。

「減ってません」と、彼女は早口で言い返し、笑ってみせた。「今までどおり、ぽっちゃりしてるよ」

とはいえ、確かに体重は減っていたのだった。二ポンドほど。

「へぇ。だったらどうしてそんなに顔色を悪くして、我がままな生活してるわけ？」と、メアリーは尋ね、さらに尋問を続けた。抜け目なく、妥協せず、弱みを見抜く優れた目を持ち――これはおそらく彼女の祖母から受け継いだ才能だろうとあなたは思う――メアリーは多くの才能に恵まれているのだが（人を騙したり、自分自身を深く理解したり、人を巧みに操ったり、痛みに強かったり、刺繍が上手かったり）、巡礼者《ハッジ》の家では才能の持ち腐れに終わっている。この一家では、女に生まれると外出先は学校か礼拝堂《モスク》の二択しか許可されず、しかも一切の寄り道なしで帰宅しなければならないのだ。

もったいないにもほどがある、とあなたは思う。この子は腕の良いスパイになっていたかもしれない逸材なのに。

尋問に屈したリリーが罪を告白すると、メアリーはすぐに「バカねぇ」と返した。「あんたそんなにチビのくせに。タンパク質もとらないで背が伸びるとでも思ってるわけ？」

「豆を食べるからいいの」

「豆ねぇ？　いったい何粒食べるつもり？　この部屋で一日じゅう食べられたら、換気が追いつかないじゃないの」

「誰にも言わないで、お願い」と、リリーが言う。

メアリーは笑いながら、すぐにでも皆に言いつけてあげるわ、と言葉を返したが、もちろんこれはウソだった。メアリーはそういう人間ではなかったから。

夕食では、リリーはいつも自分の皿にチキンやケバブや肉団子《コフタ》を山盛りに取るようにしているのだが、彼女が口に入れるのは米や炒めた野菜だけで、肉好きを公言して憚《はばか》らないメアリーが、淡々とリリーの分の肉を平らげていく。幸いにも、巡礼者《ハッジ》は全く気づいていない。彼は自分の食事に意識を集中している。一言も喋らず。指を使って。

ハビビはというと、ほとんど料理に手をつけていない。彼女は質問したり、話してばかりいる。モーの肉屋の仕事、メアリーの勉強、リリーの交友関係、三男（コードネームはマーヴィン）のゲームのプレイ状況に至るまで、彼女は何でも知りたがる。子どもたちはまともに返事をしなかったりするものだから、ときおり巡礼者《ハッジ》が腹を立てるけれど、ハビビはいつも受け流している。専門家たるあなたの見立てによれば、彼女こそが一家の中心だ。家事のほとんどを一手に引き受けるのみならず、一家全員の社会との関わりをすすんで取り仕切り、夕食会やパーティー、結婚のお祝いや集会、集団礼拝に至るまで面倒を見ている。その小さな家を満たす百の沈黙に戦いを挑むかのように、彼女はいつもパシュトー語やペルシャ語や英語やときにはウルドゥー語で、叫んでいると言ってもいいくらいの勢いで喋る。ハビビはとにかくよく喋る。電話で、庭で、キッチンで、塞ぎ込んだ夫と、意地悪な姑と、それぞれに個性的な子どもたちと、そして、これでもかとばかりに大勢の友人たちと喋りまくるせいで、あなたはオフィスにいる時間の半分を費やして、ハビビのゴシップをチェックする羽目になり、あなたが録音した音声は、当局に公認されたアフガン系アメリカ人の翻訳チームによって翻訳されるのだが、発言は断片的にしか渡されることはなく、彼らは誰の言葉を翻訳しているのか、わかりたくもないと思いつつ作業している。しかし、延々と続くハビビのお喋りもまったくの無価値というわけではない。毎晩、寝る前に彼女はアフガニスタンの親族たちに電話をかけ、その中には今でもロガール州の小さな村に住んでいる人々もいるわけだが、あなたの調査によれば、そこは現在タリバンの支配下にあるのだから。

ときには、ハビビがパシュトー語とペルシャ語を交互にまくし立てる音声を聞き取らなくてはならない。「そうなの《バレー》」、「わたしの子《バチェム》」、「世話のかかる《チーカ》」、「男性器《キール》」などがそうだ。

「タリバン」と、彼女は受話器に向かってささやく。まるであなたが聞いているのを知っているかのように。

その響きを聞くだけで、あなたの鼓動は速くなる。

夕食の後、マーヴィンと二人の娘たちが自分たちの部屋にそそくさと帰っていく一方で、モーとその両親とビビはリビングでお茶を飲む。きまって、モーの結婚をどうしようかという話になる。カブールにはハビビの姪がいて、助産師をしている美人で、英語とパシュトー語とペルシャ語とウルドゥー語を話せる。「あの子はあんたには良すぎるくらいだわ」と、ハビビは笑いながら言う。巡礼者《ハッジ》にも、ロガールに十六歳になったばかりの姪がいて、健康で、信仰心も厚い。彼女はクルアーンの半分を暗記していて、その父は村の尊敬を集めるイスラム学者《ムッラー》だ。しかし、モーの両親は、モーが既にカリフォルニア州立大学サクラメント校の女の子に恋をしていることをまだ知らない。二人は暇さえあればメッセージを送り合い、会話し、Snapchatをしている。モーはノートパソコンで、彼女宛てに愛を込めた秘密の詩を書く。詩はぞっとするような出来栄えで、彼が恥ずかしく思うのも無理はない。ときどき、自分以外に誰もいないことを確認してから、彼は静かに詩を朗読する。

彼の愛が彼をお守りくださいますように。あなたはそう願う。

夜も更け、一番先に眠りにつくのは巡礼者《ハッジ》とその妻だ。翌朝には、夜明けとともに二人は起床するだろう――巡礼者《ハッジ》は体の痛みで、ハビビは巡礼者《ハッジ》の痛みへの反応で目が覚めてしまうのだ。マーヴィンとモーは二人とも寝たふりをしているが、モーは、マーヴィンが寝たと思うとこっそりノートパソコンを持って下の階に行き、モーがそうするや否や、マーヴィンの方もベッドから抜け出し、礼拝前の清め《ウドゥ》を行い、その日のうちにできなかった分の礼拝をすべて埋め合わせにかかる。マーヴィンは、カリフォルニア大学デービス校の最初の学期で3・8の成績評価値《GPA》を取得し、アルバイトの給料からアフガニスタンに寄付もしているにもかかわらず、両親は礼拝をしっかりやってないとか、クルアーンを読んでないとかいう理由で彼をよく叱りつけ、それに対してマーヴィンは一言も自己弁護したりしない。それでも彼は今ここで、真夜中に、こっそりと祈りを捧げていて、母や父や兄や祖母の目を離れたところで、クルアーンの節を次々に唱え、その声はとても優しくて耳心地が良く、あなたは思わず涙が出そうになる。

下の階では、モーがネット上で交わされる議論に夢中になっている。父親のウールの肩掛けにくるまって――巡礼者《ハッジ》が遠い昔、聖戦《ジハード》に参加していたときに身につけた肩掛けだ――モーは、アメリカによるイラク都市の空爆や、国際治安支援部隊の処刑を証言するアフガン人や、グジャラートで生きたまま焼かれるムスリムの少年の映像を見る。彼は何時間もこうした映像を見ては、頭を揺らし、目を血走らせるのだが、やがて彼の恋人が、ありがたいことに彼がオンライン状態であることに気づいて、もう寝なさいと言ってくれる。上の階では、メアリーがモーのメッセージを読んでいる。彼女はモーのFacebookアカウントをハッキングし、彼の会話をリアルタイムで見ている。彼女はモーのプロフィールにとり憑いた幽霊であり、モーが開封済みにしてあるメッセージしか見ないように、余計なものには一切さわらないようにいつも気をつけている。この子はスパイとしてこれだけのポテンシャルを秘めているのに、本当にもったいないとあなたは思う。リリーは、メアリーの隣のベッドで絵を描いている。親ガモと子ガモと池の絵、カモたちが池に向かってガーガー鳴いている絵、池が広がって海になる絵、カモたちが空を飛んでいる絵、歩いている絵、死んでいる絵。リリーはそうしてチャコールペンシルで描いた絵の写メを撮って、Instagram の裏アカウントに投稿するのだが、もちろんそれもメアリーにかかれば、こっそり閲覧できてしまう。娘たちの隣の部屋では、巡礼者《ハッジ》とその妻が、妻の兄弟たちについて静かに話し合っている。あなたは彼らの名前を整理し直し、彼らがアフガニスタンでアメリカの軍隊の通訳として雇われたことと何か関係があるのではないかと疑う。巡礼者《ハッジ》は、妻の兄弟たちを裏切り者とみなしている。やがて、ハビビは夫に背を向けて小声で何かしら不満をつぶやき、一人静かに泣きながら眠りにつく。巡礼者《ハッジ》は、妻を慰めたりしない。彼はベッドで上体を起こし、痛みのせいか、はたまた後悔のせいか、苦しそうに息をしながら窓の外の夜道を見据える。そこでは、モーが街灯の下でシャドーボクシングをしているところだ。ビビは家の隅のお決まりのソファで、時を同じくして同様に上体を起こし、窓の外の同じ街灯を見据える。彼女もまた、モーが見えない敵にパンチを繰り出すのを見る。

ようやく一家全員が眠りにつき、彼らが夢を見ているあいだもあなたは音を聞き続ける。それから数週間をかけて、あなたはこの一家が良からぬことを目論んでいるという手がかりや徴候、証拠がないか探す。しかし、何も出てこない。ただ生活が続いていくだけだ。

巡礼者《ハッジ》は、母親の部屋のペンキを塗り替えている最中に割ってしまった窓を修理する。

寒さが家に押し寄せる。

ビビは孫息子たちの部屋に移り、孫息子たちはリビングで眠る。二人はもうお互いを出し抜いてコソコソ活動できなくなったので、眠る前に長いこと会話をする。二人は一家の経済状況について話し合い、家に届いた請求書を父がどこかに隠しているのではないかと疑う。息子たちは父に面と向かって尋ねるつもりだが、実行できずにいる。

彼らは寝ているときは二人ともいびきをかき、マーヴィンはピーピー、モーはガーガーといった音を立てるので、リビングに一番近い部屋をあてがわれている娘たち二人は、夜通し文句を言い合っている。息子たちがいびきをかくタイミングが不気味だ。どうやら一定のリズムがあるらしい。モーのいびきが小さいと、マーヴィンが爆音になり、マーヴィンが静かだと、モーがうなりを上げるのだ。娘たちはそれを「交響曲《シンフォニー》」と呼ぶ。とはいえ、そのうちに彼女たちも眠ってしまい、一家の音を聞いているのはあなただけになる。

モーは自分の便に血が混じっていることに気づいているが、医者に診てもらおうとはしない。

メアリーは、ハイスクールで4・3の成績評価値《GPA》を獲得したので、そのお祝いに巡礼者《ハッジ》が家族全員にドーナツを買ってやる。彼らは全員でリビングに集まって座ると、ドーナツを食べてお茶を飲み、ビビが「さぁ、これでメアリーを売りに出してヤギと引き換えなくても良くなったね」とジョークを言う。家族全員が、まるでコメディドラマの一場面のように一斉に笑う。

夫がホームセンターに買い出しに出かけているあいだに、カブールの両親からハビビに電話があって、彼女の母が重い病にかかっていると知らせを受ける。彼女は家族の誰にも告げることなく、町の向こう側に住む兄に会うために家を出る。その直後、巡礼者《ハッジ》が帰宅して、妻がいないことに気づく。彼は部屋から部屋へと移動しては、妻の名を呼ぶ。数週間ぶりにビビが息子に話しかけ、あんたの嫁さんのお母さんが病気なんだってさ、と教えてやる。

サンフランシスコの湾岸地域《ベイエリア》から、技術者たちがご近所に引っ越してくる。固定資産税は上がり続けている。請求書もたまっていく。巡礼者《ハッジ》には助けが必要だが、息子たちにはそう言わない。息子たちの労働時間を増やしたくないのだ。彼は現金を借り、クレジットでも借金をする。夜になると、彼は死体でも埋めるみたいに請求書を土に埋める。

ハビビの両親からまた電話がかかってくる。手術をすることになったらしい。よりにもよって心臓の手術だ。ハビビは巡礼者《ハッジ》にだけは電話の内容を伝えるが、それは当然ながら、ビビにも伝わるということだ。

魔が差してしまったリリーは、学校近くのガソリンスタンドで万引きしたビーフジャーキーを食べる。帰宅してから彼女は、数分かけてその加工された肉を嘔吐する。「リリーはじきに良くなるから」と、家族は巡礼者《ハッジ》に言うものの、巡礼者《ハッジ》はリリーを救急外来に連れていくと言って聞かない。「せっかく医療保障制度があるのに、リスクを冒すバカはおらん」と、彼は言う。一時間後、リリーを連れた巡礼者《ハッジ》が病院から帰ってきて、妻に報告する。なんと、リリーは菜食主義《ベジタリアン》になっていたのだと。誰にも言わんでくれよ、と彼は妻に念を押す。「あの子も今のところは、誰にも伝える気はない」と、巡礼者《ハッジ》は言う。わかった、誰にも言わない、とハビビは約束する。

ある日の午後、父が昼寝をしていて母が料理をしているあいだに、メアリーが父の郵便物を整理していると、支払期限を過ぎた請求書が何枚も出てくる。同じ業者から三通、四通と届いていたりもする。メアリーは、緊急度の高い請求書をいくつか手に取り（電気代とインターネット料金だ）、二階へと急ぐ。フリーマーケットサイトのPoshmarkにアクセスすると、彼女は少ししか着ていなかったセーターやジーンズやTシャツを売りに出す。Tシャツには、セーラームーンとかトトロとかナルトといった、人気のアニメキャラクターが彼女の手で刺繡してあって、一週間のうちに、父親の請求書を肩代わりする資金源になる。

ハビビは、おばあちゃんが手術することになった、とマーヴィンに伝える。「おばあちゃんをカブールに残してきちゃったこと、赦してくれると思う?」と、彼女は尋ねる。マーヴィンはテレビゲームを一旦やめるフリをするが、そうしているあいだにも、プレイ中のオンラインゲームは続いている。彼はコントローラーをわきに置き、返事をするでもなく、心配事を話す母親に耳を傾けている。彼はオンラインで何度も殺され続ける。

請求書の山が減っていっても、巡礼者《ハッジ》は気づいていない。

ハビビは、夫の留守を見計らって、バークレーに下宿中のカールに電話する。二人は、カールのお腹の調子や、家賃、勉強、デモ活動、礼拝などについて喋り、最後にハビビは、共産主義なんかとは早く手を切って家に帰っておいでと、今一度懇願する。カールは、他の誰よりも、父さんこそ僕の大義に共感してくれてるはずだと言う。ハビビが泣き始めると、カールは言い訳をつぶやいてから電話を切る。カールを監視しているのは同僚のうちの誰だろうか、とあなたは考える。

巡礼者《ハッジ》がアルジャジーラの放送を見ていると――オーストラリア人の兵士が、若いアフガニスタン人の農民を処刑する映像が流れている――メアリーが彼の隣で丸くなって、彼女が四歳の頃にやっていたみたいに、父のあご髭の中にあるカサカサの皮膚片をつまみ出す。ハビビによると、これはメアリーが寝る前にきまってやっていた特別な習慣とのことだ。メアリーは今、オリーブオイルの瓶を持っていて、ほんの少量のオイルを手のひらに垂らし、それを父親のあご髭になでつける。また処刑映像が流れる。飛びかかってきた軍用犬に噛まれた農民、ダッド・モハマドは、麦畑に仰向けで倒れている。彼は両膝を胸まで引き上げ、手には赤い数珠《タスビーフ》を握りしめている。ライフルを持ったオーストラリアの兵士が、武器を持たない無抵抗の農民を見下ろす。「こいつ、ヤっちまった方がいいか？」と、彼は仲間に尋ねる。銃声がして、映像は暗転する（二〇一二年五月、アフガニスタンに派遣されたオーストラリア特殊空挺部隊の兵士オリヴァー・シュルツが民間人を殺害した実際の事件）。メアリーが部屋に帰っていき、ニュースが終わると、巡礼者《ハッジ》はテレビを消してリビングに一人座ったままでいる。彼はオイルを塗ってもらったあご髭に指を走らせ、その柔らかさに驚いているようだ。

　ハビビの母の手術を翌日に控えた晩に、ハビビの兄が数か月ぶりにやってくる。メアリーだけはその男に会おうとしない。同じ部屋で寝起きしているリリーは、あのね、そりゃあ確かにたくさん侮辱されたし、悪口も言われたし、ジョークも言われたし、ジョークに見せかけた悪口も言われたし、怖い思いもさせられたけどさ、もう赦してあげたらどうかな、と説得を試みる。しかし、メアリーは受け入れない。「母さんならきっとわかってくれる」とメアリーは言うが、それはどうだろうとあなたは思う。夜も更けて、ハビビとその兄はリビングに赤い礼拝用マットを敷いて寝ることにして、手術を控えた母のために祈りを捧げる。朝になって、手術は成功との知らせがあり、あなたは思わず安堵の息をもらす。

　一家を監視し始めて六か月目に入り、あなたは任務の目的を疑い始める。巡礼者《ハッジ》の体はボロボロだ。主治医は脊髄の手術を受けるように勧めたが、麻痺が残る可能性もあるらしい。若くて健全な肉体であれば、もしかすると巡礼者《ハッジ》は危険分子になりえたかもしれない。しかし、今ここにいる、痛みで衰弱しきった老人は、まったくもって脅威にはなりえない。

　上官に報告した方がいい。作戦を中止するように進言するのだ。でも、あなたはそうしない。今はダメだ。メアリーは大学に願書を出そうとしていて、モーはプロポーズの計画を立てているし、マーヴィンは大学で新しい友達をつくろうとしていて、ハビビの両親はアメリカに来るためにビザを申請しているし、巡礼者《ハッジ》は手術を受けるかどうか決断のときを迎えていて、ビビは兄からの連絡が途絶えたところだし、リリーは芸術の才能を開花させようとしている。知るべきことがたくさん残っている。

ところが、ある肌寒い夏の夜、巡礼者《ハッジ》以外の家族がみなフリーモントの叔母の家まで車で出かけたタイミングで、彼はパイプを修理しようと屋根裏部屋に向かう。あなたは、彼が工具を準備してハシゴを上り、雨漏りをしている屋根裏に入っていく様子を見ていて、巡礼者《ハッジ》は雨漏りの水分が織り成す細やかな霧の中でパイプをいじくり回し、うまくいかずに「クソッ」とパシュトー語でつぶやく。彼は水の上をそろそろと引き返すのだが、ハシゴを降りようとしたそのとき、一番上の段を踏み外し、硬いタイルの床に落下する。落ちたのはせいぜい三メートルかそこらではあるものの、無防備に体を打ちつけた巡礼者《ハッジ》は足を骨折してしまった。彼は仰向けに横たわったまま、今しがた自分が落ちてきた屋根裏を見上げている。あなたは、巡礼者《ハッジ》がかつて同じ足を骨折したことがあるのを知っている。ソ連によるアフガニスタン侵攻の最中、自動小銃《カラシニコフ》の弾が彼の腓骨《ひこつ》を貫通し、六か月のあいだ戦場からの離脱を余儀なくされ、そのとき故郷ロガールでの戦闘は最も激化しており、負傷したおかげで命が助かったと言っても良いのだが、そうして生き残ったという事実が——弟が死に、妹が死に、従兄弟も友達もご近所さんたちもみんな死んだというのに自分は生きているというその事実が——彼の残りの人生すべてに対する呪いとなった。

一分、二分と経過する。あなたは、巡礼者《ハッジ》がいつも携帯電話をキッチンに置いたままにすることを知っている。キッチンは、今彼が身動きもせず横たわっている場所から、およそ二十ヤードは離れていて、彼が自分の力でそこまで這って進んで助けを呼ばなくてはならないこともわかっている。それでも彼は動かない。あなたは彼の呼吸に耳を澄まし、ゼーゼーという喘ぎを聞く。屋根裏に通じる落とし戸から水滴が落ちてきて、巡礼者《ハッジ》は顔や腕や髪を洗う。まるで、礼拝前の清め《ウドゥ》をしているみたいに。このときになってようやく、あなたも彼も気がつく。巡礼者《ハッジ》の頭の下に小さな血だまりができているのだ。

巡礼者《ハッジ》は神に助けを求め、それが聞こえているあなたは、行動に出る。

ほどなくして救急車が到着する。

その翌日、病院から帰ってくるや否や、巡礼者《ハッジ》はAmazonで電話録音機を注文し、それが家に届くと、マーヴィンに頼んで固定電話にとりつけてもらう。誰も理由は尋ねない。反対もしない。彼は寝室で何時間も続けて録音を聞く。一人のときもあれば、ハビビと一緒のときもあるが、録音の中で会話が中断し、気まずい沈黙の瞬間が訪れると、彼は停止ボタンを押してから巻き戻し、もう一度音声に耳を傾ける。「今の、聞こえたか?」と、彼はパシュトー語でハビビにささやきかける。「誰かの息遣いが入っとるな?」

少し間を置いてから、ハビビはもう一度録音を聞いて頷いてみせる。

まさか、そんなはずはないとあなたは思う。あなたの音が彼らに聞こえるわけがない。それでも彼らの会話が途切れて沈黙が訪れると、あなたは自然と息を押し殺してしまう。

巡礼者《ハッジ》はますます歯止めが利かなくなる。

彼はあなたを探す。電話録音に、街に、覆面パトカーに、警察官に、私服警官に、軍関係者に、近所の住民に、あなたがいるのではないかと。病院に、銀行に、パソコンに、子どもたちのノートパソコンに、パソコンのカメラに、携帯電話のカメラに、テレビに、彼はあなたを探す。カーテンに、キッチンの引き出しに、裏庭の林に、コンセントの穴に、ドアノブの鍵穴に、電球のフィラメントに、彼はあなたを探す。やがて家族から止められようともお構いなしに、巡礼者《ハッジ》はあなたを探し続ける。割れたガラスに、砕けたタイルに、破れた壁紙に、ドアの破片に、自身のボロボロの肉体に、ズタズタの神経に、ドクドクと脈打つ心臓のうちにあなたの存在を探し求め、そのあいだずっと彼は、自らに愛をささやきかけるその声を聞いている。あなたの声を。

謝辞

ご指導を頂きました先生方であるダグ・ライス、イーユン・リー、ヘレン・リー、デイヴィッド・トゥワ、ラン・サマンサ・チャンに感謝します。収録された物語の初期段階でコメントをくれたルーシー・コリン、パム・ヒューストン、ジャスティン・トレス、アレクシア・アーサーズ、マーゴ・リブジー、ジェス・ウォルターズ、マット・ジョンソン、そしてエリザベス・タレントに感謝します。この数年にわたって僕のことを考え、助言し、支えてくれたカラン・マハジャンに感謝します。ハイスクール時代、人生で初めて創作クラスを受講するように説得してくれたエイミー・ゴールドマンに感謝します。僕に書くための時間と場所を与えてくれたトルーマン・カポーティ文学基金、アイオワ・ライターズ・ワークショップ、カリフォルニア大学デービス校文芸創作科プログラム、ウォレス・ステグナー・ワークショップに感謝します。僕のエージェントのジン・アー、編集者のローラ・ティズデルに感謝します。ワイリーとヴァイキングの双方のチームに感謝します。僕がひもじい大学院生だったとき、最初の短編を出版してくれたブリジッド・ヒューズ、ミーガン・カミンズ、そして「パブリック・スペース」のスタッフの皆様に感謝します。短編の編集と出版に関わってくれたデボラ・トレイズマン、アダム・ロス、サラ・サンカム・マシューズ、そしてマイケル・レイに感謝します。僕の作品を『ベスト・アメリカン・ショート・ストーリーズ2021』に選出してくれたジェスミン・ウォードに感謝します。ずっとサポートしてくれたタンジーン・ドーハに感謝します。作品にコメントと助言をくれたサンドラ・シスネロスに感謝します。事前に作品を読んでコメントをくれたファティマ・コーラ、パム・ジャン、ブランドン・テイラー、バッサム・タリク、ラジビア・シン、そしてムニーザ・リズヴィに感謝します。とても重要なフィードバックをくれた僕の妹たち、ラーナとブレシュナに感謝します。一番正直に批評してくれた僕の弟たち、ファリルとマルワンドに感謝します。どの作品も、きみたちの承認なくして仕上げることはできませんでした。愛とサポートをくれた妻のナツィファに感謝します。きみの物語がぼくの人生に新たな光をくれました。始まりからずっと一緒にいてくれた母さん《モール》と父さん《アガー》に感謝します。

最後に、すべての賞賛をアッラーに（スブハーナワタアーラー）。

訳者解説

ジャミル・ジャン・コチャイは、一九九二年にパキスタンの難民キャンプで生まれ、カリフォルニア州サクラメントに移住したアフガニスタン系アメリカ人作家である。彼は六歳のときに初めて両親の故郷であるアフガニスタンを訪れて以来、定期的に同国を訪れるようになり、自分を完全に受け入れてくれる場所だと感じるようになった。コチャイ一族に縁のあるアフガニスタンのロガール州では、パシュトー語とペルシャ語が主に使われており、コチャイはその二つの言語を使って両親や親戚から口伝えに聞いた物語を英語創作に活かしている。カリフォルニア大学デービス校とアイオワ・ライターズ・ワークショップの二団体から、それぞれクリエイティブ・ライティングの修士号を取得後、二〇一九年に長編小説『ロガールでの九十九夜』（*99 Nights in Logar*）でデビュー。このデビュー作は、ペン／ヘミングウェイ賞とＤＳＣ南アジア文学賞において、共に最終候補に選出された。次著となったのが二〇二二年の短編集『巡礼者《ハッジ》ホタクの呪い』（*The Haunting of Hajji Hotak and Other Stories*）であり、本書はその短編集の冒頭に収められた作品「きみはメタルギアソリッドＶ：ファントムペインをプレイする」を表題作に位置づけた全訳である。この短編集は、アスペン・ワーズ文学賞とクラーク・フィクション賞を獲得したほか、全米図書賞フィクション部門の最終候補に選出され、コチャイのキャリアに大きな躍進をもたらした。

　本作には十二の短編が収録されているのだが、作品ごとに形式が大きく異なり、実験的な要素が多く含まれている。コチャイ自身が影響を受けた作家として頻繁に名前を挙げるのは、ガブリエル・ガルシア＝マルケス、ハニフ・クレイシ、サルマン・ラシュディ、サンドラ・シスネロス、ゼイディー・スミスらであり、その作風は「イスラム民間伝承と二十一世紀的メディア環境を経由したマジック・リアリズム」と整理することができそうだ。本家のガルシア＝マルケスのマジック・リアリズムがそうであるように、コチャイにとってイスラムの民間伝承は非現実ではない。たとえば、礼拝用マットの前を横切るとサルに変身してしまうという「サルになったダリーの話」の設定は、幼い頃にコチャイが祖母から繰り返し聞かされていた話であり、ある年齢になるまでは現実そのものとして信じていたらしい。また、イスラム教徒にとって天使や妖霊《ジン》などの存在は非現実ではなく、メタファーですらなく、「現実を超えた現実（reality beyond reality）」であると本人は述べている（“In Conversation: Jamil Jan Kochai and Karan Mahajan”）。

　作品ごとに大きく異なった形式を採用する作家であるがゆえに、短編集のすべてを詳細に解説することはできないが、ここではとりわけ、作者が育ったカリフォルニア州サクラメントと父の故郷であるアフガニスタンのロガール州という二つの場所が作品の主な舞台であること、人間から非人間への変身が多く登場すること、コロンやセミコロンでつながれた長大なセンテンスによって作品が構成されていることに注目しつつ、いくつか作品を紹介してみよう。

　表題作の「きみはメタルギアソリッドV：ファントムペインをプレイする」では、米国西海岸に住むアフガニスタン系移民の少年である「きみ」が、一九八〇年代のアフガニスタンを舞台とする人気ビデオゲームをプレイするうちに、現実とゲーム世界の境界が揺らぎ始める。現実世界では、一九八〇年代のアフガニスタンはソ連軍に侵攻され、「きみ」の父は捕虜となって暴行を受け、叔父は殺害されてしまったという過去があるが、ゲーム内の一九八〇年代アフガニスタンなら若き日の父と叔父を救えるかもしれないと思った「きみ」は、本来はゲーム内に存在しないはずの父の故郷ロガール州へと馬を走らせる。この作品の形式面では、二人称の採用や、一文が半ページ程度の長さを持っていることが特徴的で、内容面では視点人物が（一時的にではあれ）ゲームのキャラクターに変身することが注目に値する。作者のコチャイは、二人称の採用について、一人称視点シューティングゲームをプレイするときの感覚を小説に落とし込む手法であると語っている。また、アフガニスタン系アメリカ人主人公が、アフガニスタンを舞台にしたゲームのキャラクターに溶け込むことについては、二〇一五年にオープンワールドゲームとして発表された『メタルギアソリッドV：ファントムペイン』のマップが実際のカブール近郊とよく似ていたため、そのままマップを飛び出して父の故郷まで行けたらどれだけ素敵だろうと兄弟で話し合った経験に由来しているという。こうして、一九九二年生まれのコチャイは、自らが体験してきたビデオゲームの歴史を文学と巧みに融合させ、アメリカ文学に新風を吹き込んだのだった。

二番目に収録された「差出人に返送」では、米国で育ったアフガニスタン系移民の夫婦が、危機に陥った祖国の力になれればとの思いからカブールに移住する。カブールの病院で医師として働き始める夫妻だが、ある日、自宅のドアをノックする音に導かれて外に出てみると小さなダンボール箱が置かれており、その中には息子の遺体の一部と思われる肉片が入っている。その後、ダンボール箱で肉片が配達され続け、夫婦はそれらを縫い合わせて息子の体を再形成する。この奇妙な作品では、生きた人間がバラバラな肉片と化し、それらが縫合されることによってさらなる異形の存在へと変身する。このように人間の体がバラバラになるという想像力は、紛争が絶えず、テロの危険と隣り合わせの日常を生きるアフガニスタン市民にとって必ずしも現実離れしたものではない。これは、自爆テロが相次ぐバグダードでバラバラ遺体のパーツを縫合して作りあげた一人分の体が生命を持った怪物として動きだすアフマド・サアダーウィーの『バグダードのフランケンシュタイン』と似た想像力の産物だろう。サアダーウィーは、その長編作品を短い章で構成し、作品そのものがパーツを縫合したものであると印象づけたが、コチャイはこの短編集においてさらにその歩みを進め、長い一文をコンマとコロンとセミコロンでずたずたに切り刻み、それらがピリオドでかろうじて縫いとめられた「カブールのフランケンシュタイン」とも呼びうる文体の開発に成功している。

「もういい!」という短編では、カリフォルニアに住む高齢のアフガニスタン系移民の女性が、かつて息子がソ連軍に殺された過去や、カリフォルニアでの隣人への不満、ままならない自身の病状など、人生において耐え忍んできたすべての出来事に嫌気がさし、ついにその思いを爆発させる。この作品の最大の特徴は、英語原文で十一ページにもわたって続く長い一文である。ソ連による侵攻を受けた時代のアフガニスタンから現在のカリフォルニアまで、遥かな時間と距離を越えた出来事が一文のなかに収められていることによって、祖国での暴力と死の記憶は国を出れば終わるわけではなく、新大陸においても心身を蝕み続けることが効果的に表現されている。ピリオドを用いずにコンマとセミコロンによってひたすら言葉をつないでいくコチャイの表現方法について、ポストン大学の研究者ナジュワ・メイヤーが鋭く指摘するように、コンマとセミコロンは言葉を分けるけれどもつなげ、つなげるけれどもやはり分けるという性質があり、それらを駆使して引き延ばされた長大なセンテンスは、国境を越えて難民生活を続ける人々の描写や、アフガニスタンとアメリカに分かたれつつもつながれて存在するコチャイの創作活動にふさわしい文体を生み出している。そうして、ピリオドなしでひたすら文が続き、息詰まるようなこの作品に五回だけ、「ああ神に称えあれ」という神への祈りが改行を交えて挿入される。このような表記法は、イスラム教徒が一日に五回、決まった時間に神への祈りを捧げることを思い起こさせる。文字がびっしりと詰まって黒がちなページに、改行を用いてわずかな空白を配置することによって、息詰まるような生活の中で祈りの時間だけがわずかな呼吸の隙間を与えてくれるのだと視覚的に示される秀逸な表現方法といえるだろう。

このように、短編ごとに別様に趣向を凝らすコチャイは、他にも職務経歴書の体裁をとった「職務内容は以下の通り」、作品全体がほぼ一文で書かれた「予感、を、思い出す」、サミュエル・ベケットの戯曲「ゴドーを待ちながら」をアフガニスタン流にパロディ化した「ガルブディンを待ちながら」、礼拝を軽んじた博士候補生がサルに変身する「サルになったダリーの話」、二人称の謎の人物がアフガニスタン系移民一家を監視する「巡礼者《ハッジ》ホタクの呪い」など、作品ごとに別様の形式で読者を楽しませてくれる。

さて、この短編集はアメリカでどのような評価を受けたのかといえば、刊行日に合わせて出されたあるレビューによって炎上騒動を経験したのだった。二〇二二年七月十九日に短編集が発表された同日、アメリカの海兵としてイラクとアフガニスタンで軍役に就いた経験を持つ作家エリオット・アッカーマンが、『ニューヨーク・タイムズ』紙に批判的なレビューを発表した。アッカーマンによれば、コチャイは読者の興味を惹くために一風変わった形式を採用しすぎており、内実がおざなりになっている。加えて、コチャイの作品ではタリバンや米軍などが皮相な悪役として登場し、リサーチ不足で、深みや多様性といったものを感じさせない戯画的な描写に終始しており、多様な人種が所属する米軍をひとまとめに「ホワイト・ボーイズ」と記述するなど、白人に固執しているのが気がかりだというのだ（"The Echoes and Echoes and Echoes of War"）。

このような批判に対して、インド系アメリカ人作家のカラン・マハジャンがTwitterで即座に反論を行った。マハジャンは同じ短編集について、異種混交的な形式とマジック・リアリズムを巧みに用いた独創的なストーリーテリングを高く評価しており、元海兵のアッカーマンが作中わずか三ページほどしかない記述をあげつらって、白人への攻撃を読み込むことしかできなかったことについて、評者自身が抱えるバイアスを考慮すべきだと反論した（"Karan Mahajan Reacts to 'NYT' Review on Twitter"）。マハジャンによる反論は瞬く間に拡散され、皮肉ではあるが、それ以降にはコチャイの短編集の形式に着目した詳細かつ良質なレビューが出されるようになった。

炎上騒動後に登場した良質なレビュワーの一人として、エジプトとカタールにルーツを持つアメリカ作家のオマル・エル＝アッカドを挙げておきたい。彼はコチャイの短編集で人間から非人間への変身があまりに多く登場することについて、米軍のアフガニスタン侵攻以来二十年以上も人間以下の存在（非人間）として見られてきたアフガニスタン市民の描写として効果的であると指摘している。さらに、短編集におけるアメリカの役割が限定的で、米兵の人格について詳細に描かれないことについても、覇権国アメリカと国力の乏しいアフガニスタンの関係性を力強く逆転させている と肯定的に評価している（"The Dark Absurdity of American Violence"）。短編集での米軍の描写が正確性に欠け、平板であるというアッカーマンの批判に対して、それはこれまでにアメリカからアフガニスタンに向けられた視線を逆転させたものであるとする見立ては有効であるように思われる。というのも、コチャイは二〇一九年のデビュー長編『ロガールでの九十九夜』において、米兵を「ホワイト・ボーイズ」と雑に表現するだけでなく、最後から二番目の章をパシュトー語で書いており、米国で出版される作品の読者層として最も期待される英語読者を周縁化する姿勢を明らかにしているからである。つまり、コチャイの作品は最初から、マジョリティのお墨付きを得ることを目標にはしていない。彼の作品では、アメリカ国内でアフガニスタンやイラクについて語る資格と権力を持っている（ような気になっている）従軍経験者ですら、周縁に配置される。このような理解に基づくならば、アッカーマンによる批判は、一方的に見て語る立場にあった者が、これまでとは逆に、見られて語られるようになったことへの困惑及び拒否反応であったようにも思われるのだ。

現在、コチャイはカリフォルニア州立大学サクラメント校にてクリエイティブ・ライティングの指導を行っている。イスラム伝承と二十一世紀のメディア環境を巧みに融合し、アメリカとアフガニスタンの緊張関係を独特の文体とユーモアで描いてみせた若き俊英（二〇二五年に三十三歳を迎える）は、次にどのような作品を生み出すのだろうか。アフガニスタンでは二〇二一年にタリバンが再び政権を掌握し、貧困、飢餓、女性への教育制限といった問題は今なお続いている。アフガニスタンの情勢と、それを描き出すコチャイの動向に注目して次なる作品を待ちたいと思う。

本書の翻訳には様々な困難が伴った。コチャイ氏のデビュー長編である『ロガールでの九十九夜』のように、一章がまるごとパシュトー語で書かれているほどの困難ではなかったものの、単語レベルではパシュトー語やペルシャ語が使われており、そのリサーチには時間を要した。一時期は毎日連絡を取り合って直接質問に答えてくれた作者のコチャイ氏はもちろんのこと、日頃の学習の成果を発揮してくれた大阪大学外国語学部ペルシア語専攻の辻本聖和さんに感謝します（とはいえ、原作ではパシュトー語やペルシャ語はアルファベット表記のみで、英語しか理解しない読者にはその意味が理解できないように設計してあったにもかかわらず、邦訳版では意味がわかるようにしてしまったという「翻訳罪」を背負うことにはなったのだが）。また、原文と訳文をつきあわせて翻訳の質を高める作業に協力してくれた伊藤孝治さん、岡本恵美さん、福山建さん、授業で有益な議論や指摘をくれた大阪大学外国語学部の学生諸君、邦訳版の表題作の着想源であり「ゲーム史上で一番の伝説」たるメタルギアシリーズを生み出した小島秀夫さんと関係者の皆様にも感謝します。そして、本書の翻訳出版そのものが各社に断られ続けて手詰まりの状態にあったところを、出版に向けて共に歩んでくださった河出書房新社の皆様に感謝を。

読者の皆様がこの作品を末永く楽しんでくださいますように。

二〇二五年一月某日

矢倉喬士

ジャミル・ジャン・コチャイ Jamil Jan Kochai

1992年生まれ。アフガニスタン系アメリカ人作家。パキスタン・ペシャワールの難民キャンプで生まれ、その後カリフォルニアに移住。2019年、デビュー作である『99 Nights in Logar』がペン/ヘミングウェイ賞およびDSC南アジア文学賞の最終候補に選出。2作目となる本書でアスペン・ワーズ文学賞、クラーク・フィクション賞を受賞したほか、全米図書賞フィクション部門の最終候補にも選ばれるなど、いま最も注目を集める新世代作家のひとり。

矢倉喬士（やぐら・たかし）

アメリカ文学研究者、翻訳家。大阪大学特任講師。ドン・デリーロを中心とした博士論文にて博士号を取得後、映画・グラフィックノベル・ビデオゲーム・Netflixドラマなど様々なメディアを通して多角的に現代アメリカの姿を分析している。共訳にタナハシ・コーツ『僕の大統領は黒人だった』、デイヴィッド・マッツケーリ『アステリオス・ポリプ』、共著に『現代アメリカ文学ポップコーン大盛』がある。

きみはメタルギアソリッドV：ファントムペインをプレイする

2025年2月18日　初版印刷
2025年2月28日　初版発行

著者　ジャミル・ジャン・コチャイ
訳者　矢倉喬士
装丁　川名潤
発行者　小野寺優
発行所　株式会社河出書房新社
〒162-8544　東京都新宿区東五軒町2-13
電話03-3404-1201（営業）03-3404-8611（編集）
https://www.kawade.co.jp/

組版　株式会社キャップス
印刷　株式会社暁印刷
製本　小泉製本株式会社

Printed in Japan
ISBN978-4-309-20920-3
落丁本・乱丁本はお取り替えいたします。